Марина
КРАМЕР

# ДАР ВЕЛИКОЙ ЛЮБВИ,
## ИЛИ Я НЕ УМЕЮ ПРОЩАТЬ



ЭКСМО
МОСКВА
2011

УДК 82-3
ББК 84(2Рос-Рус)6-4
К 77

Оформление серии *Сергея Власова*

**Крамер М.**

К 77 Дар великой любви, или Я не умею прощать : роман / Марина Крамер. — М. : Эксмо, 2011. — 320 с. — (История сильной женщины).

ISBN 978-5-699-47674-9

Мария Лащенко, она же Мэри Кавалье, профессиональная танцовщица и известная французская писательница, живет одна. Она спокойна и счастлива, все время отдано работе и верным друзьям – Марго и Джефу. Но в жизни Марии вновь появляется Алекс – по-прежнему дьявольски обольстительный, властный и... такой любимый. В то же время Мэри назойливо преследует богатый влиятельный бизнесмен. Оба мужчины готовы на все ради прекрасной дамы. Причем ее собственный выбор мало что значит...

**УДК 82-3**
**ББК 84(2Рос-Рус)6-4**



**ISBN 978-5-699-47674-9**

# Часть 1

*В трубке — требовательный мужской голос с каким-то едва уловимым акцентом:*

*— Мне нужна именно она. Другие тренеры меня не интересуют.*

*Администратор клуба бального танца потерла пальцами переносицу и, держа телефонную трубку на отлете, крикнула, обращаясь к курившим на диване пятерым молодым парням:*

*— Кто-нибудь, позовите к телефону Мэри.*

*Один из куривших моментально вскочил, за что тут же был вознагражден громовым хохотом приятелей:*

*— О, подорвался, как ракета!*

*— Иди-иди, может, снова палкой по спине схлопочешь!*

*— И старайся руки держать так, чтобы Мэри их видела!*

*Молодой человек не отреагировал никак, вприпрыжку спустился в зал и замер в дверях. Посреди огромного паркетного зала, удерживая баланс на одной ноге, стояла худощавая рыжеволосая женщина в длинных теплых гетрах, обтягивающем комбинезоне и черных туфлях на высоком каблуке. Руками она изо всех сил тянула вверх вторую ногу. Ря-*

*дом с ней смущенно топтались двое подростков — мальчик и девочка лет тринадцати.*

*— Ну, что? Если я могу — а мне уже далеко за двадцать, — то и вы должны, — категорично заявила женщина, аккуратно вставая на обе ноги и чуть наклоняясь, чтобы подтянуть сползшие гетры. — Так что, уважаемые гении, тренируемся — и к концу занятия сдаем мне баланс. Хочу видеть от вас отдачу за деньги ваших родителей.*

*Женщина заметила стоявшего в дверях молодого человека, и ее лицо приняло надменное выражение:*

*— Что хотел, Артем?*

*— Мэри... вас к телефону в тренерской.*

*— Мой телефон лежит на тумбе у системы, — чуть скривившись, бросила она. — Придумай в другой раз что-то более интересное.*

*— Я не вру. Мэри, пожалуйста... Там Анна Яковлевна с каким-то клиентом разговаривает...*

*— Хорошо. Сейчас.*

*Она пару минут наблюдала за попытками своих «гениев» повторить упражнение, одобрительно хмыкнула и ушла наверх.*

*Аккуратно взяв из наманикюренных пальцев администратора трубку, она произнесла чуть хрипловато:*

*— Алло, — и услышала в ответ:*

*— Мэри. Это я. Ты узнала.*

## МЭРИ

Ну, вот. Я так и знала. Предвидела, чувствовала — правда, надеялась, что не так скоро, не настолько быстро, *не сейчас*. Обрадовавшись, что звонит клиент, у которого завелись деньги на индивидуальные занятия бальными танцами, я совсем выпустила из вида, что на номер клуба может звонить кто угодно. Собственно, «кто угодно» и позвонил.

Мне казалось — все закончилось, я все сказала, сделала все, чтобы больше никогда не видеть этого человека, не слышать его голоса, вообще никак о нем не вспоминать. Я отрезала себе все пути к возможному отступлению — но ему на это, похоже, наплевать. У него всегда свое мнение, свой резон. Если бы он вернулся в любое другое время, я, возможно, не отреагировала бы так, но сейчас его появление мне совершенно не нужно. Более того — опасно.

Метро, час пик, у меня кружится голова, подгибаются натруженные за весь тренировочный день ноги, болит спина, ноют руки. Могла бы пешком пройтись, до дома не очень далеко, но нет — все болит. Развалина какая-то, а не тренер по бальным танцам. Углядев освободившееся место, протискиваюсь к нему и замираю от счастья, пристроив многострадальное тело в относительно комфортной позе. Очень хочется спать, нестерпимо, так, что глаза, кажется, засыпаны песком. Я очень рано встала сегодня, весь день почти не ела, только курила и пила кофе. И этот звонок... Чертов Алекс — как же ты некстати...

Дома на автоответчике моргает красная лампочка — сообщение. Не хочу слушать, не могу, мне страшно. Пока не буду.

Я иду в кухню, включаю чайник и машинально вставляю сигарету в длинный антикварный мундштук. На столе, накрытая белым полотенцем, стоит тарелка с салатом и вторая — чуть меньше — с паровой рыбой. Это Марго приходила, моя подруга, моя соседка и вообще единственный родной мне человек на этом свете. Мы много пережили вместе. В том числе и Алекса.

Ровно год назад таким же апрельским днем я решительно выставила его из своей жизни. Собрала все силы — и выставила. Он ушел. Но разве призраки уходят просто так? Не-е-ет!

Возвратившись домой с очередной тренировки, я нашла в почтовом ящике билет «Москва — Лондон» на свое имя. На обороте острым неровным почерком сплошным текстом было написано стихотворение. Я все поняла — и кто автор, и кому адресовано, и зачем билет. Я отказала ему утром — а он уже давно был уверен, что выиграл, потому и билет имелся. Алекс не сомневался, что увезет меня. Он так ничего и не понял...

Как я жила без него весь этот год? Не помню. Как во сне. Работала, танцевала, спала, ела... иногда писала стихи, нарушив данное себе обещание никогда больше этого не делать. Успела написать роман — я же как-никак французская писательница Мэри Кавалье.

Странное дело — я никогда не пробовала писать и публиковать книги в России. Не знаю, наверное, мой самый первый опыт произвел на меня такое действие. Книга — полудетектив-полурасследование — о моем ныне покойном муже, карточном шулере и воротиле «теневого бизнеса», наделала столько проблем в жизни, что навсегда отбила охоту связываться с русскоязычными издательствами. Нет, я — французская детективщица, и хватит. Да и этого не было бы без Марго.

Правда, книги я пишу только под настроение. Основная моя работа связана с тем, в чем я действительно разбираюсь, — с бальными танцами. Я отдала этому всю жизнь, и если бы не мое дурацкое замужество и ревнивый до сумасшествия муж, то, возможно, сейчас танцевала бы как профессионал, катаясь по всему миру и зарабатывая деньги. Но так случилось, что муж категорически запретил выходить на паркет. Ну, еще бы — как мог человек с фамилией Кавалерьянц перенести, чтобы его жена появлялась на людях в облегающем платье, которое можно назвать этим словом с большой натяжкой, да еще и в объятиях мужчины! *Другого* мужчины! Так моя танцевальная карьера прервалась на несколько лет, а потом еще была автомобильная авария — тоже не без участия дорогого супруга Кости — и травма ноги. Я долго и мучительно восстанавливалась, училась ходить, потом снова училась танцевать. Но я справилась с собой, с травмой, с обстоятельствами и теперь делаю то, что составляет смысл моей жизни: танцую сама и тренирую детей. Я одинока — если не считать Марго и ее мужа Джефа, — но абсолютно счастлива.

Если бы еще не Алекс.

Этот человек возник в моей жизни из-за Марго. Возник — и остался, расселся по-хозяйски, по привычке положив одну ногу щиколоткой на колено другой, закурил и заявил, что никогда не оставит меня в покое — пока я не одумаюсь и не соглашусь на его условия, не признаю его главенства, не смирюсь с проигрышем. Но он немного не рассчитал. Я не из тех, кто подчиняется, не из тех, кто прислушивается. Я стопроцентная эгоистка и самовлюбленная стерва. Мне наплевать на чужие «хочу» — у меня собственных полно. А вообразивший себя суперменом Алекс никак не хочет этого понять.

Я знаю о нем многое — всего никому не дано. Алекс — ликвидатор, связанный с какой-то террористической группировкой, но мы никогда об этом не говорим.

Муж Марго, Джеф, — из той же лавочки, и моя бедная подружка частенько проливает слезы по этому поводу. Я отношусь к подобным вещам философски — каждый зарабатывает как умеет. Ирландец Джеф уже год живет в Москве с Марго и за все это время отлучался от силы три раза, причем два — домой, в Ирландию. Марго в эти моменты катастрофически худела, дурнела и переставала спать, предпочитая проводить ночи в моей квартире, в моей широченной двуспальной кровати, где я обычно сплю одна. Я ночи напролет прислушивалась к ее судорожным вздохам, к тому, как она встает, бродит по квартире, грызет яблоки в кухне, вполголоса разговаривает со своей рыжей кошкой, которая перемещается в мою квартиру вместе с хозяйкой. Я жалела Марго и искренне не понимала причины, заставлявшей ее так сильно переживать. Джеф — умнейший человек, осторожный, спокойный в отличие от нервного, вечно взбудораженного Алекса. Джеф знает ответы на все вопросы, в его руках любое дело исполняется шутя, играючи. Он надежен, как огромная скала. А Марго все время ищет какие-то причины для беспокойства, для слез — я не понимаю этого. Но такова Марго — может устроить трагедию на ровном месте, и только такой человек, как Джеф, способен это вынести.

Страдаю ли я от отсутствия личной жизни? Скорее нет. Думаю, потому, что некогда задумываться. Вот уже год, как мой день построен таким образом, чтобы не оставалось времени на пустую рефлексию и ненужные душевные муки. Единственная мысль, приходящая в голову после одиннадцати вечера, — это как бы лечь в постель, укутав ноющие ноги гетрами, и провалиться в сон. Правда, иногда я еще успеваю написать что-то — между душем и постелью.

Но я совершенно не жалею, что в моей жизни напрочь отсутствуют мужчины. Разумеется, есть партнер по танцам Виктор, есть какие-то парни в клубе, с которыми я разговариваю, общаюсь и иногда пью кофе — но это абсолютно другое. Я не рассматриваю их как мужчин — хоть убей. Это вырабатывается годами тренировок, когда переодеваешься в одной раздевалке, когда партнер застегивает тебе платье, вытирает полотенцем мокрую от пота спину, помогает напудрить лицо и тело перед выходом — да мало ли. И воспринимать такого человека как сексуальный объект уже не выходит — они для тебя не имеют пола, как братья, родственники. А какой секс с родственником? Правильно, никакого.

Другие мужчины... Хм... А они вообще есть — другие-то? Во всяком случае, то, что ошивается вечерами в нашей «стекляшке», вряд ли подходит под это определение. Но, я думаю, у меня все так запущено именно из-за Алекса. Именно после общения с ним я перестала замечать других — потому что не привыкла довольствоваться подобием или копией. А с оригиналом все вышло так... сложно и больно, что повторения не хочу. Лучше одной. Это безопаснее и комфортнее для души и сердца.

Красный глаз автоответчика не давал расслабиться. Нет, я должна побороть свой страх и прослушать сообщение. Дотянувшись до кнопки, впустила в комнату чужой голос:

— Как твои дела, Мэри? Ты сегодня поздно вернулась. Не задерживайся больше, я не люблю ждать.

Я взвыла, закусив кулак. Это длится уже около месяца, и ничего невозможно сделать. Связываться с милицией я не особенно настроена — у меня не очень законный паспорт, мало ли... Так вышло — чтобы спасти меня, Алекс вынужден был сделать мне другие документы, а по своим я официально мертва уже около пяти лет. Вот так — нет меня, и все тут. И это обстоятельство здорово осложнило мне жизнь в последнее время. Дело в том, что за мной решил приударить один господин. И все бы ничего, если бы не его высокий пост, чрезвычайно преклонный возраст и слишком большие деньги в руках. Дедуля решил, что за свои нереальные бабки может иметь все, на что посмотрит, — в том числе и меня.

Увидел меня Михаил Борисович на турнире. Он выступал генеральным спонсором, а я выставляла свою первую пару воспитанников. И то ли я была слишком ярко одета и накрашена, хотя ничего особенного не надевала, разве что ботфорты на высоких каблуках и узкие джинсы, то ли просто его взгляд случайно зацепился за мою персону... Но перед финалом, куда мои дети попали, ко мне подошел высокий мрачный парень в строгом костюме и сунул записку, в которой меня приглашали после награждения за столик спонсора. Я окинула взглядом зал, нашла этот пресловутый столик и аж передернулась — на меня в упор смотрел худой старик в дорогом костюме и ослепительной рубашке. В его взгляде было столько пошловатого обожания, что мне стало плохо. Я не нашла ничего умнее, как порвать записку и демонстративно опустить ее в мусорку.

Мои дети стали шестыми. Я не могла понять, что происходит — они танцевали как минимум на третье место, но в распечатке стройными рядами красовались шестерки от всех десяти судей. Разговаривать с главным судьей я не рискнула — мое тренерское имя еще не было столь громким, как в свое время танцевальное. Да и не имя даже, а псевдоним — я так и шла во всех клубных бумагах как Мэри. Просто Мэри — без фамилии. Как знаменитая Кармен, партнерша Брайана Ватсона. Да, мне говорили, что от скромности я не умру...

— Ничего, это ваш первый опыт, вы и так сделали практически невозможное, — сказала я своим детям, которые, кстати сказать, были вполне довольны результатом, потому что я настраивала их на меньший.

Но на душе скребли кошки — я прекрасно понимала, почему так случилось.

С понедельника начался кошмар. Мне привозили огромные букеты цветов — все больше экзотических, приглашения на какие-то концерты, выставки, презентации. Я не отвечала, выбрасывала приглашения, не носила домой цветы, не брала трубку, если номер незнаком. Все это напоминало уже пройденный этап жизни — именно так начинались ухаживания моего мужа. Именно так Костя преследовал меня, убеждал, уговаривал. Меня сломало тогда не повышенное внимание, а недоверие. Недоверие моего любимого человека, Максима. Если бы не это — моя жизнь пошла бы совсем по другой колее. Я, наверное, продолжала бы танцевать, не писала бы детективных романов, не моталась бы из Цюриха в Бильбао, потом в Прованс, а оттуда снова в Москву и Цюрих по «левым» паспортам. И звали бы меня Мария Лащенко — или Нестерова, например. А так...

Какая я, к черту, Лейла Манукян, ну, посмотрите на меня внимательно — худая, рыжая, с вечно прищуренными глазами, с порывистыми движениями и отвратительным характером. Я — Мэри. Теперь это уже не имя — состояние души, тип психики, стиль жизни. В клубе, кажется, никто и не помнит — или просто не знает, — как меня зовут. Детям я тоже позволяю звать себя Мэри.

И еще одно... Если бы не Костя — в моей жизни никогда не возник бы Алекс. Не было бы моей сжигающей любви к нему, моих слез, моих мучений, о которых он, разумеется, хорошо знает. Более странного романа у меня в жизни не случалось. И уже не случится — я уверена. Там было все: от ночной переписки в аське после понюшки кокаина до страстного танго в маленьком зале — это был наш первый и последний танец. Мы как два магнита с одинаковым зарядом — вроде как и тянет друг к другу, но в то же время поле между нами сильнее, и оно расталкивает нас в разные стороны. Я очень его любила — да и невозможно его не любить, даже когда знаешь о нем все, что возможно. Парадокс — он меня тоже любит. Наверное.

Смешно, да?

Да...

Появления Алекса я боялась по двум причинам. Во-первых, не была готова, успела отвыкнуть, забыть, смириться. Во-вторых, Михаил Борисович. Если Алекс унюхает — с его-то чутьем и интуицией, — проблемы начнутся у всех, начиная с меня.

Да, между нами ничего нет и почти ничего не было в прошлом — если не считать пары ночей, проведенных в постели. Однако по какой-то странной логике Алекс считает, что я принадлежу ему. Как и все, чего когда-либо касались его красивые руки пианиста с длинными гибкими пальцами. Его логика всегда была выше моего понимания, да я уже давно и не стараюсь понять.

Мне — не нужно. Хорошо бы, еще и сам Алекс считал так же.

Ранним утром телефонный звонок заставил меня оторваться от сладкой полудремы-рефлексии и взять трубку. Так и есть — почтенный старец:

— Здравствуй, Мэри. Как прошла ночь?

— Спасибо, хорошо.

Молчание. Долгое, тягучее — как кисель. Ну, чего ему надо от меня?!

— Ты сегодня работаешь? — нашелся наконец подходящий вопрос у Михаила Борисовича, и я скорчила своему отражению мерзкую рожу, как будто могла таким способом переадресовать ее звонившему.

— Я всегда работаю.

— А ведь нужно отдыхать, ты так надорвешься! — О черт, зачем я это сказала?! Теперь начнется эпопея с турпутевками — как пить дать. Я не ошиблась — буквально тут же мой собеседник решительно заявил: — Если тебе удобно, то уже послезавтра мы могли бы полететь куда-нибудь, где тепло и солнечно, где есть море и пляжи...

— Так, стоп-стоп-стоп! — решительно перебила я, пока старичка не унесло окончательно. — Во-первых, я работаю. Во-вторых, мне противопоказан морской климат, а в-третьих, я никуда не собираюсь с вами. Надеюсь, это понятно? — И скоренько бросила трубку, чтобы больше ничего вообще не слышать.

С подобным предложением престарелый мачо уже неоднократно подкатывал ко мне, однажды даже прислал конверт с оплаченной путевкой на горный швейцарский курорт, который я разорвала на глазах изумленного до немоты посыльного. Михаил Борисович изволил потом сильно гневаться, даже голос себе позволил повысить в телефонном разговоре, однако утих на какое-то время. Значит, решил повторить попытку. Есть же люди, которым ничего невозможно объяснить...

Засунув телефон куда-то в стопку постельного белья в шкафу, я вышла в кухню и машинальным движением нажала кнопку электрического чайника. Джезва, кофемолка, запах свежего кофе, первая утренняя сигарета... Все как всегда. Любое мое утро похоже на другое, как спички в коробке, — ничего не меняется. Но это, думаю, к лучшему. Ритуал не дает мне выпасть из рабочей колеи даже после таких вот звонков.

Зато в этой жизни есть некто, кому наплевать на мои попытки уравновесить свою жизнь.

Я уже вышла из душа и как раз заматывала голову полотенцем, когда в дверь позвонили. Могла зайти Марго, и потому я не удосужилась даже в глазок посмотреть, отученная от подобного действия домофоном. В распахнутой мной же настежь двери показался — ну да, правильно. Как всегда, в своем репертуаре: весь в черно-белом, неизменный тонкий шарф на шее, зонт-трость в руке — шел дождь, судя по стекавшим с зонта каплям. Март, называется...

Даже тонкий шрам через весь подбородок не сделал Алекса ни на грамм менее красивым. Сердце мое в какой-то момент перестало биться. Черт возьми...

Я его не звала, не ждала и — более того — боялась, а потому попыталась захлопнуть дверь, но куда там — он уже стоял в прихожей и привычно шарил рукой по стене в поисках выключателя. Свет вспыхнул, ударив по глазам, я зажмурилась, в очередной раз совсем не к месту подумав, что надо бы сменить лампочки в плафоне на менее яркие. А Алекс уже поставил зонт в угол, сбросил на вешалку плащ и шагнул ко мне, взял за плечи холодными руками, притянул к себе:

— Ну, не успела убежать, Мэ-ри?

Холод его рук привел меня в чувство, и я запоздало и совершенно по-идиотски завизжала. Он же только рассмеялся, не выпуская меня.

— Ты все такая же, Мэ-ри. Открываешь, не спрашивая, потом каешься и проклинаешь себя. Хорошо, что это я — а ведь мог быть кто-то еще. Или я не прав? — Он чуть отстранил меня и требовательно заглянул в глаза. Я попыталась вывернуться, но бесполезно — хватка у Алекса всегда была железной. — Ты не рада мне?

— А должна?

— О, все в порядке — это по-прежнему ты. Только тебе приходит в голову отвечать мне вопросом на вопрос.

— Отпусти меня. — Я, как могла, прятала глаза, чтобы он случайно не прочитал в них, как неумело я сейчас пытаюсь обмануть его. Или себя?

— Хорошо. Я отпущу тебя, Мэ-ри.

Он убрал руки, и я сразу отскочила к противоположной стене. Алекс снова усмехнулся, но уже как-то невесело. В его глазах мелькнуло так хорошо знакомое мне выражение тщательно скрываемой ярости. Как же он красив в такие моменты...

Признаюсь честно — порой я специально выводила его на эмоции, только чтобы видеть таким, замирать от восторга и бороться с собой, стараясь не показать своих чувств. Глупо, знаю...

— Ты не пригласишь меня войти?

— Ты уже вошел, — буркнула я, запахивая халат на груди. — Надеюсь, помнишь, где кухня, мне нужно одеться. — Но он не пустил меня, потянул за собой в сторону кухни.

— Побудь со мной. Я только вошел — а ты уже стараешься убежать.

Я покорно вздохнула, в душе проклиная себя за навалившуюся вдруг слабость и бесхарактерность, никогда прежде мне не свойственную. Мы оказались в кухне, и Алекс безошибочно угадал мое любимое место. Хотя — что там гадать, я и в квартире Марго, точно такой же по планировке, всегда сидела именно в этом углу между окном и столом. Я даже мебель передвинула у себя, чтобы образовалось уютное местечко. Одинокие вечера, если оставались силы, я коротала именно тут — забрасывала ноги на батарею, ставила рядом на столе пепельницу, спиртовку с джезвой, иногда — ноутбук, курила, пила кофе, что-то пыталась писать — или просто глядела в стену. В такие моменты меня окружали призраки моего прошлого — отец, муж, любовник, еще какие-то люди... И венец всего, разумеется, Алекс, сидящий сейчас у окна и чуть насмешливо глядящий на меня.

— Кофе? — Я отвернулась к плите, но он вдруг позвал изменившимся голосом:

— Мэри, посмотри на меня.

Я повернула голову — он смотрел на меня в

упор, словно нанизывая на спицу, — до того мне почему-то стало больно внутри. Я знала эту его манеру, знала, что он любит напускать на себя флер мистики, окутываться, как плащом, какими-то полунамеками. Раньше, особенно первое время, меня это пугало. Потом я перестала реагировать, чем злила его несказанно. Сейчас мне уже почти все равно...

— У тебя болит внутри, Мэри. Ты устала быть одна.

— Тоже мне — новость, — спокойно отозвалась я, снова отворачиваясь к плите и включая ее.

— Почему ты одна, Мэри? Неужели за все это время не встретился достойный человек? — А в голосе-то прямая насмешка, намек на то, что с ним никто не сравнится. Самовлюбленный павлин...

— Я одна потому, что мне так лучше. Устраивает?

— Нет, Мэ-ри, — по привычке растягивая мое имя по слогам, проговорил Алекс, щелкая зажигалкой. — Нет, не устраивает.

— Ничем не могу помочь. Другого ответа нет.

Он встал, шагнул ко мне и взял за плечи, крепко сжал, не давая обернуться, и зашипел в ухо:

— Другой ответ есть. И ты очень часто произносишь его, когда думаешь, что тебя никто не слышит. Зачем ты упираешься, Мэ-ри?

Каких трудов мне стоило собрать себя в кулак и не поддаться этому голосу, этому тону, заставлявшему меня забывать обо всем, этим рукам, которые крепко держали меня за плечи... Но я справилась и вырвалась, отошла к мойке и прикусила губу, глядя на Алекса исподлобья.

— Шел бы ты... к Марго.

Он слегка опешил, но быстро пришел в себя:

— При чем тут Марго?

— При всем. Иди, Алекс, мне нужно собираться на работу.

Я почти силой вывела его из кухни, сунула в руки зонт и плащ и выставила на площадку, захлопнула дверь и привалилась к ней спиной. С площадки донесся смех и многозначительное обещание:

— Я вернусь, Мэри. И ты это знаешь.

Знаю. Но постараюсь сделать все, чтобы этого не произошло. Зачем я сказала фразу про Марго? К чему? Вышло так, что я ревную. Это неправда. Это глупо. Этого нет. А вот сказала — и все...

Интересно, он действительно пошел к Марго? Хотя... почему меня это волнует? Разве я не сама его выставила?

Не найдя ответа, я вздохнула, вспомнила про напрасно включенную плиту и поняла, что пора собираться — через час у меня собственная тренировка, а потом две пары детей.

Воспоминания о работе заставили меня нахмуриться. С некоторых пор мой назойливый поклонник приобрел отвратительную привычку приезжать в клуб и по-хозяйски усаживаться в кресло в углу зала, наблюдая за тем, как я работаю — с детьми, одна или с партнером. Меня это злило, и я однажды заикнулась руководителю, что, мол, нечего посторонним здесь делать, однако он вдруг звонко шлепнул по столу ладонью и категорически заявил, что спонсор имеет полное право наблюдать за работой тренеров. Это сообщение поразило меня — выходило, что старикан просто-напросто купил себе право появляться в моей жизни в любой момент. Разумеется, этого я терпеть не собиралась и на следующий же день решительно выставила нахального деда в коридор. Ничем хорошим не закончилось...

Тем же вечером в душевой вдруг погас свет, я потянулась за полотенцем, собираясь выйти из кабины и посмотреть, в чем дело, но чья-то рука впечатала меня лицом в кафельную стену, а грубый мужской голос прошипел в самое ухо:

— Еще раз рыпнешься, сучка, пеняй на себя.

Из душа хлынула ледяная вода, и за моей спиной раздались быстрые шаги — незнакомец стремительно удалялся. Свет вспыхнул так же внезапно, как погас за несколько минут до этого; я, не обращая внимания на ледяную воду, льющуюся сверху, съехала по стене вниз и заплакала, понимая, что это кто-то из охраны старикана поставил меня на место. Попытался, во всяком случае...

Михаил Борисович, правда, перестал злоупотреблять своим спонсорским статусом, но раз в неделю все же приезжал. Мой партнер Виктор только хмыкал и подкалывал — мол, уступила бы уже, а то мучаешь пожилого человека. За что был неоднократно отправлен по известному адресу, однако шуток своих так и не оставил.

Неприятности сегодняшнего дня не закончились с уходом Алекса — или это он в отместку наслал на меня порчу. Но так или иначе, я сломала каблук сапога почти на подходе к клубу. Чертыхнувшись, оперлась о ближайшую стену дома, не обращая внимания на грязь, и осмотрела правый сапог. Все, только выбросить... Теперь главная задача — доскакать до клуба, а потом добраться домой. Я могу, конечно, позвонить Марго и попросить ее забрать меня на машине или, на худой конец, просто привезти мне другие сапоги. Пока я размышляла над этим, меня вдруг обняли за талию, и я заорала не своим голосом от неожиданности. Но это оказался Витя, мой партнер. Он только что вышел из остановившегося метрах в ста от меня такси и таким образом решил поздороваться. Я подавила в себе вспышку гнева — человек не виноват в моем незадавшемся утре.

— Что, малыш, каблучок тю-тю? — Виктор присел на корточки и взял меня за щиколотку. — Да уж...

— Сама вижу...

— Ничего, не расстраивайся, за мной вечером приятель заедет, так мы тебя довезем. И давай-ка похромаем до клуба — пока переоденемся, пока разомнемся... Ногу не повредила? — спросил он, поднявшись, и пошел вперед, забросив мою сумку себе на плечо.

— К счастью, хоть тут все в порядке, — я улыбнулась и в тот же момент левая нога, как по волшебству, поехала в сторону. Я судорожно попыталась вцепиться в куртку развернувшегося ко мне партнера, но не успела — нога подвернулась, и я охнула от боли.

— Ну, твою мать! — печально констатировал Виктор, помогая мне встать. — Отменилась тренировка. Как ты так неосторожно, Мэри?

— Погоди, может, пройдет? — жалобно проговорила я, хотя уже и сама понимала, что минимум — растяжение связок, а по факту, скорее всего, вывих — диагноз мне знаком, и как раз эта нога страдала раза три.

Виктор уже ловил такси. Вместо тренировочного зала я оказалась в травмпункте, а чуть позже — дома, с гипсом на ноге. Вывих. Три недели покоя, потом минимальные нагрузки. Черт побери...

Боль была адская, обезболивающие таблетки не помогали, я плакала от злости на себя и от досады. Не выдержав, позвонила Марго. Услышав голос подруги в трубке, я окончательно расклеилась:

— Марго... ты не зайдешь, а?

— В чем дело, Мэрик? — обеспокоенно отозвалась она, и я жалким голосом сообщила:

— Я вывихнула лодыжку... сижу в гипсе, даже до кухни не могу доковылять — больно...

Марго ахнула и тут же бросила трубку. Ключ от моей квартиры у нее был, поэтому я могла не вставать с дивана. Подруга появилась через десять минут в домашнем красном кимоно, с капустным пирогом на тарелке и контейнером винегрета. О Марго —волшебница...

— Спасибо, родная, — прочувствованно сказала я, когда она поставила все это на столик и присела рядом со мной на диван.

— Не за что, — отмахнулась Марго, отдергивая плед и рассматривая гипс. — Как тебя угораздило?

— Сломала каблук, а потом равновесие не удержала, и вот...

— Да уж, — протянула она. — И как ты теперь будешь?

— Пару дней отлежусь, потом начну потихоньку ходить.

Это заявление сразу настроило Марго на воинственный лад — она встала, уперла руки в бока («руки сахарницей» — так она сама называла эту позу) и спросила:

— А больше никаких планов нет? Может, я тебе сразу ролики подарю — начнешь кататься?

— Марго... — но она не слушала.

— Я так давно Марго, что уже и не помню! И не съезжай с темы, а слушай меня — никаких телодвижений, пока врач не позволит!

Я не стала спорить дальше: бесполезно. Она вообще мягкая и податливая по характеру, однако если вдруг начинает упираться, то все — никакие уговоры, доводы, споры и капризы не действуют. Даже мои.

У меня на языке вертелся вопрос, но я не решалась его озвучить и все пыталась по каким-то внешним признакам определить, был ли у Марго Алекс. Но она выглядела совершенно обычно — так же, как вчера, позавчера, неделю назад.

— Мэри... я не хочу тебя пугать, — вдруг начала Марго каким-то странным тоном, и я мгновенно поняла: да, вот оно — был. И явно наговорил — или наделал — чего-то.

— Я знаю, Марго.

Ее брови, всегда идеально ухоженные и подведенные волосок к волоску, удивленно изогнулись, придав круглому лицу Марго выражение растерянности и изумления одновременно. Она помолчала, словно собираясь с мыслями, и, порывисто взяв меня за руку, заговорила вполголоса:

— Мэри... Мэри, родная, я умоляю тебя — будь осторожна. Он ведь приехал за тобой, он мне сам сказал...

— Что — опять??? Глупости! — решительно отвергла я и потянулась за мундштуком. — Глупости, Марго. Он может говорить все, что ему заблагорассудится, но мы-то знаем, правда? А знаем мы, что я никогда его не интересовала в той степени, в какой ты. И та женщина, ради которой он совершает свои «хазарские набеги» в Россию, это ты, Марго. Так что не обманывайся, дорогая. Я тут ни при чем.

Марго вдруг затрясла головой мелко-мелко, зажала руками уши и пробормотала:

— Не говори, не говори этого! Это неправда! Я замужем, Мэри, у меня муж — ты забыла?

— Когда это нашему Господину Призраку мешал столь незначительный факт? — усмехнулась я, чувствуя внутри такую тоску, что захотелось взвыть и убежать в ванную, чтобы там поплакать наедине с собой. Но гипс на ноге лишал меня даже такой мелочи, как слезы в одиночестве.

Зато заплакала Марго, удивив меня. С того дня, как в ее жизни появился Джеф, она все время улыбалась, во всяком случае, когда он был рядом, пребывала в прекрасном настроении и вообще стала уравновешенной и спокойной.

— Ну что с тобой? — Я притянула Марго к себе, прижала к груди ее голову и прижалась губами к затылку. Тонкий запах духов напомнил мне о прошлом — это были мои любимые духи, и именно мой флакон был у Марго первым, я подарила ей. — Не плачь, Марго...

— Мэри... Мэри, ты до сих пор не понимаешь, да? — прорыдала подруга, обхватив меня руками. — Не понимаешь — он никогда не отпустит ни меня, ни тебя — что бы ты ни говорила! Он будет держать нас на поводках, как болонок, — на всякий случай!

— Нет, Марго. Я не болонка. И насиделась на поводке в свое время. Больше не хочу.

В ответ раздался смех, и я вздрогнула, потому что смеялась не Марго. Это хохотал Алекс, привалившись спиной к дверному косяку и откинув назад голову. Похоже, ключом от моей квартиры он тоже запасся, я отметила это про себя. Опять придется менять замки...

Марго передернулась, как от резкого укола, выпрямила спину и спешно вытерла мокрые глаза. Алекс перестал смеяться так же внезапно, как начал, по-хозяйски прошел в комнату и уселся в кресло у окна, закинув ногу на ногу.

— Вы в своем репертуаре. Слезы, сопли и проклятия. Никак не можете меня не обсудить и не осудить. Что с твоей ногой, Мэ-ри?

— А ты не знаешь? — огрызнулась я, и он криво улыбнулся.

— Подозреваешь, что это я?

— Смешно.

— Не смешно, — согласно кивнул Алекс. — Так что с ногой?

— Вывих.

— Понятно.

Воцарилось молчание. Я курила, Марго нервно

сжимала в руках салфетку, которой был накрыт до этого пирог. Алекс наслаждался моментом — еще бы, снова он хозяин положения, а мы с Марго — лишь жалкие статистки, марионетки, послушные его гибким пальцам. Ох, он еще не подозревал, что произойдет через минуту...

Звонок в дверь нарушил наше молчание.

— Марго, открой, пожалуйста, — попросила я, и Марго вышла в прихожую.

Послышалась возня, потом вскрик моей подруги, на который сразу кинулся Алекс, но тут же, пятясь, вернулся в комнату с чуть приподнятыми вверх руками. Следом за ним вошел огромный амбал в сером костюме. В левой руке его был пистолет, дуло которого аккуратно упиралось в лоб Алекса. Я в меру возможностей подтянулась на диване и села, обхватив руками задрожавшие колени. Амбал жестом велел Алексу сесть в кресло, и тот подчинился, однако по его прищуренным глазам я видела: ищет момент для броска. Однако амбал прекрасно владел ситуацией и ни на секунду не спускал с него глаз. Марго ввел в комнату второй мужчина, похожий на первого как брат-близнец. Когда Марго тоже усадили в кресло, ко мне вернулся дар речи, и я заорала, совершенно потеряв голову:

— Это что еще за хрень?! Вы кто?!

— Не кричите, Мэри, — раздался из прихожей голос, и я похолодела, моментально расхотев орать и качать права. В комнату неспешной походкой вошел Михаил Борисович с букетом пошлейших белых роз — тех, что совершенно не пахнут и годятся, по моим представлениям, разве что на похороны. Совершенно не смущаясь присутствием посторонних, положил букет на стол, наклонился и взял мою руку, поднося к губам. Краем глаза я видела, как передернулся взбешенный Алекс и как украсилось победной улыбкой лицо Марго.

— Что произошло, Мэри? Мне в клубе сказали, у вас травма, — проговорил он, усаживаясь на край дивана и не выпуская моей руки.

— Да, но...

— Надеюсь, вам сделали все, что нужно? — не обращая внимания на мои «но», продолжал старик. — Завтра за вами придет машина, вас отвезут к моему врачу.

Лицо Михаила Борисовича при этом изображало отнюдь не отцовскую заботу. Он тискал мои пальцы, то и дело подносил их к губам, и я, памятуя о неприятном разговоре в душе с одним из его амбалов, не решалась выдернуть руку. Алекс брезгливо кривился в кресле, и я почти физически ощущала, как сильно он разочарован во мне — я никогда прежде не позволяла кому-либо делать то, что мне неприятно. Но Борисыча я ощутимо боялась. Даже не знаю, дело в его охранниках или в чем-то еще.

Старик, казалось, не замечал ни охраны, ни Алекса, ни Марго — он наслаждался моей растерянностью и беспомощностью, дотянулся второй рукой до лица и бродил теперь пальцами по щеке, по шее, спускаясь все ниже.

— Уберите руку, — не выдержала я, и он, внимательно глядя мне в глаза, на какое-то время вообще задержал ладонь едва ли не на груди. Я прикусила губу, зажмурилась и начала считать про себя до десяти.

Борисычу, кажется, надоело, и он, убрав руку, повторил фразу о машине и враче.

— Это лишнее...

— Мэри, Мэри... консультация хорошего специалиста лишней не бывает. — Он встал с дивана, развернулся к двери и мимоходом заметил: — Надеюсь, я не очень испугал ваших гостей? Молодой человек, в другой раз не выскакивайте с такой прытью, охрана может не сориентироваться, — это относилось напрямую к Алексу, и тот взбесился окончательно, но взял себя в руки, видимо, оценив шансы, и позволил себе только одну фразу:

— Следующего раза не будет.

Михаил Борисович окинул его долгим взглядом, покачал головой и усмехнулся:

— Тут вы правы. В следующий раз они не будут столь терпеливы и деликатны.

Незваные гости покинули квартиру так же быстро, как и появились. Когда дверь захлопнулась, Алекс вдруг рванулся из кресла в прихожую, но Марго что-то сказала ему на непонятном мне языке, и он, дыша тяжело, как после забега, остановился, зашарил в карманах в поисках зажигалки.

— Кто это? — Он метнул в меня тяжелый пронзительный взгляд, но я выдержала.

— Где? — невинно осведомилась я.

— Мэри — я ударю тебя! — прошипел Алекс,

закуривая. — Я спросил — кто это был? Этот старик с охраной — он кто?

— Какой-то хрен из мэрии, я в этом не разбираюсь.

Лицо Алекса сперва выразило крайнюю степень удивления, но совсем скоро это сменилось брезгливой гримасой.

— Да-а-а, Мэ-ри... Вот не думал, что ты опустишься до такого — тебя лапает старый дед с солидным положением! Хорошо платит? Или у вас... ха-ха... по любви? — оскалился он.

Я вспыхнула, уже пожалев, что начала опять играть с Алексом в наши никому не понятные игры:

— Это не твое дело!

— Не мое, — согласно кивнул он, глубоко затянувшись сигаретным дымом. — Разумеется, не мое. Но ты не задумывалась никогда — а зачем я постоянно оказываюсь рядом с тобой? Зачем я бросаю свои дела и лечу куда-то, чтобы помочь тебе? Так, может, это все-таки мои дела, а, Мэ-ри?

— Я не прошу тебя ни о чем! Я вообще не хочу тебя видеть — никогда, и прямо сказала тебе об этом еще год назад! Но нет — ты не согласен, у тебя свой сценарий, ты сам решаешь, кого и когда отпустить, оставить в покое, убить! — Меня трясло, как от озноба, я дотянула плед до подбородка и пыталась согреться. Но это была нервная дрожь, от которой не так просто избавиться.

Алекс разглядывал кончик сигареты и вроде как не слушал меня, думая о своем. Марго, застывшая в дверях, оттолкнулась от косяка и подошла ко мне, села рядом и обняла за плечи. И вот тут

Алекс встрепенулся, резанул нас острым взглядом и негромко велел:

— Марго, встань туда, где стояла.

— Зачем? — В голосе Марго я вдруг услышала что-то новое, чего прежде никогда не было в ее разговорах с Алексом. Она *сопротивлялась,* и я всем телом чувствовала это сопротивление — каждая мышца Марго превратилась в натянутую резину, готовую вот-вот разорваться.

— Я же сказал.

— Ну и что?

Я перевела взгляд на Алекса и вдруг поняла все. Он не мог управлять нами обеими, когда мы находились так близко друг к другу. Не мог — и потому старался разорвать нас, разделить, чтобы иметь возможность контролировать каждую отдельно. Действительно — а ведь он никогда не давал нам в своем присутствии даже сесть близко друг к другу, а уж вот так слиться в одно целое — тем более. Вдвоем мы оказывались сильнее. Так, значит, вот чего боится Господин Призрак — того, что мы с Марго сможем противостоять ему. И вот почему он так старался растащить нас по разные стороны границы...

Марго год назад совсем вышла из-под его контроля, сняла невидимый наручник, сковывавший ее с Алексом много лет. А мою руку ему так и не удалось поймать, хотя он старался. И, значит, теперь почувствовал, что ниточки уже не в его руках. Теперь не он пишет сценарий. Не он — а я. Я — потому что практически все написанное мной в последнем романе сбывалось с точностью до буквы, до секунды. Уж не знаю, как так выходило...

Марго и Алекс сверлили друг друга взглядами, и вдруг — о чудо! — Господин Призрак с ухмылкой, в которой явственно проступало недоумение, отвел глаза. Сделал вид, что стряхивает пепел с потухшей сигареты. Марго победила. Ее руки, по-прежнему сжимавшие меня в объятиях, чуть расслабились, дыхание стало ровным и совсем спокойным. Лицо Марго чуть порозовело от напряжения, но этот румянец сделал ее только красивее. Она успокаивающе погладила меня по плечу и проговорила:

— Ты злоупотребляешь гостеприимством, Алекс. Тебе пора.

— Я никуда не тороплюсь, — отрывисто бросил он.

— И это не значит, что ты будешь находиться здесь, — прорезался голос у меня, и я изрекла свой вердикт твердо и безапелляционно.

— И ты туда же? — Изогнув бровь, Алекс смотрел на меня так, словно видел и слышал впервые. — Что-то я не заметил в тебе этой прыти, когда старичок решил тебя приласкать, — не удержался, разумеется, от колкости в мой адрес. — Не понимаешь, что, если я уйду, вы обе сдохнете?

— Не льсти себе, — я проглотила пилюлю про Борисыча, мечтая только о том, чтобы сейчас Алекс встал и ушел. Мне было невыносимо его видеть и слышать — после всего.

— Ты увидишь, Мэ-ри, — прошипел он, вставая. — Увидишь очень скоро. И тогда — если ты, ты сама попросишь меня, — я вернусь и помогу вам. Но не раньше! И только на этих условиях. Мой номер телефона ты знаешь.

Алекс пошел к выходу, на пороге обернулся и бросил:

— Передай привет мужу, Марго.

В этой фразе прозвучало столько злости, что испугалась даже я — что говорить о Марго, которая после звучного хлопка входной двери, закрывшейся за спиной Призрака, упала ко мне в колени и разрыдалась. Я понимала, почему она так убивается.

— Не надо, Марго. Он ничего не сделает Джефу, — но не было в моем голосе уверенности, я и сама это чувствовала.

## АЛЕКС

«Прекрасно. То, что нужно. Не устаю поражаться своему везению. Но девчонка-то какова! Это надо же...»

Он шел по улице и не мог сдержать улыбки. Никогда прежде Алекс не радовался удаче так, как сегодня. Случайный визит в квартиру Мэри принес массу открытий.

Во-первых, сама Мэри. Она неуловимо изменилась. Он до сих пор не мог понять, как именно — но эти перемены определенно пошли ей на пользу. Всегда была забавной злобной зверюшкой, готовой вцепиться в горло даже горячо любимого человека, если вдруг тот посягал на ее свободу, — а сейчас от нее просто искры летят.

Во-вторых, Марго. Марго, его девочка, его боль, его крест. Замужество сделало ее спокойной и уравновешенной, чувствовалось, что ублюдок Джеф смог внести в ее жизнь что-то такое, чего не удалось ему, Алексу, в свое время. Но ничего. Марго — его женщина, так всегда было. Он исправит свою ошибку и вернет ее.

Ну, и в-третьих, самое приятное заключалось в том, что он нос к носу столкнулся с причиной своего визита в Россию. Это было слегка неожиданно, но зато теперь Алекс твердо знал, где и когда может найти этого человека. Ох, молодец, Мэри, так облегчила задачу... Хотя в душе царапнуло — неужели у нее действительно что-то есть с этим старым козлом? У нее — с этим?! Поди разбери этих баб! Правда, лицо у Мэри было откровенно несчастным. Значит, есть нечто, ему, Алексу, пока неизвестное. Ничего, это временно.

Иногда он думал о том, что происходило с ним в последние годы. С тех самых пор, как Марго втащила в их жизнь эту свою Мэри, все изменилось. Хотя... Если быть до конца честным с собой, то ведь и Марго особо ни при чем — это он сам. Так что несправедливо обвинять Марго. Они с Мэри пережили несколько приятных минут, чего уж... И если бы эта дрянная рыжая колючка не оказалась такой упрямой и своенравной, все могло быть иначе. Но Мэри решила — нет, никогда, и Алекс отступил на время. Ему хорошо известно — не существует этого самого «никогда». На время — Алекс понимал, что, настаивая, только еще сильнее настроит Мэри против себя. А они были нужны ему обе — каждая по-своему.

Никогда я не боялась ночевать одна в собственной квартире. Никогда. Однако эта ночь стала форменным кошмаром. Я закрывала глаза и тут же видела сатанинскую ухмылку Алекса. Это было абсолютно невыносимо. Стакан коньяка, опрокинутый залпом, не принес облегчения — видение стало только отчетливее. Я дохромала до кухни и взяла сигарету. Не включая свет, закурила, забившись в угол. Тишина давила на виски, хотелось музыки — громкой, такой, чтобы заглушила мои мысли. Но ведь — ночь...

Сбросив полотенце с тарелки, на которой еще оставались три кусочка пирога, я неожиданно для себя смела их все, запила холодным чаем, забытым на столе в чашке, и окинула темную кухню взглядом в поисках еще чего-нибудь съестного. Со мной случались такие ночные «припадки», когда после сильного волнения или какой-то неожиданной ситуации я уничтожала все, что можно найти в холодильнике. К счастью, это никак не отражалось на моей фигуре. И если уж быть до конца честной, то в холодильнике обычно мало что можно найти по причине моей вечной занятости. Если бы Марго не следила за тем, что я ем, то, наверное, я забывала бы об этом совершенно. Она же, не будучи обременена необходимостью сидеть в офисе, занималась домашним хозяйством, готовила и всегда приносила что-то мне, если вдруг я не могла зайти к ним после тренировки. Единственное, что никогда не выводилось в моем доме, это абрикосовое варенье. Намазав им найденный в хлебнице относительно пригодный кусок хлеба, я окончательно успокоилась, выкурила еще сигарету и поковыляла в сторону спальни.

Следующие две недели я провела в буквальном смысле слова в осаде. Начать с того, что ко мне регулярно заезжал Михаил Борисович с охраной. Я заперла дверь изнутри на все замки, набросила еще цепочку и вообще прекратила подходить к ней. Глядя в окно, убеждалась, что это он. Я перестала отвечать на телефонные звонки, потому что объясняться тоже не хотела. Марго купила мне новую симку для мобильного, и я со спокойной совестью выбросила прежнюю, сообщив новый номер только партнеру и родителям своих воспитанников.

Алекс не появлялся больше — зато пару раз позвонил Марго, и она после этих звонков приходила ко мне больная и измученная тревогой за мужа.

— Скажи Джефу! — настаивала я, но Марго упрямо мотала головой и отказывалась.

— Нет, Мэрик, не буду. Как ты не поймешь, что мне просто стыдно, что бывший муж лезет в мою жизнь, распоряжается, угрожает и вообще ведет себя как идиот?

Я на самом деле не понимала: что такого, если Джеф узнает об угрозах Алекса? Наоборот — он сможет хоть как-то просчитать возможные шаги, ведь не зря они работали вместе столько лет. Однако подруга моя стояла на своем. А уж упрямства у нее почти столько же, сколько и у меня.

Настойчивость поклонника стала пугать меня.

После маниакального преследования Кости я хорошо знала, чем заканчиваются подобные ухаживания — едва осталась жива, просидев достаточно большой срок взаперти в доме мужа. Разумеется, я не думала, что пожилой мужичок, воспылавший ко мне страстью, способен на подобное, но и ощущение собственной беззащитности мне совершенно не нравилось.

Если бы знать, как сильно я ошибалась в отношении старого чудовища...

Михаил Борисович начал подъезжать к зданию клуба аккурат в тот момент, когда я заканчивала работать. Разумеется, я проигнорировала запрет врача на тренировки и после снятия гипса вышла на паркет. Привыкшее к нагрузкам тело сразу включилось в процесс, и, хотя нога по вечерам заметно опухала и болела, я быстро восстанавливала форму. Единственное, что меня нервировало, — вот эти визиты престарелого ловеласа. Я изо всех сил старалась держаться в рамках и разговаривать максимально корректно, однако Михаил Борисович становился все более настойчив и все чаще позволял себе вольности вроде поглаживания щеки, например. Меня перекашивало, я шипела и отпрыгивала, как кошка, и с трудом уговаривала себя не обострять ситуацию — два охранника наблюдали за происходившим. Не думаю, что они остались бы безучастны, реши я отвесить ухажеру пощечину. Они не выражали явной агрессии, но по взглядам я прекрасно чувствовала — нельзя делать ничего, что могло бы эту агрессию вызвать. Им все равно — женщина я или мужчина. А Михаил Борисович уже не ограничивался краткими визитами. Он писал мне по мэйлу длинные пошлые признания в любви, прикладывал туда какие-то жуткие порноснимки, призванные, видимо, убедить меня в том, что он еще о-го-го. Я боялась входить в почтовый ящик, боялась открывать письма, мне казалось, что я вот-вот сойду с ума. Разумеется, справиться с ситуацией у меня не хватило сил.

Напряжение оказалось таким, что я сорвалась и ушла в трехдневный запой, испугав Марго. Та решительно взялась за меня, вызвала врача из частной клиники, он поставил капельницу, вывел меня из состояния алкогольной эйфории и серьезно сказал:

— Девушка, подумайте о себе. Вы не всегда будете молоды, ваш организм в один момент просто откажется перемалывать весь тот алкоголь, что вы в него заливаете.

Ох, как же мне было стыдно... Действительно, выгляжу настоящей алкоголичкой, да и наследственность у меня та еще. Нет, пора заканчивать.

Марго с той же решительностью собрала все имевшееся в моем доме спиртное и вылила в раковину, не смущаясь ни ценой, ни качеством напитков. Последним шагом по моему отрезвлению явился билет «Москва — Барселона» и квитанция, подтверждавшая оплату однокомнатных апартаментов на месяц.

— Что это? — удивленно рассматривая все это, спросила я, и Марго объяснила:

— Это, малыш, твой отпуск. Отпуск, оплаченный деньгами за последний роман. И не надо говорить, что тебе жаль тратить их на такую ерунду — я просто не желаю смотреть, как ты сидишь тут и убиваешь себя. Поезжай, отдохни и подумай. Возможно, к твоему приезду все как-то утрясется.

Я не стала спорить и возражать.

Оказывается, Испания так и осталась для меня родным домом. Живя здесь, я стремилась узнать и понять ее душу. Очень скоро я стала здесь своей — в том городе, от которого когда-то защемило мое сердце. У меня появились любимые скверы и кафе, привычные магазины и маршруты прогулок, меня узнавали продавцы зелени и оливок, а фрукты без скидок я бы уже и не купила — была постоянной покупательницей и научилась вести с торговцами практически на пальцах быстрые, но расслабленные диалоги о родственниках, праздниках и погоде.

Испанцы встают рано — пока не жарко — и работают до полудня. В двенадцать все лавки и магазины закрываются на сиесту, в редком кафе можно попросить воды или сока — обычно все лениво дремлют в тени. Да и кто будет есть на такой жаре? Примерно часа в три-четыре дня все двери снова открываются — люди идут с работы, покупают продукты для вечерней трапезы, которая здесь, по сути, единственная и главная за день, а значит, возведена в абсолют.

Вечером нарядные пожилые бабушки прогуливаются с собачками и детьми, делятся рецептами паэльи, а многочисленные бары и рестораны, тремя четвертями вынесенные на улицы, горят уютными огнями для тех, кто предпочитает ужинать не дома, а с друзьями на воздухе. Здесь принято встречаться семьями, за одним столом часто легко находят язык представители всех поколений. Самая распространенная картина — несколько молодых подруг с мужьями, детьми, свекровями ужинают в ресторане. Вокруг них все заставлено колясками, а воздух раскален и буквально звенит от их голосов — разговаривать тихо испанцы, увы, не умеют.

Я же, как и раньше, предпочитала тихие ресторанчики у моря. Костя, выросший на берегу Севана, в свое время учил меня правильно есть свежую рыбу и всегда брал кувшин сангрии. Весь этот кувшин он заставлял меня выпивать практически в одиночку — говорил, кажется, все же в шутку, что пьяная я по темпераменту совершенно сливаюсь с испанцами. Мы часто смотрели футбол в любимом баре со старичками-болельщиками, потом шли по торговой улочке, глазея на таких же, как мы, праздношатающихся гуляк. Сверху с белоснежных балконов, засаженных геранью, за нами наблюдали добродушные и важные испанские бабушки. К слову сказать, со всех балконов на меня привычно смотрела Дева Мария. Ее незримое и спокойное присутствие убеждало меня, что этот мир — мой настоящий мир, мой дом, путь к которому я нашла через столько лет скитаний, — никогда не оставит меня, мне надо просто верить. Если бы не Костя, я никогда не покинула бы эту страну, ни за что не уехала бы, не сбежала. Но муж убил во мне что-то, искромсал мои светлые воспоминания, и даже через несколько лет я так и не смогла воскресить свои чувства.

Вставала я поздно и сразу шла на набережную. Здесь немыслимо носить черную или серую одежду, которую я не снимала дома, в России. Моими привычными цветами стали белый, красный, синий — цвета настоящей морячки. Белые брюки и туфли оставались чистыми даже после прогулки. Я сразу же купила себе мягкую широкополую шляпу и такую же плетеную сумку через плечо — для рынка.

Барселонский рынок Боккерия — одна из главных достопримечательностей города, как ни банально это звучит. Здесь его пульс и настроение чувствуются очень остро. Рынок — мир в мире. Особенно рынок южный, испанский. О нем можно написать роман в романе, но ведь у нас совсем другая история, да? Возможно, когда созрею, непременно использую это в одной из своих книг, кто знает...

Я всегда покупала сыр, пристрастившись даже к овечьему, овощи-фрукты, иногда мясо. И обязательно — свежую рыбу. Готовить я ее правильно не умела, но быстро научилась нехитрым приемам — лимонному соку и соли. К слову сказать: я так и не полюбила испанскую кухню по-настоящему и продолжала готовить по наитию из местных продуктов совсем простые блюда — жарила мясо, запекала на решетке рыбу, тушила овощи. Для меня, природной лентяйки, готовить для себя одной равносильно подвигу, однако здесь я даже не замечала, сколько времени трачу на обед или ужин: это приносило мне удовольствие.

Рынок находится как раз рядом с главной рамблой всей страны — эдакий живой южный вариант московского Арбата. Сюда я всегда заходила за цветами, покупая их у одной и той же женщины — тучной бразильянки. У нас с ней не было ни одного общего языка, но она сумела рассказать мне, что в Бразилии у нее остались дочь и зять, дочь у нее — повар, а зять ничем не занимается, даже не ловит рыбу — только поет. Рядом с ней стоял человек неведомой раньше мне породы — птичник. По всей улице стояли торговцы живым поющим товаром в клетках. Барселонцы покупали птиц, как и цветы, — часто для удовольствия, в подарок или просто для радости. В моем детстве этот процесс был сложным, назывался «завести животное», часто сопровождался детскими слезами и разговорами об «ответственности». Здесь же слово «ответственность» отсутствует как в языке, так и в людях — слово, подразумевающее что-то тяжелое, просто не находит себе места в их сердцах, под этим соленым солнцем.

Ветер дул с моря постоянно — и даже мне, не умевшей отдыхать, здесь легко и свободно. Ветер задирал скатерть, уносил то салфетку со стола, то мою шляпу — а я не злилась, не раздражалась, впервые в жизни поняв, что эти мелочи лишний раз заставляют улыбнуться, но не более. Тот ресторанчик, куда ходила ужинать, я мысленно называла «поплавок» — он находился на самом краю пляжа, к слову сказать — пляжа довольно нового, так как раньше у Барселоны — страшно подумать! — не было никакого пляжа, только порт.

Я проводила дни совершенно бездумно. Я даже забыла о том, что где-то есть Москва, где-то на сером холодном ветру у меня остались Марго и Джеф, партнер Виктор и мои подопечные, которых теперь он вынужден тренировать один.

Здесь же были легкие цветные браслеты, истертые песком ноги, постепенно раскрывающееся свободное осознание того, что все в мире бывает по-разному. Надо только понять и захотеть. Очень сильно захотеть. Стоя ночью на маленьком, закрытом от чужих глаз балконе, я смотрела на огни города, который никогда не смогу понять, которому я не нужна, но который так жадно люблю и желаю быть принятой — вместе с прочим мелким морским мусором — ракушками, огрызками, бумажками, заодно и со случайными девочками-мечтательницами, возжелавшими быть особенными, другими, проскочить через сито времени и пространства вместе с песком, не замеченными строгим взглядом неумолимой судьбы.

Мысль о том, чтобы вернуться сюда, не приходила в мою голову — я прожила этот этап жизни. Ничего невозможно прожить дважды. Любить Барселону отныне я буду издали.

## АЛЕКС

Он часто видел ее в маленьком ресторанчике на набережной. Белая широкополая шляпа, свободные брюки, длинная футболка, босоножки, темные очки вполлица... Неизменный мундштук, чашка кофе и изредка — бокал красного вина. Мэри выглядела обычной туристкой, отрешенно наблюдавшей за морскими волнами. Алекс нарочно выбирал в ресторане такое место, откуда ему хорошо была видна Мэри, но ей не виден он сам, и часами сидел с чашкой кофе. Искушение подойти к ней иногда бывало столь велико, что приходилось буквально приказывать себе не делать этого. Ему никак нельзя контактировать с ней — мало ли, каким образом Мэри попала сюда, на чьи деньги, с кем. Правда, он хорошо помнил ее принцип не одалживать ни у кого и — уж тем более — не жить за чужой счет. Но осторожность все же не мешала. Алекс знал, что живет она в однокомнатных апартаментах во втором этаже довольно старого дома, часто сидит вечерами на балкончике, увешанном горшками с геранью, курит и пишет что-то, нахмурив лоб и сосредоточенно глядя в монитор. Он развлекался тем, что устраивался на чердаке дома напротив с биноклем и пытался рассмотреть текст, черной мошкарой усеивавший белое пространство экрана.

Мэри ни с кем не общалась, никому не звонила, выходила из дома после полудня, бродила по рынку или просто бесцельно шаталась по набережной, иногда заворачивая в ресторанчик перекусить. Судя по всему, она была тут одна и просто отдыхала. У хозяйки пансиона Алекс аккуратно вызнал, что апартаменты оплачены на месяц, у девушки никто не бывает, и вообще — сеньора Мерседес очень довольна своей квартиранткой.

«Значит, действительно решила отдохнуть», —

заключил он, испытав странное облегчение от полученного подтверждения: у Мэри действительно никого нет.

Он думал о ней часто — наверное, гораздо чаще, чем хотел бы, однако никак не мог определиться в собственных чувствах. Назвать их любовью он не мог, дружбой — не хотел. Но и потерять боялся. Возможно, за время знакомства он просто свыкся с мыслью, что в его жизни, кроме Марго, появилась еще одна составляющая, еще один объект заботы и постоянной тревоги. Возможно, что настойчивая холодность Мэри будила в нем протест здорового самца — как так, нашлась женщина, не упавшая к его ногам, не готовая принести себя в жертву, не желающая быть игрушкой. Как бы то ни было, Алексу никогда не приходила в голову мысль о том, что о Мэри можно просто забыть.

В Испании он наткнулся на нее совершенно случайно. Приехал в Барселону по делам и вдруг в один из вечеров прямо на набережной едва ли не нос к носу столкнулся с ней. К счастью, Мэри была погружена в свои мысли и даже не заметила его, не узнала. Зато сам Алекс здорово напрягся по этому поводу. Казалось невероятным, что Мэри, которую он с такой кровью вырвал из этой страны не так давно, снова вернулась сюда. Неужели хотела побывать там, откуда едва выбралась живой? Или...

Догадка посетила его ночью, Алекс сел в постели, как подброшенный вырвавшейся из матраса пружиной, нашарил сигареты и закурил. Неужели она знает?! Знает — и затеяла игру, чтобы...

О черт! Только этого не хватало — чтобы противницей в операции оказалась Мэри! Этого просто не может быть!

## МЭРИ

Вернувшись из Испании, я почувствовала неожиданный прилив сил и желание танцевать. Мы с Виктором начали готовить новую программу своим деткам, а заодно поставили и себе пару свежих номеров. К тому же была причина. Виктор попросил помочь ему и отработать несколько концертных номеров в одном из ночных клубов. Ну, что ж — дополнительные деньги еще никому карман не оттянули.

Ночной клуб находился довольно далеко от дома, Виктор заехал за мной на машине часа за три, пробки, правда, уже схлынули, но нам нужно было еще прорепетировать, привыкнуть к сцене. Всю дорогу я дремала, заткнув уши наушниками плеера и плавая в волнах нового альбома популярной группы, исполнявшей танго. К сожалению, танцевать нам предстояло все-таки латину — румбу, ча-ча-ча и пасодобль, но бог с ним, оттанцую что просят.

Меня весь день не покидало странное ощущение, будто что-то произойдет. У меня часто бывало такое — я предчувствовала какие-то события, и они непременно происходили. Но сегодня вроде бы ничто не предвещало — обычное выступление в ночном клубе, какие могут быть происшествия? Разве что каблук сломаю...

Переодевшись в латинское платье и натянув поверх него спортивные брюки и кофту, я поправила гетры и посмотрела на заканчивавшего прическу Виктора:

— Ты с бриолином не погорячился?

— В смысле? — не отрывая взгляда от большого зеркала, проговорил он, тщательно выверяя пробор.

— Блестит голова, как салом смазанная, — фыркнула я.

— И что? Это клуб, тут свет другой, хочется, чтобы все было ярко. Ты бы, кстати, с макияжем что-то сделала — бледновато накрасила глаза, не будет четкости.

— Ой, Вить! Кому это надо, а?

— Мне! — отрезал он неожиданно жестким тоном, и я вдруг поняла, что от этого выступления мой партнер ждет каких-то дополнительных бонусов, а потому трепетно относится даже к мелочам вроде моего макияжа.

Ну, что ж — значит, сделаю так, как он хочет. Мне было прекрасно известно, что Виктор живет один, но вынужден помогать старшей сестре, которая очень больна и нуждается в постоянном уходе. Сиделка стоит приличных денег, а потому Виктор старается заработать везде, где только возможно. Мне вдруг стало стыдно за то, что я, как всегда, думаю только о своем удобстве, своих амбициях, крайне редко обращая внимание на окружающих и их проблемы. Мой отказ выступить в турнире лишний раз подтвердил это — там была возможность заработать хоть что-то, а я уперлась и твердо сказала: «Нет, не буду». Виктор тогда смолчал... Господи, нельзя быть такой эгоисткой.

Я решительно схватила косметичку и вынула коробку с тенями, нанесла щедро на веки, придав лицу вполне устрашающее выражение.

— Вить, помаду какую?

— Красную, — совсем мирным тоном подсказал партнер. — Спасибо, Мэри, — он подошел ко мне сзади, обнял и положил подбородок на плечо, рассматривая меня в зеркале.

— За что? Это работа, и ты прав — ее нужно делать профессионально даже в мелочах.

— Ты умница, Мэри.

Да уж... я, разумеется, умница, но мой эгоизм начисто уничтожает порой все.

...Мы танцевали пасодобль, когда вдруг в зале клуба, битком набитого людьми, появился ОМОН. Люди в масках без объяснений начали усаживать посетителей за столики, а некоторых просто укладывать на пол. Мы остановились, и я почувствовала, как с ног до головы меня окатило ледяным душем — нехорошее предчувствие нахлынуло вновь с новой силой. К нам подошел высокий мужчина в сером костюме и вежливо предложил пройти в гримерку. Там он тщательно осмотрел вещи Виктора и взялся за мой кофр. Я спокойно наблюдала за тем, как он выкладывает содержимое на диван, и вдруг напряглась — в руке у мужчины мелькнул белый увесистый пакетик, который — я могла поклясться — он вынул из кармашка, где обычно лежали мои туфли...

— Та-ак... — с иезуитской ухмылкой протянул мужчина, держа двумя пальцами находку. — Сумка чья?

— Моя. Но я не понимаю...

— Разумеется... — он заглянул в мой паспорт и хмыкнул: — Разумеется, Лей-ла Ва-ги-фов-на, — протянул, с каким-то особенным выражением растягивая по слогам имя и отчество, — разумеется, вы этого не понимаете. А я вот понимаю — кокаинчик это, ко-ка-ин-чик! Осталось только выяснить, где вы его взяли и кому собирались передать. Отследим, так сказать, цепочку.

Я рассвирепела — надо же, нашел наркоторговку! Даже выслушать не хочет, твердо уверен, что не ошибся. Откуда взялся этот кулек, господи?! И Витька смотрит так, словно верит этому менту, а не мне...

— Что за бред?! Дверь в гримерку не запирается, сюда мог войти кто угодно!

— Конечно, Лейла Вагифовна! — подхватил мент. — И из двух висящих сумок выбрать именно вашу!

— Что?! — Я отступила на шаг, уперлась бедром в высокий гримерный столик, чтобы не упасть — ноги ощутимо тряслись. — Вы хотите сказать, что я вру?

Мент ухмыльнулся, но взял себя в руки, перешел на официальный тон:

— Я хочу сказать, Лейла Вагифовна, что в вашей сумке с костюмами...

— В кофре, — машинально поправила я, и он, чуть сбившись, продолжил:

— Пусть так — в кофре. Так вот, в вашем кофре обнаружен пакет с белым порошком. Вряд ли вам удастся доказать, что это тальк. Что, по-вашему, Лейла Вагифовна, я должен делать?

— Искать того, кто его мне положил.

— Погоди, Мэри, — вмешался вдруг молчавший дотоле Виктор. — Не горячись, я думаю, что сотрудники разберутся...

Я повернулась в сторону партнера, раздула ноздри и, уперев руки в бока, поинтересовалась:

— Ты только сейчас вошел? Или все-таки слышал, о чем говорил многоуважаемый сотрудник? Он же свято верует, что порошок в пакете, чем бы он там ни оказался, принадлежит мне! Мне — потому что я Лейла Вагифовна Манукян, что гражданин сотрудник подчеркнул в своей короткой речи уже не менее пяти раз? А это априори делает меня потенциально подозреваемой!

Сотрудник наблюдал за нами с интересом, а потом вдруг вклинился:

— А можно вопрос по ходу? Почему ваш партнер зовет вас другим именем, Лейла Вагифовна?

— Это мой псевдоним. Можете запросить документы в федерации танцевального спорта — я Мэри и как танцовщица, и как тренер, — отрезала я, и мент умолк, а я возблагодарила бога за свое умение виртуозно врать.

На самом деле вопросы о двойном имени всегда приводили меня в состояние легкой паники. Я боялась, что когда-нибудь проколюсь, не сумею вовремя удержать язык на привязи и брякну что-то лишнее. Кроме того, меня всегда пугала перспектива быть опознанной как Мария Лащенко, которая по документам уже давно мертва. Я потому и отказалась в свое время участвовать в турнирах — из-за боязни быть узнанной. Объяснить это Виктору я не могла, а потому обставила все как капризы взбалмошной девицы, привыкшей к тому, что ее прихотям потакают. Не знал Витя и того, что его партнерша Мэри и французская писательница Мэри Кавалье — одно лицо. К счастью, мои романы не переводились на русский и в России не продавались. В общем, я по привычке до предела запутала все и жила как в паутине, сотканной из лжи, страха и недоверия. Только с Марго я могла быть откровенной и не опасаться ничего. С ней — и еще, может, с Алексом в те моменты, когда он решал, что хочет общения со мной.

— Придется вам проехать с нами, — оформил наконец конечную цель мент и взял меня под локоть.

— Я могу хотя бы переодеться?

— Не стоит. Теряем время, то-се... если будет необходимость, в управе и переоденетесь.

Он забросил на плечо мой кофр и снова взял за локоть.

— Мэри, куртка, — Виктор заботливо накинул кожанку мне на плечи.

— Позвони Марго, — только и успела проговорить я, буквально выдергиваемая из гримерки сильной рукой мента.

Надежда на то, что подруга сможет сделать что-то, была призрачной, но все же исключать ее не стоило. Когда касалось меня, Марго становилась упорной и решительной даже в мелочах.

Я не помнила задаваемых мне вопросов, тщетно пытаясь оттереть от пальцев черную дрянь, которой их покрыли, когда снимали отпечатки. Где-то в самом углу подсознания шевельнулась опасливая мыслишка, что вот по отпечаткам как раз и можно идентифицировать меня, но тут же исчезла — я никогда не переступала порога милиции, и эта процедура для меня в новинку. Разговаривавший со мной пожилой мужчина с усталыми серыми глазами только вздыхал, замечая, что я даже не вникаю в суть разговора, и в конце концов не выдержал:

— Что же вы, девушка, помочь себе не хотите, а только усугубляете? Ведь получите лет семь — вам оно надо? Колония — не сцена, там порядки и нравы другие.

— А что вы знаете о нравах в танцевальных раздевалках? — Я прищурилась и поправила выбившуюся из залакированной прически прядь. — Знаете, как стекло толченое в туфли закладывают и супинаторы режут? Или у платья лямки подрезают?

— Эх, девочка, — снова вздохнул следователь. — А как личико сродни твоему заточенной ложкой вдоль и поперек расписывают только за то, что кобла с интересом посмотрела?

Я подавилась словами и умолкла. Мне всегда

казалось, что я-то знаю в этой жизни уже все и хуже знаний уже не будет, ан нет. Тюрьма... с ума сойти можно — я в тюрьме! Ни за что!

— Мне действительно нечего вам сказать, — заговорила я дрожащим голосом. — Я не имею никакого отношения к этому пакету.

— Кофр ваш?

— Мой, но...

— Но порошок не ваш, — закончил за меня следователь. — Понятное дело. Лейла Вагифовна, тогда ищите того, кто вам его подбросил — это все, что я могу сказать. Хотите честно? — Он подался вперед, навалившись грудью на стол, и зашептал: — Я не верю, что это ваш кокаин. Не верю. У вас слишком открытый взгляд и слишком натуральный испуг, — его прервал телефонный звонок. — Да, я. К кому? Да, у меня. Уже отпускаю. Хорошо, под мою ответственность сюда ее впустите. Да, — положив трубку на рычаг, следователь помолчал, а потом негромко сказал: — К вам приехала подруга, я распорядился впустить. Как вы понимаете, мог бы не делать этого, но вы мне внушаете доверие. Я уверен, что все окажется так, как вы и сказали, — кокаин не ваш.

— Спасибо, — прошептала я, стараясь не расплакаться — иначе тушь растечется, отлетят наклеенные ресницы, грим пойдет прахом, а снять его полноценно здесь просто нет возможности.

Следователь распахнул дверь, и в кабинет ворвалась Марго в черной ветровке и таких же джинсах. Поверх воротника наскоро намотан голубой палантин, волосы растрепаны, губы не накрашены — торопилась. Увидев меня в полной боевой раскраске и концертном костюме, она вдруг заплакала, прислонившись спиной к стене. Я подошла вплотную и прижалась к ней, уткнувшись лицом в грудь, обтянутую черной шерстяной водолазкой. На каблуках я была почти одного роста с нею. Марго машинальным жестом погладила меня по затылку, поправила выбившуюся прядь:

— Мэри, что произошло? Как ты оказалась тут? — чуть отстранив меня и заглядывая в глаза, спросила подруга.

— Не поверишь — за кокаин взяли.

— За... что?! — в ужасе выдохнула Марго. — Ты что же — снова?! Ведь ты обещала!

— Ш-ш-ш! — Я вцепилась пальцами в ее запястье так, что Марго чуть слышно ойкнула. — Не говори лишнего, хорошо? Я тут ни при чем, а кокса там было явно не на одну «дорожку»! У меня просто нет столько денег, чтобы оптом отовариваться! И я тебе обещала — если помнишь.

Марго пару минут пристально вглядывалась в мое лицо, но я не отводила глаз, потому что говорила абсолютно честно, скрывать нечего.

— Мэри... а что же делать теперь?

— Не знаю. Тут никому ничего не докажешь, даже слушать не хотят. А благодаря моему паспорту они вообще ни в чем не сомневаются. Спасибо, удружил! — со злой досадой бросила я, и Марго мгновенно поняла, о ком речь. Это Алекс сделал мне такие документы...

— Я попробую, — не совсем уверенно проговорила Марго. — Вдруг получится...

Она оттолкнулась от стены и вышла в коридор,

где все это время смиренно сидел на стуле следователь. Я услышала, как Марго спрашивает у него, где можно найти начальника. Ее шаги удалялись куда-то в глубь коридора, а я с волнением слушала их, боясь, что могу никогда больше их не услышать.

Следователь не сказал мне ни слова, вызвал милиционера, и меня отвели в «обезьянник».

— Так и быть, закрою тебя отдельно от всех, а то как бы чего не вышло — мне только драки не хватало, — добродушно проворчал полный усатый милиционер, открывая мне отдельную «клетку».

В соседней справа гоготали пятеро девиц вполне определенной профессии, а слева пьяно бормотал что-то отвратительный заросший бомж с бородой Деда Мороза. Господи, кто бы сказал мне, что я окажусь в таком месте, в такой компании... Почему я не умею жить без проблем, как все люди?

Я вдруг вспомнила, с какими приключениями выезжала впервые в Англию, в Блэкпулл. Визы мы получили с трудом, Иван несколько раз ездил в Новосибирск, где их оформляли. Особые трудности были со мной — незамужняя девушка, сами понимаете. Но в конце концов паспорта оказались в руках, кофры-чемоданы собраны. Улетать мы должны были через два дня. И вот тут привычка носить с собой все документы сыграла со мной злую шутку.

Я возвращалась домой после тренировки, было уже темно. Моя большая сумка болталась на плече — все как всегда. И вдруг, едва только я повернула в переулок, сильная рука крепко схватилась за ремень и рванула его на себя. От неожиданности я встала как вкопанная и выпустила сумку. Топот убегающего уже стих, когда я пришла в себя и поняла, что вместе с сумкой и кошельком, почти пустым, кстати, лишилась главного — документов и билетов на самолет. Ужас, охвативший меня, невозможно передать словами — с таким трудом получены визы, такой серьезный турнир, мы так готовились — и вот я все спустила в сточную канаву своей собственной глупостью...

Кое-как я доплелась домой, упала на кровать в своей комнате и разрыдалась. Отец, оказавшийся на удивление трезвым, сперва утешал как мог, но потом махнул рукой и объявил, что я дура и «полоротая курица». Поддержал, называется.

Нужно было позвонить Ивану, но я медлила. Если честно — просто боялась его реакции...

Назавтра утром я, как обычно, побрела на тренировку. Ноги не несли — предстоял разговор с Иваном и с тренером. Стоя на остановке, я почему-то принялась изучать объявления, расклеенные хаотично по прозрачным пластиковым стенам. И вдруг...

«Найдены документы на имя Лащенко Марии Юрьевны, обращаться по телефону...».

Я не поверила своим глазам, так не бывает, не может быть... Лихорадочно записав телефон прямо на пакете с туфлями, я кинулась к ближайшему телефону-автомату. Трубку взяла женщина, выспросила у меня все данные, перечень потерянного и, только убедившись, что я это я, назвала свой адрес.

Вместо тренировки я помчалась к этой милой женщине.

Выйдя из ее квартиры, не могла поверить своему счастью. Цело все — оба паспорта, билеты, моя записная книжка — в том самом пластиковом конверте для документов, в котором они и лежали. Нет телефона и кошелька, но черт с ними. И тут... Я как раз проходила мимо мусорных баков, и на земле рядом с одним из них увидела... свою сумку. Определенно это был мой день — в ней оказался даже кошелек, хоть и пустой, косметичка, флакон духов. Получилось, что грабитель лишил меня трехсот рублей и старенького телефона. Я долго не могла поверить в собственную удачу — с таким трудом полученная виза вернулась ко мне.

...В Блэкпулле мы заняли второе место, что для пары из Сибири явилось небывалым успехом. Нам долго не верили, что мы живем и тренируемся не в столице — настолько силен по уровню был наш танец и настолько сложна программа в целом. Но, я думаю, дело было еще и в том, что я, как могла, старалась «отработать» свое везение, о котором, кстати, не рассказала никому, даже Ивану. Он так никогда и не узнал, что в нашей карьере могло не быть этого турнира и этого призового места.

К вопросу о везении — если бы не оно, вряд ли я была бы до сих пор жива. Сколько раз мне везло в прямом смысле слова — не сосчитать. И даже сейчас, сидя в «обезьяннике», я искренне верила, что и в этой ситуации мое фантастическое везение придет на помощь.

Молодой сержант кидал в мою сторону недвусмысленные взгляды, хмыкал, улыбался и, кажется, совершенно забыл о своих служебных обязанностях. Ну, еще бы — по сравнению со мной даже взятые прямо с «рабочего места» проститутки выглядели скромными выпускницами Смольного института. Концертный макияж, наклеенные ресницы, стразы на лбу, совершенно открытое латинское платье, колготки в сетку и босоножки на одиннадцатисантиметровой шпильке делали меня экзотической птицей, случайно попавшей в грязные силки птицелова вместе с воробьями и воронами. Проститутки, кстати, приняли меня за конкурентку, долго потешались и обещали на выходе «офигенную разборку».

Из приоткрытой двери до меня донесся голос Марго:

— Тогда позвоните полковнику Кондрашину! Я кто? Я его дочь!

Ого... значит, дело дрянь — если Марго решилась на звонок отцу. Интересно, чем все это закончится?

Марго вышла из кабинета начальника отделения с расстроенным лицом, и я поняла сразу — отец не помог. Не захотел. Или не смог — что вероятнее. Так и оказалось. Марго, уже всхлипывая, проговорила:

— Мэрик... они отцу сказали, что давно за тобой наблюдают, что партия крупная...

Еще бы! Мэри — кокаиновая барыга! Тот, кто решил меня упрятать сюда, не поскупился — кокаина нашли около пятидесяти граммов, золотое дно, Клондайк! Мне самой за всю жизнь не употребить...

Если честно, у меня вертелся в голове только один подозреваемый. Алекс. Но умом я понимала — зачем ему? Как раз Алексу такие сложности вообще ни к чему — искать кокаин, толкать его мне в кофр, звонить в милицию... Нет, изобретательный Призрак сделал бы все сам — если бы хотел наказать меня как-то.

— Марго, поезжай домой, — попросила я, глядя с жалостью на заплаканное бледное лицо подруги. — Поезжай, завтра будет новый день, что-нибудь придумается.

— А как же ты? Я не могу оставить тебя здесь... — запротестовала она, но я понимала, что помочь она уже ничем не может, а рассчитывать, что сержант будет долготерпелив и не выведет мою подругу за шиворот, не приходилось. Нам тут и так слишком много позволили.

— Марго, со мной все будет в порядке.

Через десять минут уговоров Марго все-таки уехала, а я осторожно опустилась на скамью и закрыла глаза. Удалось даже задремать на какое-то время. Разбудил лязг замка и мужской голос:

— Манукян, на выход!

Я встрепенулась и поднялась:

— Куда?

— Домой поедешь.

— То есть? — Я вообще ничего не понимала — как так? Задержали, пятьдесят граммов кокса в кофре. Раз-два — «домой поедешь». Что происходит-то?

— Что — понравилось? — хмыкнул сержант. —

Оставайся тогда, договоримся, — он подмигнул, и я разозлилась:

— А не разорвет тебя — если я останусь?

— Ты это... слышь... не борзей особенно-то, — сразу посерьезнел сержант. — А то не посмотрю, что из мэрии звонок был, враз закрою суток на пятнадцать.

«Опа... из мэрии, говоришь? Это интересно...»

Но рот я на всякий случай закрыла.

Мне вернули все вещи, и я попросила разрешения переодеться — ну, в самом деле, не ехать же мне домой ночью в концертном платье! Сержант отвел меня в маленькую комнатку, где стояли стол и два стула, вышел, но дверь оставил чуть приоткрытой. Да и черт с тобой — любуйся.

Переодевшись, я кое-как затолкала в кофр платье, колготки и босоножки, забросила его на плечо и в сопровождении сержанта покинула помещение. На крыльце он чуть придержал меня за локоть и попросил телефон. Я вырвала руку, окатила кавалера ледяным взглядом, давая понять, что сук он рубит явно не по размеру, и перешла на противоположную сторону улицы. Пять утра, мамочка моя... Как добраться-то? Я находилась где-то у черта на куличках, и в центр отсюда можно было уехать только на такси за бешеные деньги — метро закрыто, а ждать на улице как-то не хотелось. Выбора не было, пришлось поднять руку, едва завидев фары приближающейся машины. К счастью, это оказался пожилой мужчина, который не «бомбил», а ехал домой из командировки. Нам оказалось почти по пути — настоящее везение в качестве компенсации за неудачный день.

Я забралась на заднее сиденье «Волги» и попыталась не задремать, чтобы уж дома рухнуть в постель и выспаться как следует.

В окне кухни Марго горел свет — она никогда не выключает на ночь бра над столом, уж не знаю, по какой причине. Это почему-то успокоило меня окончательно, и я поспешила к себе.

То, что я увидела, открыв дверь, повергло меня в еще больший ужас, чем задержание. В квартире все было перевернуто, вещи из шкафов вывалены на пол кучами, книги, диски — все валялось там и тут. Мне даже не пришло в голову позвонить в милицию — я просто села на пол в коридоре и разрыдалась. Я так мечтала об отдыхе — а теперь нужно разбирать эти завалы. Кто был здесь, что искал? Что у меня можно взять, кроме достаточно дорогого ноутбука? Но он стоит на столике, разве что сдвинут на самый край. Наревевшись всласть, я с тяжким вздохом поднялась, сбросила куртку и принялась за уборку, окончившуюся только к восьми утра. Решив, что с меня довольно потрясений, я позвонила Виктору и попросила подменить меня на тренировках у детей. Когда он попытался выяснить причину, я, потеряв самообладание, заорала, что это не его дело, и бросила трубку. Ничего, отосплюсь, извинюсь — не свалится корона.

Стоя под теплым душем, я наслаждалась ощущением чистоты после отвратительного времяпрепровождения в отделении милиции и последующей незапланированной генеральной уборки. Господи, как же это все ужасно... никогда не думала, что придется пережить подобное. Но тоже опыт...

## АЛЕКС

Он следовал за машиной Марго по переулкам, стараясь не попасться на глаза. Куда это она направилась с такой скоростью? Пролетела мимо него, едва не сбив с ног, и даже не узнала, не заметила, прыгнула за руль и понеслась куда-то.

Когда машина Марго остановилась у здания УВД, Алекс напрягся — что ей делать здесь? Что такого натворила Марго? Или...

Догадка напрашивалась сама собой — Мэри. Только неприятности у Мэри могли заставить Марго нестись куда-то с такой скоростью. Чертова девка умела организовать сложности всем вокруг — и Марго в первую очередь. Алекс наблюдал за ними вот уже пару недель, с тех пор, как снова вернулся сюда. Некоторые открытия его откровенно веселили. Марго взяла на себя роль добровольной помощницы по хозяйству, сумки, которые она приносила из магазина, казались неподъемными. Она ходила в квартиру Мэри как в собственную, убирала там, стирала, готовила. А Мэри — танцевала. Танцевала с утра до ночи, тренировала детей и тренировалась сама. Алекс часто наблюдал за ней, видел, как она выходит из клуба поздно вечером, как устало бредет, ссутулив плечи, домой, иногда спускается в метро — очевидно, когда совсем не имеет сил пройти пешком пару кварталов. Несколько раз он оказывался прямо у нее за спиной в вагоне, стоял и вдыхал знакомый аромат духов, видел непослушную прядь волос на затылке, закрывал глаза и вспоминал их последнюю ночь, проведенную вместе. Смешно — вторую и последнюю одновременно. Это оказался самый бестолковый роман из всех.

## МЭРИ

Телефон на тумбочке заголосил именно тогда, когда лично мне и думать еще не хотелось. Нашарив трубку, я сонным голосом пробормотала «алло», заранее проклиная звонившего, кем бы он ни оказался.

— Здравствуй, Мэри. Как твое самочувствие? — О черт, только не это...

— Послушайте, Михаил Борисович, вам в самом деле нечем себя развлечь? — Я села, натянув на себя одеяло, — в комнате из-за открытой настежь форточки было зябко.

— С чего ты взяла, что я развлекаюсь? Мне хочется общения с красивой умной женщиной — почему я должен себе в этом отказывать?

Я не могла понять — он идиот или впал в маразм? Какое время, с кем он собрался его проводить? Со мной? Придурок...

— Вам не приходило в голову, что мне совершенно неинтересно ваше внимание?

— Мэри, я слишком уже стар и привык, что женщины на первых порах всегда ведут себя подобным образом. Но поверь — стоит тебе хоть раз согласиться, и ты изменишь свое отношение ко мне.

— Н-да? С чего бы вдруг? — Мне стало весело. Старичок-то того, с завышенной самооценкой.

— Ты просто подумай о перспективах.

— Я вас умоляю! О каких перспективах я должна думать?

— Брак со мной мог бы стать для тебя полезным во всех отношениях.

— Брак?! Вы шутите?! — Определенно дед впал в маразм. Это ж кому скажи — жениться собрался! Как говорил мой циничный муж — «смерть отвернулась покурить, а он на танцы».

— Я абсолютно серьезен. Ты мне интересна, я чувствую, что в моих руках ты могла бы стать настоящей леди.

Я совершенно непочтительно расхохоталась, даже перестав на пару минут злиться. Только представить — я и этот мухомор! Это ж просто праздник идиотизма.

— В общем, так, — отсмеявшись, заговорила я злым тоном. — Говорю в последний раз — вы мне отвратительны, и этого достаточно, чтобы я прекратила всякое общение с вами. Все, разговор окончен.

— Вижу, вас ничему не учит жизнь, — вздохнул ухажер, как-то сразу перейдя на «вы». — Даже задержание не сделало вас осторожнее в высказываниях. Что ж, Мэри, вы сделали выбор, потом может быть поздно.

Я растерянно смотрела на гудящую трубку и молчала, лишившись дара речи. Так вот откуда растут ноги у кокаина... мать честная, вот это номер... А дедуля-то оказался крут до невменяемого. Или невменяемо крут? А то и проще — круто невменяем? Напугать меня решил, значит. И ведь это плохо, очень плохо.

Среди ночи я проснулась от ужаса — во сне совершенно ясно услышала мужской голос, приказавший мне встать и убираться из квартиры. Шизофрения даже в легкой форме в мои планы не входила, но я почему-то безоговорочно поверила этому голосу. Набросив джинсы и куртку, я сунула ноги в сапоги и, прихватив с вешалки сумку, вышла на площадку. Глянув на часы, ужаснулась — три часа ночи! Да я сдурела совсем, что за бред? Разозлившись, я взялась за ручку двери и уже собралась вставить в замок ключ, как в квартире что-то оглушительно рвануло, и выбитой дверью меня отбросило в дальний угол площадки к мусоропроводу. Ударившись затылком, я едва не потеряла сознание от боли, но сумела удержаться. Пару секунд стояла гробовая тишина, но вот двери квартир начали распахиваться, подъезд наполнился голосами.

— Где это?

— Что случилось, скажите, ради бога?

— Да это у танцовщицы в квартире что-то рвануло, может, газ открыла...

— Точно — могла открыть и забыть, а потом закурила.

— Сама-то жива, интересно?

Я отряхнула с джинсов и куртки пыль, покашляла и сообщила соседям, что жива и почти здорова.

— Ты зачем же куришь-то у газовой плиты? — возмущенно поинтересовалась соседка из квартиры напротив. — На тот свет весь дом решила отправить?

— Похоже, что я курила в три часа ночи — с

сумкой в руках? — огрызнулась я, смекнув, что не стоит рассказывать о своих «голосах», пока добрые люди в психушку не отвезли для профилактики.

Соседка поправила на голове сбившуюся тонкую косынку, из-под которой, словно трубы, торчали бигуди, оглядела меня с ног до головы и примирительно изрекла:

— Поздновато загулялась, да видишь, как повезло-то! Была б в квартире — кто знает...

На площадке открылся лифт, и через несколько секунд передо мной возникла всклокоченная Марго, а за ней — Джеф в спортивном костюме.

— Господи, Мэри! Я так и знала! — сразу запричитала Марго, обхватив меня руками. — Что случилось?

— Да пес его... — пробормотала я, напряженно наблюдая за тем, как Джеф вдруг подобрался, словно учуявшая след гончая, и рассматривает что-то на выбитой взрывом двери.

— Милицию бы... — начал кто-то, но Джеф предложил всем разойтись и спокойно досыпать, а уж он сам разберется и с милицией, и с газовой службой.

Внушительный вид мужа Марго и его спокойная уверенность в собственной правоте убедили соседей разойтись по норкам. Я вздохнула с облегчением, а Джеф на цыпочках вошел в квартиру, запретив попутно нам с Марго двигаться с места. Мы согласно закивали и на всякий случай переместились подальше от квартиры, на лифтовую площадку.

— Кошмар какой-то, — пробормотала я, вытаскивая ощутимо дрожащими руками пачку сигарет и зажигалку.

Марго понаблюдала за моими безуспешными попытками закурить, потом сжалилась и сама прикурила сигарету, вставила мне в рот и поморщилась:

— Ты не пробовала бросить?

— Бросишь тут, — проговорила я с досадой. — Не понимаю, что это было... Я спала как младенец...

— Так ты что же — дома была?! — Марго недоуменно уставилась на меня. — А почему ж тогда в куртке? Я думала, ты вернулась откуда-то.

— С того света, — мрачно пошутила я. — Тебе скажу, но Джефу ни слова, ладно? Я, кажется, схожу с ума, Марго. Вернулась вчера с тренировки около одиннадцати, душ, то-се... Хотела написать хоть пару абзацев, но не пошло, я так ноутбук в большой комнате и оставила. Да и насморк у меня, слышишь? — Для наглядности я пару раз шмыгнула носом. — Ну, вот — капли закапала, легла, уснула мгновенно, как из розетки выключили, и вдруг — голос... — я сделала глубокую затяжку и замолчала, глядя в расширившиеся глаза Марго.

— Можешь дальше не говорить, — прошептала она побледневшими губами. — Алекс...

— Ой, перестань! При чем тут...

— При том! Только он мог — больше некому! Он всегда чувствует, когда с кем-то из нас что-то творится.

— Марго! — как можно внушительнее произнесла я, взяв подругу за плечо. — Послушай меня. Это уже перерастает в паранойю, в маниакальный бред, понимаешь? Нет никакого Алекса — в том виде, в котором ты сейчас его представляешь. Есть обычный мужик с... э-э-э... незаконным видом деятельности, вот. Но — не больше. Не больше, Марго, — потому что такого просто не бывает.

Марго молчала. Она сама не раз говорила мне именно эту фразу, но буквально следом за этим случалось нечто, заставлявшее нас изменить свое мнение. Как сегодня.

Глубоко в душе я была уверена, что именно голос Призрака заставил меня встать с постели и выйти из квартиры.

— Курите? — Мы обе вздрогнули и обернулись к вышедшему на площадку Джефу. — Марго, иди домой, дорогая.

— А вы?

— А мы с Мэри еще покурим и придем. Приготовь пока ей постель, хорошо? Дверь я на место воткнул, до утра простоит, а завтра решим. Иди, Марго, — он вызвал лифт и мягко подтолкнул Марго в кабину. — Иди, мы скоро.

Когда лифт пошел вниз, Джеф взял меня за руку и вывел на балкон, окружавший дом по периметру на каждом этаже. Летом тут сушили белье, зимой хранили какие-то соленья и прочую дребедень. На моем же этаже балкон всегда был девственно чист, стояли старый диван и небольшой столик — тут любил курить мой сосед из квартиры напротив, пожилой бывший работник МИДа.

— Садись, — Джеф указал мне на диван, и я опустилась на него, подвернув под себя ногу.

Джеф же встал к перилам и, скрестив на груди руки, проговорил:

— У тебя проблемы, Мэри?

— Не поняла...

— Что тут можно не понять, я спросил довольно просто — проблемы у тебя?

Пристальный взгляд Джефа пронизывал меня насквозь, стало вдруг холодно и неуютно. Я поежилась, пытаясь стряхнуть с себя это ощущение, но тщетно — Джеф глаз не отводил. Говорить с ним о своих подозрениях я боялась — он такой же, как Алекс, с которым у Джефа свои счеты, и стравливать их я вовсе не собиралась, чтобы не расстраивать Марго.

— Мэри, мне не нравится твое молчание.

— С чего ты решил, что у меня проблемы? — Я попыталась перейти на легкомысленный тон, и это мне вполне удалось. Однако Джеф кушать это не стал.

— С чего, говоришь, решил? А с того, моя дорогая, что газовая труба в твоей квартире надпилена в двух местах так, что газ из нее сочился постепенно. Не понимаю, как ты не почувствовала запаха.

— Насморк у меня, Джеф! Второй день сплю только с каплями...

— А-а. Ну, это все объясняет, — согласно кивнул Джеф и продолжил: — Тебе повезло, что, по всей видимости, ты явилась не голодная и разогревать принесенный Марго ужин не стала. Как не стала и курить в своем любимом уголке. Ты ведь куришь только в кухне, больше нигде, даже на балкон не выходишь, ведь так? Тот, кто сделал это, хорошо изучил твои привычки, Мэри.

— А... как же взорвалось? — глупо полюбопытствовала я.

— Совпадение это или нет, но мне показалось, что замкнул холодильник, искра вылетела — и взрыв.

Если что-то еще способно было напугать меня в жизни, так вот это оно и было... Я почувствовала ледяной холодок вдоль позвоночника. Моя привычка курить в углу между окном и столом была известна трем людям — Марго, Джефу и... правильно, Алексу. Алексу, черт его дери! Но за что?!

— Ты думаешь о том же, о ком и я? — Джеф бросил окурок в металлическую пепельницу, а я кивнула. — Прекрасно. Хоть в чем-то у нас единение. Рассказывай, что натворила.

— Не поверишь — абсолютно ничего такого, что могло бы заставить его хотеть меня убить.

— Насколько я знаю Алекса, особо крупный повод ему не нужен, — усмехнулся Джеф. — Достаточно простого отказа.

— Ты говоришь глупости.

— Ладно, я не буду тащить клещами — так это говорится? Но будь очень осторожна, Мэри. Если это Алекс, он не остановится. Идем, еще успеем выспаться.

...Я не могла уснуть, ворочалась на своем любимом диване в квартире Марго. В голову лезла всякая чушь, я пыталась ни о чем не думать, но это никак не получалось. Что мне делать, как быть? Я только оправилась от этого дикого случая с кокаином — и тут снова какая-то чушь. И страх...

Мне казалось: после жизни с Костей, после стольких лет преследований и заячьих метаний по всему миру в попытках спастись я уже разучилась бояться. Оказывается, нет — стоит только оказаться лицом к лицу с малейшей опасностью, как все начинается снова. Внезапно я поняла, что должна делать что-то, а не лежать, укрывшись с головой пледом. И единственное доступное мне сейчас действие совсем просто...

— Зачем ты звонишь мне ночью, Мэри?

Голос сух, тон отрывист, сквозит недовольство.

— Я не отниму много времени. Просто скажи — за что?

— Не понимаю.

— Не понимаешь? Странно. Я спросила четко — за что ты хотел убить меня?

Пауза. Щелкает зажигалка, я слышу тяжелый вздох и следующий за ним вопрос:

— Ты снова употребляешь кокаин, Мэ-ри?

Напоминание о кокаине оказалось как-то странно «в кассу» — а ведь я не рассказывала ему о задержании. И мы вообще не общались с ним в последнее время. Может, Марго? И что за намеки вообще... Сам-то лучше, что ли? В одно время ведь баловались. Да и, если честно, меня порой посещают мысли о том, что он до сих пор время от времени «расширяет границы сознания». А я дала слово Марго — и с тех пор ни-ни.

— Я не нарушаю обещаний! А ты не ответил.

— Мэри, ты ненормальная. О чем речь?

— О том, что кто-то знал, как сильно я люблю

курить в кухне! — Я начала терять терпение — определенно Алекс издевался, хотя тон вроде ровный.

— Ну, я знаю об этом. Ты сидишь в углу, закинув на батарею ноги, и обхватываешь губами свой мундштук... а вокруг тебя клубятся облачка ментолового дыма... перед тобой чашка кофе, пепельница и иногда — ноутбук. — Я слушала его голос и чувствовала себя королевской коброй, которая уже парализована звуками дудки факира — еще минута, и меня можно брать голой рукой и совать в мешок. — Но что с того? Разве это повод убить тебя, Мэри?

— Это способ.

Он наконец потерял самообладание и рыкнул:

— Прекрати свои шарады! Какой способ, способ — чего?

— Не кричи, пожалуйста. Способ убить меня, организовав утечку газа! Достаточно щелчка зажигалки — и все! — Я сорвалась на громкий шепот, потому что орать в голос в квартире, где все спят, не могла.

Молчание Алекса было долгим и каким-то тревожным. Вряд ли он искал оправдания — такие, как он, не оправдываются.

— Где ты сейчас? — наконец проговорил он.

— Какая разница? Ты не ответил на мой вопрос — так почему я должна отвечать на твой?

— Я не собирался убивать тебя. Такой ответ тебя устроит?

Ответ меня устроил.

В глубине души я была уверена, что это не он, но уж слишком все сходилось в точке, именуемой

«Алекс». Мне было противно думать о нем вот так — со страхом, злобой и обидой. Как ни крути, а я любила его раньше, это сейчас могла уже почти честно сказать, что все закончилось. Господи, как же я любила его тогда — его руки, его голос, его взгляд. Как я слушала его игру на пианино — он всегда играл Шопена, когда замечал мое присутствие. Как я курила на окне, захлебываясь дымом и слезами, когда поняла, что он никогда не перестанет любить Марго. Да мало ли...

И теперь, когда он сказал короткую фразу «я не собирался убивать тебя», поверила ему безоговорочно и сразу. Он не лгал мне...

— Спасибо.

На том конце засмеялись. Я забыла, как он смеется, надо же...

— Мэ-ри, ты позвонила первой. Помнишь, я сказал, когда это случится, я приеду и помогу тебе?

— Прости. Мне не нужно, — поспешно отказалась я и отключила телефон.

Его приезда я боялась не столько из-за себя, сколько из-за Марго — та явно не будет рада видеть Призрака.

Все деньги, что я успела отложить на карточку, пришлось пустить на ремонт — кухню мою взрывом разметало в щепки, коридор и дверь в ванную тоже пострадали. Две недели я жила у Марго, испытывая нешуточные угрызения совести. Мне было неудобно перед Джефом. Казалось, я снова ввалилась в их жизнь, как татаро-монгольское иго, и они вынуждены терпеть меня. Марго, разумеется, была другого мнения, она искренне считала меня членом семьи и представить не могла, что я могу жить где-то еще. Где? У меня слишком мало знакомых в Москве, а друзей нет вообще — только Марго и Джеф. С возрастом становится сложнее обрастать связями и знакомствами, начинаешь бояться открывать свою душу кому-то, потому что ждешь подвоха. А без откровенности какая дружба? Но я могу открыться только Марго, потому и нет у меня никого, кроме нее.

В первую же ночь дома я засиделась в кухне за ноутбуком, пытаясь прогнать замучившую меня до полусмерти Музу. Упрямая девка не желала сдаваться, диктуя новые подробности биографии героини. У меня уже слипались глаза, но я продолжала стучать по клавиатуре, дописывая главу. И в этот момент мне показалось, будто я слышу, как в замке поворачивается ключ. Сначала я подумала — Марго, но, переведя взгляд вниз, увидела на экране время — половина четвертого утра, какая Марго... Был еще один вариант, но почему-то я его отмела — Алекс опять пропал, да и замки в двери новые. Хотя такие вот спектакли вполне в его духе. Я замерла, не в силах шевелиться, а ключ в замке все крутился туда-сюда, и было понятно, что человек с той стороны двери не может разобраться, в какую сторону его повернуть, чтобы открыть. Справившись с ужасом, я кинулась в коридор, накинула цепочку и с силой задвинула короткий, но толстый засов, который Джеф установил мне специально — для успокоения, так сказать. Глазок оказался залеплен чем-то с той стороны, и я не могла увидеть, кто это орудует. Схватив телефон, я лихорадочно набрала номер и, когда трубку сняли, громким шепотом завопила:

— Джеф!!! Джеф, у меня за дверью кто-то есть. Пытается вскрыть замок!

— Успокойся, я сейчас.

Было ощущение, что пара минут, которые потребовались Джефу, чтобы подняться, длились около месяца. Мне показалось, что я от страха состарилась за это время. Звонок в дверь застал меня на полу в ванной, где я сидела, обхватив колени руками. Кое-как заставив себя встать, я вышла в коридор и на цыпочках подошла к двери. Оттуда раздалось:

— Мэри, это я. Открой, не бойся.

Когда Джеф вошел в квартиру, я без слов повисла у него на шее и расплакалась.

— Ну-ну, что ты, — успокаивающе проговорил Джеф. — Уже все. Никого нет.

— Ты... что ты думаешь... что я истеричка, да?

— Ну, что ты, Мэри. Замок-то на самом деле весь исцарапан — отмычку подбирали. Вопрос в другом — кто? И почему так внаглую — когда все дома, соседей полно?

— Джеф... прости, что подняла тебя среди ночи...

Он только усмехнулся:

— Напои меня чаем, и будем считать, что в расчете. Все равно вставать через час, так что нет смысла ложиться.

Джеф поддерживал спортивную форму, бегал по утрам в любую погоду и обливался холодной водой прямо во дворе, удивляя жителей дома твердостью характера и постоянством. Если Джефа два дня никто не видел с утра, старушки начинали приставать к Марго с вопросами — не заболел ли супруг, все ли в порядке.

Мы сидели в кухне, курили и пили чай. Меня слегка потряхивало от пережитого, Джеф был хмур и о чем-то постоянно думал. За окном просыпался город, первые машины понеслись по дороге, первые звуки нового дня начали проникать в квартиру. Я подумала, что сегодня вряд ли пойду на тренировку — не смогу, надо позвонить Виктору и объясниться.

— Послушай, Мэри, — оторвал меня от раздумий Джеф. — Он не остановится. Я его хорошо знаю.

Я оторвалась от мыслей о пропавшей тренировке и перевела взгляд на Джефа. Смысл его фразы сперва не дошел до моего сознания, но потом я поняла — он ведь об Алексе говорит, по-прежнему подозревая того в попытке то ли напугать, то ли просто убрать меня. Но зачем, почему? Чего ради Джеф так на этом настаивает? Понятно, что уж он-то знает об Алексе куда больше моего, но ведь это не повод. Хотя... Черт, а ведь он может оказаться прав — все слишком уж указывает на то, что именно Алекс приложил руку и к взрыву газа, и к сегодняшнему ночному происшествию.

— Ты что же, думаешь, что?..

— А у тебя есть другой вариант? — хмуро усмехнулся Джеф, обнимая огромной ручищей чашку с чаем.

— Джеф... я понимаю, он — самая удобная кандидатура, но поверь... Что-то мне подсказывает — он здесь ни при чем.

— Ну еще бы — пресловутая женская интуиция! — с иронией протянул мой собеседник. — Мэри, посмотри правде в глаза — кому еще, кроме него, это может быть нужно? Кто еще способен проникнуть в твою квартиру и подпилить газовую трубу? Кто еще может среди ночи подбирать ключ к твоему замку?

— Да кто угодно... — не совсем уверенно пробормотала я, не желая признаваться Джефу в том, что подозревать Алекса мне больно.

— Ну так в следующий раз «кто угодно» инсценирует твое самоубийство, он на это мастер, — подытожил Джеф и встал. — Спасибо за чай.

Когда за Джефом захлопнулась дверь, я закусила запястье и взвыла. Неужели Джеф прав? Неужели я настолько слепа и доверчива, что мне достаточно было услышать из уст Алекса слова «нет, не я» — чтобы поверить безоговорочно? Ведь он столько раз нарушал свои обещания, столько раз врал и мне, и Марго...

Но в логичной конструкции Джефа, как бы он ни смеялся над «женской интуицией», все-таки был изъян. Мотив. Вернее, его отсутствие. Алексу не нужна моя смерть, а размениваться на «страшилки» он не стал бы. Он столько раз выручал меня в прошлом и столько раз имел возможность просто отойти в сторону и позволить мне умереть от рук бывшего мужа и его головорезов. К чему сложности? Нет, это не мог быть Призрак, я отказывалась верить в это. Но и позвонить ему, чтобы подтвердить или опровергнуть свои догадки, тоже не решилась...

Через несколько дней зашедшая вдруг вечером Марго застала меня в душе. Едва прикрывшись полотенцем, я открыла ей дверь и вновь нырнула под струю воды, расслабляя уставшее за день тело. Подруга вошла в ванную, присела на табуретку и расплакалась. Я выглянула из-за шторки:

— Что с тобой?

Марго рыдала, закрыв лицо ладонями, и, казалось, не слышала моего вопроса.

— Марго! — Я чуть повысила голос, и она встрепенулась:

— Прости... я что-то совсем...

Марго тяжело встала, добрела до раковины и, пустив воду, уставилась в большое зеркало.

— Господи, ну и рожа...

— Прекрати, что за выражения?

— А что? Рожа и есть — мать была права.

Что-то подсказывало мне, что этот разговор неспроста. Дело явно в Джефе. Марго крайне редко высказывалась вслух на тему своей внешности, а уж тем более — цитировала слова своей матери.

— Он что — снова уехал?

Марго оперлась о раковину и, неотрывно глядя в зеркало, медленно кивнула. Все ясно — Джеф уехал, не объяснив ничего, а из шкафа в коридоре пропал узкий серый саквояжик. Марго рассказывала мне как-то давно, когда сама впервые обнаружила его небрежно задвинутым в прихожей за дверью уставшим и измученным перелетом Джефом. Разумеется, мы не стали испытывать судьбу и открывать саквояж, ибо Марго когда-то давно уже открыла тайник, принадлежавший Алексу.

Не то чтобы я хотела повторить жизненный путь Марго... вовсе нет.

— Ну, Марго... Уехал — приедет, не впервой же, — успокаивающе произнесла я, чтобы не молчать, и попала мимо — подруга резко повернулась в мою сторону и рявкнула — у меня затряслись коленки:

— Да?! А ничего, если его убьют где-нибудь?! И пришлют мне посылкой по кускам?! Ты тоже будешь говорить — мол, пустяки, бывает?!

Я опешила — прежде Марго никогда не позволяла себе разговаривать таким тоном. Стянув с крючка халат, я завернулась в него и выбралась из ванны, сунула ноги в тапочки и побрела в кухню, оставив распаленную собственным криком подругу остывать. Налив кофе, я с ногами забралась в любимый угол и закурила.

Марго плакала. Снова плакала в ванной, разрывая мне сердце. А я не могла помочь сейчас, сиюминутно, даже нужных слов найти не могла. Я оказалась слаба и беспомощна — наверное, этим я ее разочаровала. Что ж...

Почему так — любишь человека настолько, что перехватывает дыхание, а в тот момент, когда требуется нечто реальное, — ты бессильна? Я понимаю умом — сейчас просто не время, не то время, у меня самой слишком много проблем... Я разрываю себя на куски, и от этого еще хуже. Но когда разрывается она — я умираю. Умираю — потому что не могу помочь, а слышать, как она плачет, — больно... Лучше бы я, лучше бы мне...

Марго не умела долго злиться, а сейчас была вдобавок и неправа, поэтому через пару минут явилась, протиснулась между столом и стеной и обняла меня:

— Мэрик... прости, ладно? Я что-то совсем уже... Но Джеф... я так переживаю, ты не можешь себе даже представить. Когда нет возможности позвонить, написать, поговорить... когда не знаешь, все ли с ним в порядке, здоров ли, жив ли... — она снова заплакала, роняя слезы мне на лицо.

Я стряхнула пепел с сигареты, отложила мешавший мне мундштук и обняла Марго, поглаживая по вздрагивающим плечам.

— Успокойся. Ну что делать, если мы с тобой такие тетери, что из всех сонмов мужчин, роящихся вокруг, выбираем таких, рядом с которыми вечно аврал, пожар и ядерный взрыв... Подумай сама — вряд ли ты смогла бы жить с кем-то, кроме Джефа.

— У меня был Рома, — прорыдала Марго, опускаясь на пол и пряча лицо у меня в коленях. — Спокойный, уравновешенный, домашний Рома...

— Угу, — отозвалась я, глядя на полку вытяжки, где у меня стояли всякие безделушки, которые после ремонта перекочевали сюда из большой комнаты. — И чем, скажи, закончилось? Тем, что ты задолбалась терпеть его спокойствие и занудство и просто выставила бедолагу на улицу. В вашем доме даже мухи не летали, я же помню — им было тоскливо от Роминой правильности.

Марго всхлипнула:

— Ну зачем ты так? Рома был очень хороший, просто совсем не мой...

— Правильно! — подхватила я, так и не сумев понять, с чего вдруг мое внимание так привлекла эта узенькая полочка со статуэтками. — Правильно — не твой, потому что «твои» как раз такие, как Алекс и Джеф. А с другими скучно. Поэтому вытирай слезы, успокаивайся и жди мужа так, словно он уехал проведать любимую мамочку.

Марго села прямо на пол, прислонившись спиной к батарее, обхватила руками колени и тяжело вздохнула.

— Тебе легко говорить.

— Да, дорогая, у меня всегда все проще и легче, чем у всех. А уж в сравнении с тобой я просто любимица Фортуны. Прекрати жалеть себя, Марго, я серьезно.

Марго закусила нижнюю губу и замолчала. Разумеется, обиделась — еще бы. Однако эта ее привычка постоянно гиперболизировать свои несчастья меня иной раз выводила из себя. Если Марго ухитрялась занозить палец, то мне она рассказывала об этом так, будто у нее вот-вот начнется гангрена. Если разбивала чашку — то осколков на целый сервиз. Если на улице шел дождь — это как минимум штормовое предупреждение. Словом, склонность Марго к преувеличениям порой доводила меня до бешенства. И эта потребность быть маленькой несчастной девочкой, уходившая корнями глубоко в ее детство, в недоласканность, недолюбленность... В каждом мужчине Марго искала этакого папочку, который будет дуть на разбитую коленку, гладить по головке и все такое. Я, наверное, слишком рано стала взрослой из-за своих вечных поездок на конкурсы, но у меня никогда не было такой потребности, и уж, во всяком случае, от своих мужчин я этого не требовала. Люди разные, да... Но, возможно, именно поэтому мы с Марго, настолько различаясь, вместе чувствовали себя комфортно, словно становясь единым целым. Алекс сказал как-то: «Вас словно сделали из одного человека. Марго досталось все положительное, а тебе — наоборот». Такое ощущение, что в его глазах я вечно выглядела исчадием ада и во мне нет ничего хорошего! Хотя, возможно, если разобраться, доля истины в его словах все же была. В противовес мягкой, уступчивой и отходчивой Марго я, конечно, жесткая, бескомпромиссная и злопамятная стерва. И не только Алекс подмечал это. Ну, прав, чего там...

— Не обижайся, Марго, — я примирительно потрепала ее по волосам. — Ты ведь знаешь, я люблю тебя. И никто тебе не скажет того, что говорю я.

— Угу. Даже много лишнего, — пробормотала она.

— Возможно. Но ведь я не со зла, сама понимаешь.

— Понимаю.

Марго снова уткнулась лицом в мои колени, и тут уже мы заплакали вдвоем.

### АЛЕКС

Ночной звонок Мэри застал его врасплох. Буквально за десять минут до этого он с грехом пополам выставил из номера довольно известную молодую актриску, подхваченную, как грипп, в ночном клубе. Девица никак не хотела уходить, канючила и все старалась остаться, но уставший Алекс решительно вытолкал ее за дверь и упал поперек кровати, блаженно вытянув тело и закрыв глаза. И вот тут заголосил мобильный. Имя «Мэри» на дисплее сперва удивило, а потом обрадовало — сдалась-таки, настырная сучка. Однако Мэри позвонила с обвинениями. Сначала Алекс не мог понять, что она имеет в виду, почему так дрожит ее голос. Но когда смысл ее слов дошел до него, Алекс разозлился. Не иначе, опять начала крепко нюхать кокаин — потому что в здравом уме нести такое невозможно. Однако на прямой вопрос Мэри оскорбленно заявила, что не нарушает обещаний. Алексу стало смешно. В другое время он, возможно, и прокрутил бы в голове план по наказанию — да, наказанию, а уж никак не уничтожению — упрямой девчонки, но сейчас она была нужна ему как никогда прежде. От этой рыжей колючки с отвратительным характером зависело сейчас дело, за которое он взялся. Так что Мэри нужна ему живая.

Положив трубку, Алекс задумался. Если все так, как он только что услышал, то нужно срочно предпринимать какие-то шаги и прикрывать ее, чтобы вдруг чего не получилось. Сам он сделать этого не может — нельзя «светить лицом», да и Мэри в последнее время с трудом терпит его общество. Джеф отпадал. Во-первых, они до сих пор были не в ладах из-за Марго, а во-вторых, на днях Джеф уедет куда-то в Африку. Тупик...

Оставался «резервный канал». Этот вариант не нравился Алексу прежде всего тем, что «канал» звался Викторией и был женщиной. По определению, Алекс считал всех женщин не особенно умными, а следовательно, непригодными для некоторых видов деятельности. Но выбора не было, Мэри нуждалась в защите, а ничего лучше Алекс придумать не мог.

Со вздохом он вынул со дна чемодана мобильник и набрал номер. Трубку никто не брал, и Алекс начал нервничать — мало того что приходится обращаться к профурсетке, так она еще имеет наглость не отвечать на звонок! Но потом, переведя взгляд на часы, понял причину. Нормальные люди в пятом часу утра спят. Он уже потянулся к клавише отбоя, когда в трубке щелкнуло и раздался хриплый сонный голос:

— Алло.

— Вик, есть желание встретиться и пообщаться.

Это была условная фраза, с которой на этот номер мог позвонить только он, поэтому девушка на том конце моментально проснулась:

— Да-да, конечно, я тоже очень скучала.

— Завтра в десять в ГУМе у бутика фарфора.

— Как я вас узнаю?

— Не беспокойся, не перепутаешь. На мне будет черно-белый шарф.

Алекс положил трубку, не дожидаясь новых вопросов и не желая больше ничего объяснять.

Ровно в десять утра он медленно прогуливался вдоль витрины, заставленной фарфоровыми безделушками, и делал вид, что рассматривает их с интересом. На самом деле одна привлекла его внимание — изящная фарфоровая пара в испанских костюмах, тореадор и девушка в красно-черном платье. Повинуясь порыву, Алекс вошел внутрь и попросил показать понравившуюся вещичку поближе. Расплатившись, вышел и подумал, что стал сентиментальным и нелепым в подобных порывах — сперва камея, теперь вот — парочка эта. Камею, кстати, он часто видел на Мэри — та носила ее под горлом на белой блузке.

— Простите, вы не меня ждете? — раздалось за спиной.

Алекс резво обернулся и замер — на него смотрела свысока, чуть склонив коротко остриженную голову, платиновая блондинка шикарных форм, одетая в джинсовую мини-юбку, кожаную куртку и высокие, до колен, сапоги. Чтобы смотреть свысока на него, отнюдь не среднего роста мужчину, требовались выдающиеся данные, и у девицы они были...

— Я Вика.

«Кошмар», — со вздохом констатировал про себя Алекс.

— Значит, я жду вас, и вы опоздали, — процедил он. — Сейчас уже десять минут одиннадцатого.

Его тон моментально сбил девушку с игривого настроя, она смутилась, покраснела и пробормотала извинения.

— Идемте отсюда, посидим в кафе.

Алекс двинулся вперед, даже не заботясь о том, пошла ли девушка за ним или так и осталась на месте. В кондитерской он сел за столик, опустил пакет со статуэткой на стул рядом, и напротив него тут же оказалась Вика, все еще розовая от его отповеди.

— Кофе?

— Я на диете, — пробормотала она, совсем

смутившись, и Алекс поморщился — что за новая мода? Ну, крупная девка, кость такая — при чем тут диеты?

— Как хотите.

— Вы не представились, — пролепетала Вика, совсем теряясь под его пристальным взглядом и отводя глаза.

— Зови меня просто — Михаил Боярский, — перейдя на «ты», съязвил он.

— Хорошо... — если она и удивилась, то вида не подала.

— Значит, так, дорогая. Задание твое будет простым и совершенно безопасным. Вот девушка, — Алекс пощелкал клавишами мобильного и показал Вике фото, с которого в упор смотрела Мэри. — Запомнила? Зовут ее Мэри. Живет в центре, адрес запомнишь. Работает... кстати, ты случайно не танцуешь? — Он иронично усмехнулся, однако девушка вдруг удивила его до немоты:

— У меня В-класс был по бальным танцам раньше, потом травма, пришлось прекратить, а что?

Алекс едва проморгался, пытаясь представить себе эту... малышку, хм... на паркете. В его представлении дамы с габаритами вряд ли могли соперничать с такими, как Мэри, — слишком уж разные категории, слишком разный внешний вид. Он помнил свой единственный танец в Цюрихе, в небольшом зале. Только он, Мэри — и танго с немецким вокалом. Мэри настолько органично входила в эту музыку и была так притягательна, что даже сейчас у него шевельнулось что-то внутри, как заноза, и захотелось увидеть ее, такую, как тогда — в длинной юбке и черной свободной майке, с мокрыми волосами, свисающими по щекам, с высоко вздымающейся от глубокого неровного дыхания грудью.

— П-прекрасно, — запинаясь, проговорил Алекс, отогнав от себя видение. — Девушка наша как раз тренер по бальным танцам, значит, тебе и повода не нужно выдумывать.

— Что я должна делать?

— Ты должна подобраться к ней как можно ближе и посмотреть, кто трется вокруг нее — какие люди, откуда. Словом, наружное наблюдение и при необходимости — охрана. Ты ведь профессиональный бодигард, я не путаю?

— Не путаете, — кивнула девушка. — Я охраняла президента крупного нефтяного холдинга.

— Видимо, особо удачно, если сейчас без работы, — не удержался от колкости Алекс, краем уха слышавший о гибели совсем недавно какого-то господина как раз из нефтяного холдинга.

— Удачно. Но жена оказалась ревнивая, заставила клиента меня уволить, подозревала, что у нас роман, и ничего не слушала, никаких доводов. А через месяц его застрелили.

«Однако... Ну хоть честно сказала, могла бы наврать. Интересно, а по какой причине я так негативно настроен? Неплохая вроде девка, чего я взъелся?»

Алекс постарался унять растущее раздражение на самого себя за то, что никак не мог преодолеть неприязненного отношения к Вике. Вытянул салфетку и смял в кулаке, но это мало помогло. Нужно прекращать, пока не наговорил лишнего.

— В общем, ты поняла меня?

— Да. Как мы будем с вами связываться?

К счастью, она начала задавать именно те вопросы, которые должна была, а потому Алекс немного отошел:

— По мобильному, как вчера. Отчетов жду раз в два дня в вечернее время — скажем, около одиннадцати, подходит?

Вика кивнула, подумала пару секунд:

— Если я увижу что-то странное, то должна сообщить сразу или в порядке сеанса?

— Сразу.

— Понятно. Я могу уходить?

— Можешь. Слушай адрес.

Он продиктовал адрес Мэри, и Вика встала из-за столика. Она удалялась по длинной галерее, а Алекс, провожая ее взглядом, думал: что заставляет таких вот девушек рисковать жизнью и ввязываться в авантюры? Характер? Деньги? Любовь к опасности? Или просто желание играть с судьбой — как у него?

## МЭРИ

Я приобрела отвратительную, но полезную привычку запирать дверь на все замки и засов, едва переступив порог квартиры. Сперва корила себя за трусость, потом перестала — слишком хорошо помнила пережитый ужас, и повторять как-то не хотелось. С трудом я заставляла себя не оглядываться на улице, но постоянно чувствовала спиной чужой взгляд. Попытки обнаружить наблюдателя ни к чему не приводили — я все-таки не шпионка и не сотрудник спецслужб, чтобы вычислить возможную слежку.

Я никак не могла понять: что и кому сделала на этот раз?

Мой муж давно мертв, его драгоценный старший брат и одновременно компаньон во всех криминальных делишках — тоже, так что «след Кавалерьянца» совершенно исключен.

Алекс? Я даже не знала, в России ли он. Но мерзкое и пугающее до ледяного озноба ощущение чужого пристального взгляда так и не оставляло меня.

День не задался с самого утра. Без предупреждения отключили горячую воду, я обнаружила это, проснувшись ровно за час до предполагаемого выхода из дома. Чертыхаясь и кляня коммунальщиков на чем свет стоит, кинулась греть чайник, чтобы хоть как-то привести в порядок прическу. Разумеется, вышла позже. Решив не рисковать и не опаздывать, поймала такси, согласившись заплатить тормознувшему около меня водителю дикие деньги — проехать нужно всего пару кварталов. Однако в первом же переулке мы обнаружили вырытую траншею и работающую бригаду из водоканала. В объезд получилось в три раза длиннее. Но и на этом неприятности не закончились.

Едва я успела переодеться и спуститься вниз, чтобы начать разминаться, как раздался голос нашего администратора. Появившись в поле зрения, она с елеем в голосе проговорила:

— Вот, знакомьтесь, — лицо Анны Яковлевны при этих словах выражало вежливую радость. — Это Мэри, наш тренер. А это Виктория.

Я повернулась от станка, на котором растягивала ногу, и вздрогнула — на меня смотрела огромная высоченная блондинка с густо накрашенными глазами и убийственно длинными ногами, которые во всей красе демонстрировала максимально короткая юбка. Выражение лица у девицы было таким, что я вдруг очень захотела оказаться как можно дальше от здания клуба. Она смотрела на меня как удав на кролика...

— Мэри, Виктория танцевала раньше, но потом был длительный перерыв, а сейчас хотела бы восстановить форму — просто для себя, понимаешь?

Анна Яковлевна прекрасно знала, что я предпочитаю работать с детьми, а для таких случаев всегда есть молодые мальчики-тренеры. Однако мое привилегированное положение в клубе ужасно злило администратора, и она не упускала возможности подсунуть мне на индивидуальные занятия то старичка с одышкой, желавшего танцевать танго, то расфуфыренную парочку молодоженов для «свадебного вальса» с полным отсутствием слуха и чувства ритма. На самом деле я не брала взрослых на индивидуальную работу еще и по другой причине — мужики начинали лезть с предложениями разного свойства, а тратить время на бесперспективных дамочек элементарно лень. Анна Яковлевна прекрасно знала и об этом. Вот и сегодня не преминула всучить красотулю именно мне просто из природной мстительности.

Конечно, мой уровень позволял отказаться и в этот раз, и директор клуба, поворчав потом на меня, все-таки признал бы мою правоту, не желая потерять единственного тренера с международным классом, однако злоупотреблять его терпением тоже не стоило.

Все же я на всякий случай попыталась возразить:

— Почему я? Не логичнее было бы предложить мужчине?

— Ну, ты ведь знаешь, Мэри, мальчики сейчас загружены, а ты очень редко берешь взрослых, — в голосе администратора послышалась легкая угроза — как пить дать, если откажусь, нажалуется директору клуба, сомневаться не приходится.

— Хорошо, — сдалась я, мельком бросив взгляд на будущую ученицу и отметив, как та почему-то обрадовалась. — Что вы хотите танцевать?

— В... каком смысле? — растерянно проговорила она.

— В том смысле, что я не танцую хастл, мамбо, сальсу, джаз и прочие направления. Я работаю только по классике бального танца — программа «десятка». Ну, как вариант, могу дать несложные шаги и вариации по аргентинскому танго.

— О, прекрасно! — обрадовалась Виктория. — Как раз то, что нужно. Я танцевала «десятку» в юности, но это было давно, думаю, нет смысла пытаться восстановить. Так, может, аргентинское?

Я пожала плечами. Аргентинское танго я могла дать только на начальном уровне — сама стала брать уроки у педагога из Буэнос-Айреса, приезжавшего к нам в клуб раз в два месяца, совсем недавно. Но человеку, знакомому с основами традиционного танго, которое исполняется в конкурсной программе, это не особенно сложно — все-таки подготовка есть, а дальше нужны чутье, пластика и чувство ритма. Ну, и умение слушать тело партнера — чего мне самой, к сожалению, иногда недостает. Амаду — так звали педагога — посмеивался и говорил, что в аргентинском танго существует вариант танцевания «фамм-фамм», женщина с женщиной, хоть это и не очень правильно, так вот, мол, Мэри там самое место — настолько она пренебрегает мужчиной, пытающимся вести ее в танце. Как в воду глядел, надо же...

Мы обговорили с Викторией расписание, оплату, обменялись телефонами, и она попрощалась. Однако в зеркало я увидела, как, выходя, она обернулась на пороге и пристально уставилась на меня, точно фотографировала. Ощущение опасности, не покидавшее меня в последнее время, с появлением девушки только усилилось.

Девица оказалась настырной и упорной. Крупные формы ощутимо ей мешали, в каких-то моментах Вика была неповоротлива и даже неуклюжа, но я видела, как она старается, как хочет научиться и как выбивается из сил, пытаясь повторить за мной движения. Это упорство внушило мне уважение к ученице и заставило посмотреть на нее с другой стороны.

Вика была немногословна, даже замкнута, после тренировки испарялась моментально, словно ее и не было. Мне казалось, что она живет одна, и однажды во время пятиминутного перерыва я спросила об этом. Вика, вытянув ноги, сидела на паркете, прислонившись спиной к стене, и тяжело дышала. На мой вопрос прозвучало равнодушное:

— Да, одна.

— Совпадение, — улыбнулась я. — Меня тоже никто не ждет вечерами.

— Даже поклонника нет? — недоверчиво повернулась в мою сторону Вика.

— Нет, — подтвердила я почти весело.

Она помолчала, а потом предложила:

— А вы не хотите после работы в кафе зайти? Просто посидеть, поговорить о чем-нибудь?

Предложение меня слегка озадачило — зачем ей посиделки? Но, с другой-то стороны, почему бы и нет, меня ведь и в самом деле никто не ждет.

— Я заканчиваю в десять.

— Отлично, тогда съезжу по делам и вернусь за вами, хорошо? — Мне показалось или в ее голосе мелькнули радостные нотки?

Отработав последнюю тренировку, я зашла в душ и прислонилась спиной к холодному кафелю. Тело ныло, ноги гудели, как телеграфные столбы, перед глазами летели черные точки, а нужно наскоро ополоснуться, одеться и идти — на улице ждала Вика. Прохладная вода более-менее привела в чувство, я оделась и поправила макияж. Ничего, посижу часик, от меня не убудет, да и отвлекусь заодно от безрадостных мыслей.

Я полезла в сумку, чтобы найти там завалявшуюся карточку на метро, и наткнулась на скомканную салфетку. Привычка записывать что-то на обрывках, талонах, старых билетах, рекламках, что щедро раздают у входа в метро, не исчезла даже тогда, когда я приобрела привычку носить в сумке блокнот. Мне просто лень иной раз доставать его, а потому в ход шли «подручные средства». Вот так обнаружилось стихотворение, написанное небрежно и впопыхах в ресторане, где мы отмечали день рождения директора клуба.

Оттенки юности моей,
Пустого радостного жара,
Мне снятся лучшие из дней,
Мне — молодой. Мне — старой.
Оттенки ревности моей,
Ненужных слез, сомнений лишних,
Мне очень жаль, что все так вышло,
Ревнивой — мне. Ревнивой — ей.
Оттенки радости моей!
Пусть снова будет то, что было,
Ко мне мои вернутся силы,
И ты о прошлом не жалей[1].

Судя по смыслу, адресовано Марго и касалось, разумеется, нашего общего прошлого. Повертев салфетку, я щелкнула зажигалкой, и язычок пламени лизнул белое тело бумаги, испещренной буквами, как затейливой татуировкой. Когда же я прекращу рифмовать? И когда прекращу страдать о том, о ком не стоит?

Вика ждала меня на парковке — курила, вытя-

[1] Стихи поэта Neris.

нув ноги с водительского места темно-синей «Ауди», и я удивленно уставилась на дорогую иномарку.

— Садитесь, Мэри, — пригласила хозяйка и, легко перегнувшись, открыла мне дверь.

— Хорошая машина.

— Да, хорошая. Только проблем с ней... — Вика повернула ключ в замке зажигания и выехала с парковки, направляясь в сторону центра. — Вы не будете против, если мы посидим в одном неплохом местечке? Там довольно шумно, но есть тихие уголки.

Мне было все равно, однако когда мы, припарковав машину в переулке, пошли в сторону моей станции метро, я вдруг поняла, какое именно место имела в виду Вика. В этом кафе мы не раз обедали с Марго, это она привела меня туда сразу в первые дни знакомства. Я даже помнила, что мы тогда заказывали — молодую картошку, какие-то совершенно фантастические паштеты и, кажется, отбивные. Надо же...

Мы спустились в подвал, Вика шепнула что-то подскочившему администратору, и нас моментально провели в самый дальний уголок, туда почти не долетали звуки музыки. Мы расположились за небольшим столиком, подошедшая официантка зажгла свечу в стаканчике из темного стекла, положила перед нами две большие карты меню. Я мельком пробежала его глазами, поняла, что ничего не хочу, а дома меня явно ждет ужин, приготовленный заботливыми руками Марго, и мне придется сделать вид, что я его ем, иначе она обидится, а потому решила заказать только сок и кофе.

— Вам нравится здесь? — обеспокоенно спросила Вика, сидевшая напротив и напряженно следившая за выражением моего лица.

— Очень, — но на самом деле меня вдруг опять посетило ощущение, что меня просто режут взглядом на части, а потому я начала осторожно осматриваться. Нет, ничего...

— Тут бывают живые концерты, правда, по пятницам, — продолжала Вика.

— Да, я знаю. Я живу рядом, иногда захожу с подругой.

— А я знаю, — вдруг огорошила она меня и покраснела.

Я удивленно подняла брови:

— То есть? Не помню, чтобы мы это обсуждали.

— Ну...

— Так, послушайте меня, Вика, — я потянулась через стол и накрыла ее руку своей. — Мне не нравится то, что я слышу. Я не говорила, что бываю здесь. Не говорила вообще ничего — мы мало разговариваем. Так откуда вам известно, что я живу рядом? Зачем вы следите за мной?

— Я не слежу. Просто случайно видела, как вы идете от метро, и поехала следом.

«Снова врешь, девочка, — подумала я. — Врешь — потому что я не хожу от метро переулками, как делает Марго, а прохожу чуть вперед и иду против движения по нашей улице, а она — односторонняя, вот так-то. И ехать за мной на машине ты ну никак не могла. Но зачем ты врешь, почему?»

Вика молчала, только смотрела на меня в упор серыми прозрачными глазами. Я не могла понять, что ей нужно, зачем это все? Вика аккуратно высвободила свою руку из-под моей и улыбнулась подошедшей официантке:

— Мы готовы заказывать.

Та кивнула, записала все и ушла, а моя ученица закурила, окутав себя облаком дыма. Я решила пока не обострять отношения, послушать, что еще скажет эта странная девушка. Внезапно она спросила:

— Скажите, Мэри, вам не страшно жить одной? — Все интереснее и интереснее. Я просто ответила:

— Я привыкла.

— А я вот никак не могу. Живу пять лет — и не могу привыкнуть. Боюсь, — призналась она, удивив меня. Такая с виду бой-баба — и боится?

А Вика продолжала свой мини-допрос, с каждой секундой заставлявший меня напрягаться все сильнее:

— Я давно хочу спросить, но никак не решаюсь... Почему вас зовут Мэри, я слышала краем уха, что это не настоящее имя?

Я пожала плечами, вытащила из пачки сигарету:

— Мое настоящее имя слегка вычурно для меня, и потому все вокруг зовут меня Мэри или Мария Юрьевна. Согласитесь, Вика, это значительно лучше звучит, чем Лейла Вагифовна? Привычнее для русского уха, во всяком случае.

— Вы армянка?

— Не похоже? — Я в упор уставилась на Вику и сидела так до тех пор, пока она не опустила глаза и не пробормотала:

— Н-ну... как смотреть...

Мне надоело играть в эту игру в загадки, а потому я решила задать вопрос в лоб, правда, не особенно надеясь на правдивый ответ:

— Слушайте, Вика, а откуда все-таки у вас такой интерес к моей персоне, а?

Она ощутимо покраснела, даже в полутемном зальчике стало видно, как круглые щеки залил румянец, а пальцы, держащие сигарету, задрожали. Ответа на мой вопрос, как я и предполагала, не последовало, подошедшая официантка начала расставлять на столике наш заказ, и я решила больше не касаться темы, которая почему-то очень уж нервирует мою странную ученицу. В этот момент я сильно пожалела, что в городе нет Джефа — уж он-то помог бы мне разобраться, что к чему.

Но почему у меня так ломит в затылке? Я физически чувствую: кто-то уставился на меня и не отводит взгляда, прожигающего мне затылок. Я резко обернулась — ничего странного. В нашем «закутке» четыре столика. Один из них пуст, за вторым сидит компания, которая оживленно беседует о чем-то, наклонившись к столу, а за третьим сидит влюбленная пара — мужчина с бородкой, в элегантном свитере и белой сорочке, держит за руку молодую женщину в облегающем синем платье. Лицо ее показалось мне смутно знакомым, но я не смогла ничего вспомнить. В общем, явного интереса ко мне никто не проявлял, а ощущение не покидало.

Вообще вечер оказался бестолковым. Вика больше молчала, изредка спрашивая какую-то ерунду вроде моих любимых цветов, надолго умолкала, глядя куда-то мне за спину. Когда же ее взгляд снова фокусировался на мне, то в нем появлялось что-то такое, что заставляло испытывать смущение. Так обычно смотрели на меня мужчины... Но подобная мысль казалась мне абсурдной, нелепой, даже кощунственной.

Я тоже не знала, о чем говорить — мне не особенно интересна и сама Вика, и ее жизнь. Я предельно эгоистична и не склонна проявлять интерес к тому, что не касается меня лично. Ну или Марго — потому что считаю ее частью себя. Бросив беглый взгляд на часы, обнаружила, что уже двенадцатый час. Слава богу, нашелся повод уйти. Я положила на столик несколько купюр и встала:

— Простите, Вика, мне нужно идти. Завтра первая пара в двенадцать, я должна выспаться.

Она суетливо встала:

— Я вас отвезу...

Я усмехнулась, покачала головой и насмешливо сказала:

— На улице, где я живу, одностороннее движение. Это так, на будущее — если вам вдруг зачем-то захочется снова последить за мной.

Я повернулась и пошла к выходу, не обратив внимания, как вдруг расхохотался мужчина с бородкой, провожая меня взглядом, а Вика уронила голову на сложенные на столе руки и заплакала.

## АЛЕКС

«Ну до чего ж бездарная девка! Это надо ведь — даже не удосужиться посмотреть схему дорожного движения! Сидеть и лепить глупости?! Задушевная подружка! Как она работала, кем?! Телохранителем?! Ой, не могу! Да, бодигард не должен быть профессиональным шпионом, но выдавать себя такими мелочами — это надо вообще ничего не соображать!»

Алекс буквально разрывался от злости на бестолковую помощницу, так нелепо попавшуюся на элементарном вранье, да еще не один раз за короткий разговор. Мэри — не дура, не зря ведь столько раз ухитрялась избежать смерти, и сразу поняла, что интерес девицы к ней не случаен. А та, идиотка, сама услужливо подсунула Мэри в руки пищу для размышлений. Как теперь быть? Ведь понятно, что Мэри больше не даст этой дурехе шанса сблизиться, а то и вовсе откажется заниматься с ней, и что тогда? Как в этом случае он сможет обеспечить ей защиту?! Да еще эта малолетняя «звезда» рядом, будь она неладна... Нужно срочно отделаться от спутницы под любым предлогом, чтобы спокойно пообщаться с незадачливой помощницей.

Как всегда, Алекс не стал утруждать себя долгими объяснениями, вызвал такси и почти силой отправил «звезду» восвояси. В туалете он отклеил бороду и вынул линзы, скрывавшие цвет глаз, и в таком виде вернулся в зал, где за своим столиком по-прежнему сидела Вика. Она уже не плакала, курила, и только вздрагивающие пальцы выдавали волнение. Алекс сел на то место, с которого недавно встала Мэри, зачем-то покрутил в пальцах забытую ею зажигалку и сунул в карман.

— Все, прорыдалась? Ты, оказывается, дилетантка, деточка.

Вика затушила сигарету и пробормотала:

— Я просто не подумала... я же не знала, что она такая...

Алекс усмехнулся:

— Еще не такая бывает. Надо предугадывать действия и мысли объекта, тебя не учили?

— Меня не учили строить из себя влюбленную женщину! — вдруг вспылила Вика, и Алекс застыл в изумлении. — А как иначе?! Чем я могу еще мотивировать свой интерес?! Как бы я ее заманила в этот ресторан, чтобы вы могли убедиться, что я на самом деле рядом с ней?!

Алекс зашелся смехом. Из глаз покатились слезы, дыхание перехватило, а он все хохотал, повалившись головой на стол.

— Ну ты и... да как тебе такая ерунда в голову пришла?! Мэри настолько любит мужчин и так ими избалована, что ей и в голову не может прийти роман с тобой! — еле выдохнул он, когда приступ истерического смеха прошел.

Вика вспыхнула, скомкала пустую пачку от сигарет, встала и, уже уходя, вдруг бросила:

— Похоже, вам она тоже отказала.

Пока Алекс соображал, что сказать, девушка успела уйти. Он потер щеку, почему-то вдруг начавшую гореть, как от пощечины, выпил стакан минералки и пробормотал:

— Мэри в таких случаях говорила: один — один.

## МЭРИ

Мне вдруг стало тяжело работать с Викой. Не знаю, почему, но я с трудом заставляла себя выйти в зал, встать с ней в пару и начать двигаться.

Не радовала даже музыка, любимый диск, привезенный еще из родного города, записанный моим бывшим партнером специально для меня. Эта музыка всегда со мной, она меня окрыляла и вдохновляла, а теперь я не могла ее слышать. Как ни странно, это было связано именно с девушкой. Отказаться от занятий с ней я не могла, опасаясь навлечь на себя гнев директора, которому постоянно жаловались на меня остальные тренеры во главе с администратором. Черт побери, никакого выхода...

Эти мысли преследовали меня, я не могла отделаться от них даже дома. Вот и этим вечером я, приняв душ и закутавшись в халат и гетры, по привычке курила в кухне при свете настенного бра и думала о том, что же именно мне так не нравится в этой Вике. И вдруг...

Сперва мне показалось, что я сошла с ума. Взгляд упал на полку вытяжки. Она оказалась совершенно пуста. Я четко помнила, как расставляла на ней всякие статуэтки и безделушки, которых осталось от прежних хозяев просто несть числа. А сейчас на полке *ничего*. Ни единой штучки. Я не убирала их, я вообще давно ничего не убирала в квартире, к собственному стыду, — это делала Марго. Схватив телефон, я набрала номер подруги.

— Марго, скажи-ка... во время последней уборки ты в кухне на полке над плитой что-то трогала? — затараторила я, едва услышав ее голос.

— Ты что, Мэри? Я была у тебя вчера, но в кухне не убиралась вообще — что там убирать, когда ты даже плиту не включаешь?

Я выбила из пачки новую сигарету, дрожащими руками вставила ее в мундштук и, закурив, сказала:

— Марго, у меня в квартире кто-то был сегодня.

— В смысле? — не поняла Марго. — Я была, заносила тебе ужин.

— Во сколько?

— Часов в восемь.

— Ты не обратила внимания на полку?

Марго начала терять терпение:

— Так, Мэри, не финти. Что происходит? Откуда такой интерес к полке над плитой?

— А оттуда, что с нее пропали все мои статуэтки, — сказав это, я еще раз посмотрела на полку и даже для верности встала и подошла ближе, провела пальцем по деревянной поверхности, точно желая убедиться, что ничего не путаю.

— Мэри, погоди... как — пропали?

— Как пропадают вещи? Бесследно.

— Маразм какой-то, — проговорила Марго растерянно. — Я точно ничего не брала...

— Ой, а я как раз думаю, что это ты! — с досадой бросила я. — Все и так ясно — в квартире кто-то был.

— Так ты посмотри, может, еще что-то пропало! Погоди, я сейчас... — Марго бросила трубку, и я поняла, что она поднимается ко мне.

Вместе с Марго мы обшарили все в квартире, хотя умом я понимала, что красть у меня нечего — наличных денег нет, все документы я ношу с собой, драгоценностей никаких, разве что дорогая бижутерия, но в этом надо разбираться, чтобы определить истинную цену некоторых вещей. Собственно, так и оказалось — кроме статуэток, не пропало ничего.

Я опустилась на пол в большой комнате и посмотрела на Марго снизу вверх:

— Что скажешь?

Та стояла посреди комнаты растерянная, опустив руки вдоль тела и чуть склонив набок голову. Тяжелые каштановые волосы рассыпались по плечам, в зеленых глазах мелькнул испуг:

— Мэрька... ты опять куда-то влипла, по-моему...

— Слушай, Марго, давай логически... кому и зачем нужны пять или семь безделушек, а? Они вообще никакой ценности не представляют, даже в антикварку не отнесешь — копеечные. В конце концов, если это наводка сумасшедшего коллекционера, так вон в спальне на комоде стоит танцовщица фламенко — это мне Костя подарил, когда мы только в Испанию переехали, я ее как талисман прихватила, на память. Так вот она сто́ит реальных денег — что-то около трех тысяч долларов, потому что ручная работа и прошлый век, у нее нос отбит чуточку... Но нет — взяли ширпотреб, а ее оставили. — Я обхватила колени руками и положила на них голову. — Понимаешь, это как-то странно. Если только опять этот старпер меня решил напугать своим могуществом... И то выбрал странный метод, я б на его месте что другое сперла — ноутбук, например...

Марго села рядом со мной на диван, и я переместилась ближе к ней, положив голову на ее колени. Она машинально принялась теребить мои волосы, словно я была ее кошкой.

— Марго... ну, что ты молчишь, а?

— А я не знаю, что тебе сказать, Мэрик. Все, что ты говоришь, правильно... Но вот только — зачем? Для чего, с какой целью? Глупость какая-то — статуэтки воровать...

— Да уж...

Ситуация была бредово-смешной и какой-то одновременно пугающей. Никакой логики в этом странном поступке неизвестного, проникшего в мою квартиру, не наблюдалось. Но ему удалось добиться того, что я снова стала бояться вечеров и ночей в собственном доме.

Марго в отсутствие Джефа перебралась ко мне вместе с кошкой, и мы втроем спали на огромной кровати в спальне. Я перестала сидеть ночами с ноутбуком в кухне, перестала выключать бра над столом — совсем как Марго. За каждым углом в коридоре мне мерещился кто-то чужой, это нервировало и доводило до бешенства — ну как, как можно бояться собственной квартиры?! Сменив замки, я почувствовала себя чуть лучше, однако это не избавило меня от страха. Плюс к этому — противное ощущение постоянного присутствия чужого взгляда за спиной на улице. В общем, я начала понимать, что еще чуть-чуть такой жизни — и в моей новой квартире будут белые стены, минимум мебели и решетки на окнах.

Марго успокаивала меня как могла, но в ее словах не чувствовалось уверенности. Я заметила однажды, как она возвращается из супермаркета с двумя тяжеленными пакетами, а сама оглядывается, словно ищет кого-то. Паранойя, похоже, перекинулась и на нее. Если бы дома был Джеф, мы обе чувствовали бы себя лучше — мужчина, да еще такой. Но он по-прежнему отсутствовал, и Марго в связи с этим катастрофически худела, хотя все так же готовила и заставляла меня присоединяться к процессу уничтожения съестного.

Я возвращалась из клуба поздно, мы с Виктором сильно задержались, отрабатывая новую вариацию. Было совсем темно, но вечер оказался теплый, хотя лето выдалось прохладное и дождливое. Я медленно шла по дорожке к подъезду, сунув руки в карманы расстегнутой ветровки. Решила покурить на лавке у подъезда, там, к счастью, никого не было, хотя это излюбленное место сборищ местной молодежи. Вынув сигареты, я удобно устроилась на лавке и закурила. Сейчас поднимусь к себе, брошу в машинку мокрую от пота форму, сама встану под душ, а потом выпью чаю и буду ждать Марго. Хотя она наверняка уже у меня — время-то позднее. Сидит, наверное, со своей кошкой в большой комнате, читает книгу или пытается переводить на французский то, что я успела написать за это время. Надо бы, кстати, закончить этот роман — и деньги не помешают, и издатель не будет нервничать. Моя популярность во Франции оказалась высокой, я даже не ожидала, что кому-то могут быть интересны истории, что я сочиняю вечерами от скуки. Хотя... последняя книга, например, была практически автобиографией. Возможно, людям нравится, когда автор выворачивает душу наизнанку, не знаю.

Докурив, я пошла к подъезду. Внезапно по спине побежал холодок. Я невольно обернулась, но на улице никого не было, разве что куст сирени у подъезда закачался. Наверное, воробьи устраиваются на ночлег. Приложив ключ к кнопке домофона, я взялась за ручку двери, но тут сзади раздался шорох, и не успела я повернуться, как сильная рука схватила меня за горло. Я почувствовала, что задыхаюсь, вцепилась ногтями в руку душившего меня человека, но он оказался гораздо сильнее. Вдруг хватка его ослабла, он со всей силы толкнул меня, и я, ударившись лицом прямо о железную дверь, упала на асфальт у подъезда. Из разбитого носа хлынула кровь, перед глазами все поплыло, но резкий хлопок, похожий на звук лопнувшего колеса, заставил меня вздрогнуть и подняться на четвереньки. От подъезда по направлению к выходу из двора стремительно удалялась мужская фигура, а метрах в трех от меня кто-то лежал. Не в силах встать на ноги, я подползла к лежавшему, взяла за плечо и в ужасе заорала так, что в горле начало саднить. Передо мной, уставившись уже почти остекленевшими глазами в ночное небо, лежала Вика. По джинсовой куртке на груди расползалось пятно, не оставлявшее никаких сомнений... Тот, кто напал на меня, застрелил неведомо как оказавшуюся рядом Вику.

Я стояла на коленях около мертвой и выла от ужаса. Что происходит вокруг меня, Господи?! Я ничего никому не сделала...

Постепенно во дворе становилось людно и оживленно, соседи, привлеченные хлопком выстрела и моим воем, выходили из подъезда и образовывали круг, очерчивая место преступления. Кто-то вызвал милицию...

Так я снова оказалась лицом к лицу с представителями власти. К счастью, на этот раз попался вменяемый человек, который, выслушав мой рассказ о нападении, не усомнился ни в едином слове. Когда разговор подошел к концу, он, вздохнув и подписав пропуск, обронил:

— Вам повезло, Лейла Вагифовна, что эта девушка, Виктория Самусенко, оказалась рядом Она профессиональный телохранитель.

— Кто?! — Я едва не упала со стула, услышав это.

— Телохранитель. Сейчас многие люди, нуждающиеся в охране, предпочитают видеть рядом девушку — и внимания меньше привлекает, да и все-таки самому приятнее видеть красивое женское лицо, а не амбала в костюме.

— Господи...

Это было все, что я посчитала нужным сказать. О том, что мы с Викой были знакомы, я предусмотрительно умолчала, и, как оказалось, к счастью. В этой истории опять слишком много странного, и разобраться в этом я должна сама, без помощи милиции.

Вернувшись домой, я заперлась на все замки и уселась в кухне, поставив перед собой ноутбук, чашку кофе и пепельницу. Запутывая детективные интриги в романах, я собиралась и в собственной жизни воспользоваться этим умением. Разве что теперь придется распутывать.

Итак, Вика. Она появилась в клубе, много занималась, исчезала сразу после урока, и только однажды позволила себе пригласить меня в кафе, где вела себя необъяснимо и странно. Потом все так же приходила на уроки, танцевала, послушно повторяла за мной, слушала музыку, работала в полную силу. Снова исчезала сразу после занятий и не появлялась рядом со мной. Хотя, как я выяснила, адрес мой выучила наизусть, хоть и путалась в схеме дорожного движения... Стоп! Вот именно! Она *не сама* узнала мой адрес, ей кто-то дал. Кто-то, понадеявшийся, что профессиональный телохранитель не прошляпит такую детальку, как одностороннее движение! Могла, конечно, в клубе узнать, но у нас негласное правило — адреса тренеров ученикам не даются. Анна Яковлевна, администратор, следит за этим строго, а в гости к себе я никого никогда не приглашала.

Я закурила, задумчиво посасывая мундштук, потрогала чашку с кофе. В открытое окно врывался ночной ветерок, шевелил штору, надувая ее огромным пузырем. Как же мне понять, чего ради эта девушка начала ходить за мной, кто ее послал, зачем? И вдруг...

Ну, точно — она появилась рядом со мной аккурат после моего ночного звонка Призраку, после взрыва в моей квартире! Точно! А это значило только одно — Алекс что-то знает, но вслух не говорит. И все серьезно — если он приставил ко мне охрану, да еще так внаглую.

Что ж, придется слегка нарушить данное себе

слово и позвонить. В конце концов, это моя голова, моя жизнь, и закончить ее бездарно и ужасно я не хочу.

Господин Призрак долго не отвечал, и я уже решила положить трубку, когда наконец услышала его голос:

— Что ты хочешь, Мэ-ри?

— Алекс, ты где сейчас?

— В каком смысле?

— В территориальном.

— С какой целью ты интересуешься? — чуть раздраженно спросил он.

— Значит, мне надо.

— Твое «надо» волнует меня мало, Мэри. Зачем звонишь?

Я старалась сохранить спокойствие, понимая, что Алекс будет издеваться исключительно ради удовольствия — ощущение собственного превосходства всегда давало ему дополнительный кайф.

— Если ты в Москве... не мог бы приехать ко мне сейчас? — Эта фраза далась мне с таким трудом, что, казалось, заболели скулы.

Призрак молчал. Его молчание почему-то показалось мне таким пугающим и отнимающим всякую надежду, что я едва не заплакала.

— Алекс... я прошу тебя...

— Буду через полчаса. Свари кофе к моему приезду.

Ни слова больше. Только замолчавший телефон с погасшим через пару секунд дисплеем. Он приедет...

Алекс позвонил в домофон ровно через полчаса. Учитывая, что уже почти утро, никакого удивления у меня сей факт не вызвал. Мелькнула мысль, что на работу я сегодня явно не попаду. Да и черт с ней, не до того.

Я зачем-то припала к двери и прислушивалась к звуку поднимающегося лифта, к стуку открывшейся двери, которой квартиры отгорожены от лифтовой площадки, к легким быстрым шагам. Он приехал...

Я распахнула дверь раньше, чем он успел нажать на кнопку звонка, и вся моя решительность куда-то испарилась. Увидев в проеме Алекса, я вдруг почувствовала страшную слабость, отступила на шаг и села на обувную полку, безвольно уронив руки и ссутулив спину.

— О, кажется, я вовремя. — Он вошел, запер за собой дверь и присел передо мной на корточки. — Что с тобой, Мэ-ри?

Я, не соображая, что делаю, обхватила его за шею и заплакала. Алекс, кажется, удивился, но виду не подал, встал, увлекая меня за собой, и, подхватив на руки, понес в комнату. Устроил на диване, дотянулся до лежавшего на подлокотнике дивана пледа, укутал меня, как маленькую, и пробормотал куда-то мне в волосы:

— Не надо, Мэри, не плачь. Я с тобой. Ничего не бойся, пока я с тобой.

Я промочила его свитер слезами, успев, правда, подумать, что удачно сняла косметику — аккуратист Алекс не обрадовался бы пятну от туши, хотя, судя по поведению, он сейчас растерян и не вполне понимает, что со мной происходит.

Я и сама не могла понять, в чем дело. Один его вид, одно только появление в моей квартире вызвало эмоции, с которыми я никак не могла справиться. Наверное, я по-прежнему где-то глубоко, в самом темном и дальнем уголке души, продолжала любить его. Такого, каким знала. Я не идеализировала Алекса, прекрасно понимая, что он жесток, опасен и временами просто беспринципен, но тем не менее он столько раз спасал меня, рискуя жизнью, что я не могла сбросить это со счетов.

Любовь не разбирается в вопросах общечеловеческой морали, она не смотрит на род занятий и черты характера — она накрывает с головой, не давая дышать, рассуждать и раздумывать. Ты просто любишь — и все. Даже если вдруг видишь недостатки. Даже если понимаешь, что это безнадежно и опасно. Просто любишь.

Так и я...

Понимая и осознавая все, я оправдывала его — и любила. Любила, догадываясь, что никогда нам не суждено быть вместе, вдвоем, что мы никогда не сможем стать семьей, никогда не будем воспитывать детей — никогда. Он всегда будет помнить только одну женщину — Марго. И как бы он ни относился ко мне, какие слова ни произносил — все едино, в его сердце будет жить только она. Самое странное, что мне даже не больно — глупо ревновать к своему отражению.

И потом, сама Марго...

Она вела себя точно так же, как я, всякий раз отпихивая Алекса обеими руками. Стоило мне заговорить об этом, как подруга моя начинала говорить о своем желании видеть нас с ним вместе — с точностью до буквы повторяя мои слова. Получалось, что мы жертвовали собой ради счастья друг друга — и при этом не спрашивали, не хотели знать, а нужно ли оно, это счастье... И приемлемы ли подобные жертвы.

— Мэ-ри... — тихий глуховатый голос слегка привел меня в чувство, я оторвалась от плеча Алекса и начала неловко вытирать глаза тыльной стороной ладони.

Он перехватил мою руку, прижал к щеке:

— Ты позвонила...

— Да... прости...

— Молчи.

Мы смотрели друг другу в глаза, не отрываясь. Все понятно и без слов...

Разумеется, позже я буду жалеть о случившемся и проклинать обоих. Его — за то, что выпустил наружу весь свой шарм и брутальность, против которых невозможно устоять. Себя — за то, что опять поддалась, не смогла совладать с эмоциями. Но что я могу — я, слабая женщина, — против такого соперника?

Все это будет потом, но пока, сейчас...

В конце концов, я еще жива, имею право на радость.

Я так давно не просыпалась в постели с мужчиной, оказывается... Что темнить — ровно с тех пор, как Алекс был здесь в последний раз. Больше года — смотри-ка... Я ухитрилась убить в себе интерес к этой стороне жизни работой, изнуряющими тренировками и написанием нового романа.

Я приподнялась на локте и, подперев щеку кулаком, вглядывалась в лицо по-прежнему спавшего Алекса. А ведь он постарел, надо же... Морщинки разбежались от уголков глаз, резче стали складки около носа. Но, черт возьми, как же его красит даже это...

И я вдруг осознала еще одно. Меня потрясло собственное ощущение от этого всего... от этой ночи, от этой связи. Вроде как и не впервой — а всякий раз заново. Не знаю, как это ему удается.

Я сошла с ума... сошла с ума... сошла с ума... Неприлично, безумно, бесстыдно счастлива. Я чувствую себя голодной уличной кошкой, перед которой неожиданно плюхнули пять килограммов свежей телячьей печенки.

Я не могу осознать, что вот это все — он весь — мое, весь он, целиком, без остатка принадлежит мне. Пусть ненадолго — на одну ночь, на час...

Я прикасаюсь к нему и чувствую, как внутри что-то замирает. Не верю себе, своим глазам, рукам — не может быть, чтобы все оказалось так просто: вот он — и вот я, мы снова вместе — хотя бы так, на миг. Пусть. Я не жалею ни о чем. Мне даже не стыдно, что не устояла.

И все время хочу плакать — только не потому, что мне плохо, а как раз наоборот. Мне хорошо — хорошо, хо-ро-шо! Наверное, только с ним. Больше ни с кем.

Я легко провела пальцем по шраму на подбородке — он почти совсем перестал выделяться, разве что был чуть бледнее основного оттенка кожи. Досталось ему по жизни, пожалуй, даже мне далеко.

— Не спится, Мэ-ри? — по привычке произнося мое имя по слогам, пробормотал Алекс, вытягиваясь всем телом и сгребая меня в охапку так, что я не успела вырваться.

— Не спится...

Он перевернулся, подмяв меня, и его рука както совсем привычно легла на мое горло. Я закрыла глаза, вытянула шею, стараясь сделать все, чтобы ему было удобнее, и почувствовала, что улыбаюсь. Да, идиотски-счастливая улыбка совершенно непроизвольно появилась на моих губах, выражая полнейшее счастье. Кто не был с ним, не может знать, что это такое — быть в руках такого мужчины. И этот его жест — не что иное, как своеобразное выражение любви и власти. Кому же знать, как не мне...

— Мэ-ри... — его голос сделался совсем глухим и хриплым. — Скажи... почему мне всегда приходится брать тебя силой, словно крепость? Тебе нравится играть в недотрогу, да?

— Ты удивишься, но я такая и есть, — спокойно проговорила я, открыв глаза и глядя на него без тени улыбки.

— Я знаю, Мэри. Но мне не нравится, что ты такая со мной. Признайся честно — кричишь ночами, вскакиваешь, плачешь... — его голос звучал все тише, рука на моем горле чуть подрагивала, а расширившиеся вдруг зрачки почти совсем скрыли радужку, сделав глаза черными и непроницаемыми. — Ведь я прав, Мэри... Ты видишь во сне то, что могло бы произойти, если бы ты не упрямилась — так? Я знаю... — он наклонился ко мне и коснулся губами лба. Я почувствовала его дыхание, горячие губы на собственной коже, ставшей вмиг ледяной, как у покойника. Все тело свело странной судорогой, от которой не было больно — лишь сладко и восхитительно хорошо.

— Алекс... — прошептала я, чувствуя, что вот-вот потеряю сознание.

— Да, Мэ-ри... говори... говори же, ну...

— Я... я... — мне вдруг стало трудно дышать, как будто горло сжали тиски, хотя рука Алекса давно находилась на моей груди. Я дернулась, закатила глаза и услышала негромкое, но властное:

— Enough! Come back! Mary! Listen to me — come back![1]

Я плохо владею английским, способности отсутствовали напрочь, но это поняла и открыла глаза. Дыхание выровнялось, стало намного легче. Алекс провел рукой по моему лицу и чуть задержался на губах. Я смотрела ему в глаза, почему-то не в силах оторваться. В какой-то миг вдруг подумалось: захоти он сейчас убить меня — я встану и принесу ему нож из кухни. И еще попрошу — ну же, сделай это. Что творится, Господи... Я совсем потеряла голову...

— Как... как ты делаешь это, зачем? — выдохнула я, зажмурившись, и в ответ услышала его смех:

— Ты стала такой податливой, Мэ-ри... раньше я не мог с тобой так.

— Прошло время. Все меняется.

— Колючка Мэ-ри... помнишь? — Он оставил меня в покое, откатился на другой край кровати и

[1] Достаточно! Вернись! Мэри! Слушай меня — вернись! (*англ.*)

щелкнул зажигалкой, прикуривая поочередно две сигареты.

Помню ли я? Как он может спрашивать...

Я помнила построчно всю нашу переписку в аське за все время, помнила каждую эсэмэску, каждый разговор. Помнила ли я!

Взяв из его пальцев сигарету, я затянулась, чувствуя, как почему-то закружилась голова.

— Мэри, давай уедем, — неожиданно горячо заговорил Алекс, приподнявшись на локте и глядя мне в лицо. — Давай бросим здесь все, уедем в любую страну, какую ты выберешь. Я перестану заниматься тем, чем сейчас, ты сможешь танцевать — или не танцевать, как сама захочешь. Будем просто жить и наслаждаться моментом.

— А как же твоя дочь?

— Что — дочь? Она будет жить с нами, вот увидишь — вы подружитесь.

— Хорошо. Допустим. А Марго? Мы возьмем ее с собой — или ты будешь по-прежнему отлучаться сюда?

Я не хотела этого говорить, вот, ей-богу, не хотела. Это не ревность — я никогда не ревновала Марго к Алексу или наоборот. Мне на самом деле казалось, что он никогда не оставит ее. А быть второй я не привыкла.

Алекс молчал. Но его молчание сказало все — он действительно не знает, как быть, потому что я застала его врасплох. Говоря мне какие-то слова, он всякий раз искренне верил в то, что говорил, потому что в тот момент именно так чувствовал. На самом деле чувствовал. Но мой вопрос о Марго вернул его к действительности, и она была такова — забыть Марго он не может, а потерять меня — не хочет. Как совместить все это, Алекс, увы, не знал, и это, судя по всему, его раздражало.

— Не разрывайся, — я бросила сигарету в пепельницу, перевернулась на живот и уткнулась в подушку лицом, а потому мои следующие слова вышли глухими и чуть слышными: — Я никуда с тобой не поеду. Мне и здесь хорошо.

Алекс рывком развернул меня к себе и зашипел в лицо, мешая русские слова с английскими и армянскими, о том, чтобы я не смела больше говорить такого, чтобы думала, прежде чем открыть рот, чтобы... А, да какая разница, в принципе — он всегда говорит одно и то же...

Я, видимо, улыбнулась, потому что в какой-то момент Алекс запнулся и, разозлившись окончательно, подмял меня, прижав руки к кровати. Ну да — в качестве веского последнего довода, конечно...

— Тебе нравится, да?

Этот вопрос прозвучал спустя какое-то время, на которое я, кажется, вообще перестала соображать, что со мной и с кем я.

— Что ты имеешь в виду? Хочешь комплиментов?

— Хочу правды. Хотя бы раз в жизни хочу от тебя правды. Зачем ты доводишь меня до состояния, когда уже ничего невозможно контролировать? — Алекс протянул руку и поправил мою растрепавшуюся челку. — Мэри, что за причуды? Неужели нельзя по-другому?

— С тобой-то?

Он рассмеялся. Мне кажется, я никогда не слышала его *искреннего* смеха, не этих вечных саркастических усмешек, а искреннего смеха оттого, что человеку просто хорошо и весело.

— Ох, Мэри...

И в этот момент распахнулась входная дверь, послышались шаги и голос Марго:

— Мэрик, ты дома? Еще спишь?

Я вскочила, пытаясь найти халат, но поздно — Марго уже стояла на пороге спальни. Надо ли говорить, что и кого она увидела...

Меня поразило выражение ее лица — на нем не дрогнул ни один мускул, не отразилось ни единой эмоции, словно я в спальне одна, а в моей постели не лежит ее бывший муж.

— Привет, Алекс, — буднично обронила Марго и протянула мне халат, валявшийся у ее ног. — Простите, что помешала, я думала, что ты на работе, Мэри. Зашла посмотреть, что тебе купить из продуктов.

— Марго...

— Не надо, Мэрик, ну, что ты, дорогая. Все в порядке. Мне нужно было сначала позвонить.

И Марго вышла так же стремительно, как появилась в квартире. Я натянула халат и ушла в кухню, забилась там в угол и расплакалась. Даже не знаю, что именно вызвало мои слезы. Где-то внутри мне было стыдно перед Марго, словно она застала меня за чем-то ужасным. А по сути ведь так и было — я оказалась слабее собственных слов, я нарушила их, я перечеркнула все свои гордые выкрики о том, что «никогда, ни за что, ни при каких условиях». Кошмар...Оказывается, я, как и большинство, не выдержала испытания мужчиной.

— Ты расстроилась? — Алекс показался в дверях спальни, и я вдруг закрыла руками лицо. — Мэри, что с тобой? Ты переживаешь из-за Марго? Я уже говорил тебе — ее это давно не шокирует.

— Зато меня шокирует.

— Да? А что случилось? — Алекс вошел в кухню и остановился у стола напротив меня. — Мы с тобой взрослые свободные люди, и если вдруг решили провести вместе ночь — так это только наше дело.

— Я не должна была... это все ты...

Он усмехнулся, вытянул сигарету из пачки и закурил:

— Конечно, Мэри. Это все я. Так всем будет проще, и Марго не будет тебя ненавидеть — да? А она и так не будет, поверь мне. Я не такое проворачивал, когда мы были вместе, она привыкла и уже давно не реагирует. А тут — ты. Да она сейчас сидит у себя и не знает, какому богу молиться за то, что мы с тобой вместе, и все именно так, как она хочет. — Он затянулся, выпустил дым и, резко выбросив вперед руку, поднял мою голову за подбородок. — Посмотри на меня. Ты жалеешь?

Это был именно тот вопрос, ответа на который я всякий раз не могла найти. Если рассматривать то, что между нами произошло, с физической точки зрения, то нет — о чем? Все было хорошо. Но Марго, вошедшая в спальню Марго не давала мне покоя. Войди она на пару минут раньше, и... о черт...

— Я не слышу, Мэри.

— А я молчу.

— Почему ты молчишь?

— Потому что мне нечего сказать, Алекс.

— Ну, я так и думал. Ладно, пойду в душ. А ты постарайся за это время решить, жалеешь ты или нет. Это важно.

Хлопнула дверь, в ванной зашумел водой душ, а я все сидела в углу на стуле, ссутулившись и собравшись в комок. Как я устала... Может, действительно махнуть рукой и уехать с ним? Меня здесь ничего не держит, скорее наоборот — постоянно что-то происходит, какие-то непонятные события, какие-то странные люди вокруг.

Кстати, об этом. Алекс так заморочил мне голову, что я совершенно забыла, зачем звала его. Уж точно не за тем, чем мы занимались всю ночь...

Он вышел из ванной — свежий, довольный и совершенно спокойный. Ну, еще бы — чего ему переживать, это ж не он оказался перед выбором. Мне вдруг тоже смертельно захотелось под ледяной водопад, который поможет вернуть душевное равновесие хотя бы ненадолго, на пару минут, на мгновение. Когда стоишь под стекающими по телу струями, всегда кажется, что все в жизни наладилось, как будто капли воды уносят вместе с собой неприятности, проблемы, беды.

Я так и поступила: проскользнула под рукой попытавшегося преградить мне в дверях путь Алекса и заперлась в ванной. Действительно, под душем стало немного легче. Не торопясь, я высушила волосы, взяла было в руки тюбик с тональным кремом, решив замаскировать, хотя бы относительно, синяки под глазами, нахально выдававшие бурную ночь, но потом передумала и вернула на полку — зачем? Я никуда не пойду, дома могу ходить без косметики, а на то, что подумает Алекс, мне плевать. И, кстати, он видел меня в куда более пикантном и шокирующем виде, так что отсутствие макияжа переживет, думаю.

В кухне обнаружился завтрак и курящий у открытого окна Алекс.

— Что так долго? — недовольно поинтересовался он, задергивая занавеску и поворачиваясь ко мне. — А в магазин ты когда-нибудь ходишь или все на Марго перекладываешь?

Его ехидство меня не задело. В магазин я заходила, если успевала, если нет — не слишком огорчалась. Делать же довольно приличный крюк и идти в супермаркет у меня вообще не всегда есть силы, поэтому негласно считалось, что Марго, которая не работает, делает это вместо меня.

— Смотрю, ты все же нашел, из чего сотворить кулинарный шедевр, — фыркнула я, садясь за стол. — Огорчу тебя — зря старался, я практически никогда не завтракаю.

— Да и ради бога. А я вот не зарекался, так что не пропадет, — Алекс сел напротив меня и взял нож и вилку. — Пей кофе. Судя по его запасам, это единственное, что связывает тебя с магазинами.

— Ошибаешься. Это тоже Марго.

— Бедная девочка, — покачал головой Алекс. — Взвалила на себя безумную писательницу и тащит.

Я моментально вспыхнула, задетая намеком:

— Ее никто не просил.

— А ты чего оправдываешься? — тут же поддел он, довольный тем, что я снова попалась. — Это ваши дела. Думаю, что Марго делает это абсолютно искренне, она всегда такая была — если уж кто ей в сердце запал, все. Будет расшибаться, делать что-то порой в ущерб себе, но окружит вниманием, заботой и любовью. Редкое качество.

— Что ж ты не оценил? — отпив глоток, поинтересовалась я. — Мне кажется, она такой не вчера стала.

Алекс вдруг помрачнел, отбросил нож и вилку и посмотрел на меня в упор.

— Да. Не оценил. Не понял. Расплачиваюсь. Видела шрам у меня на груди? Это кислота. После того случая с подсвечником...

— Ой, хватит! — вспомнив довольно заметный шрам от ожога и поморщившись, перебила я. — Если хочешь знать мое мнение, так это дешевый понт. Не понимаешь, да? — Я увидела легкое замешательство в его глазах. — Ну, как тебе объяснить... это было не всерьез, не для того, чтобы причинить себе вред, а просто для того, чтобы показать — мол, я за тебя вон что могу. Понятно?

— Дура ты, — вздохнул Алекс. — Просто не понимаешь. Я изуродовал Марго — не сдержался тогда, с этим подсвечником, даже не понимаю, как так получилось. Она с восемнадцати лет не может носить ничего открытого, прячет ожоги.

Это моя вина. Я должен был как-то сравнять счет. Где тебе понять!

— Ну, еще бы. Где мне понять тонкие движения вашей музыкальной натуры. Я примитивна и банальна, нет во мне этих ваших высокодуховных порывов.

Я допила кофе, закурила и насмешливо посмотрела на застывшего над тарелкой Алекса.

— Что — не так ты обо мне думаешь? — Он опустил глаза, и я удовлетворенно улыбнулась. — Видишь, не только ты можешь чужие мысли изучать. Кстати, о чужих. Скажи мне вот что — имя Виктория Самусенко тебе говорит о чем-то?

Мне показалось — или на самом деле в уставившихся на меня глазах мелькнуло что-то? Лицо Алекса осталось при этом совершенно непроницаемым, он спокойно продолжил завтрак и только отрицательно качнул головой.

— Алекс.

— Да, Мэри? — невинным голосом переспросил он, и я поняла — попала. Он прекрасно знает, кто такая Вика Самусенко, но сейчас ни за что уже не признается, будет ломать комедию.

— Я прошу тебя — скажи мне правду. Это важно.

— Какую правду? — невозмутимо спросил он, и я начала терять терпение.

— Всю. Я ведь знаю — ты не случайно оказался в Москве и сидишь здесь уже столько времени. Ты никогда не делаешь ничего случайно. Твой приезд как-то связан со мной, потому что вокруг меня все валится и рушится.

— Да, я заметил — у тебя новые двери и новый

кухонный гарнитур, — с усмешкой прокомментировал он. — Хороший ремонт.

— Ремонт! — фыркнула я возмущенно. — Больно он мне нужен, сто лет мечтала! А то ты не знаешь причину!

— Почему же, знаю. Ты сама звонила мне среди ночи и обвиняла в том, что я пытаюсь тебя убить — помнишь?

— Я уже сказала, что верю в твою непричастность...

— Ты говоришь как юрист, Мэ-ри.

— Ты можешь хоть минуту побыть серьезным? — взмолилась я, сложив руки перед собой и опираясь на них подбородком. — Мне натурально не до смеха. Давай я расскажу тебе все, но ты взамен ответишь на мой вопрос.

— Без торговли. Рассказывай.

Я поняла, что выбора у меня нет — я вынуждена ему рассказать все, а он еще сто раз подумает, удовлетворить ли мое любопытство. Скорее всего, его ответ будет отрицательным. Я выложила ему все свои догадки, а вместе с ними и то, что произошло вчера вечером. Только вчера... Надо же, насколько я привыкла к ужасу, происходящему в моей жизни, — даже смерть человека уже не удивляет и не пугает, я говорю об этом спокойно и буднично. Я черствею и превращаюсь в циничную стерву, которую не волнует и не трогает ничего, кроме собственного благополучия.

Алекс слушал меня, не перебивая, только лицо его мрачнело, и это подтвердило мои подозрения — он явно «в теме». Дослушав до конца, он встал из-за стола и заходил по кухне, заложив руки за спину. Я закурила в ожидании хоть какой-то словесной реакции, но ее не было. Алекс измерял шагами кухню и молчал, погрузившись в какие-то свои мысли. Вдруг он резко остановился напротив меня, уперся одной рукой в стену, другой — в край стола и, нагнувшись к самому лицу, проговорил злым шепотом:

— Куда вляпалась опять, дура?!

Я отшатнулась к стенке, уронила сигарету на пол, и Алекс наступил на нее босой ногой. Я взвизгнула от ужаса, а он даже не поморщился, продолжая смотреть мне в глаза:

— Так и будешь молчать?

— Я не знаю, о чем ты...

— Не знаешь?! Давай по порядку.

Он рванул меня за руку, стащив со стула, поволок за собой в комнату, толкнул на диван, сам уселся в кресло напротив. Я, если честно, испугалась напора и злого выражения лица, но это продолжалось всего несколько секунд. Не в первый раз Алекс стращал меня, не в первый раз швырял, как тряпичную куклу. Но сейчас явно происходит нечто, известное только ему, потому что очень уж решительно настроен.

— Зачем ты ездила в Испанию? — вдруг выдал он, и я опешила — при чем это?

— Отдыхать... но я не понимаю...

— Врешь! Я спросил — зачем ты ездила? — Алекс повысил голос.

— Да отдыхала я! Не веришь — спроси Марго, она мне сама билеты покупала и квартиру в аренду брала! — Я тоже позволила себе слегка напрячь голос, хотя когда-то давно дала зарок никогда больше не орать в его присутствии, и уж тем более на него, ибо чревато.

Алекс испытующе посмотрел на меня, но я не отвела взгляда — скрывать нечего, я на самом деле оказалась в Испании случайно. А вот он... откуда он знает?!

— Алекс...

— Даже не спрашивай, — предостерег он, и я прикусила язык. — Ты точно ничего от меня не скрыла?

— Ты издеваешься? Мне нечего скрывать. А вот ты...

— Я же сказал — не пробуй. Следующий вопрос — ты давно знакома с тем дедком из мэрии?

— Че-е-его? — Я едва не задохнулась от удивления, не сумев уловить связи между предыдущей темой разговора и неожиданным вопросом о Михаиле Борисовиче.

— Давно, говорю, у вас с ним это?

Я не верила своим ушам — Алекс обвинял меня в связи с престарелым ловеласом...

— Да как... как ты... как у тебя язык повернулся?! — еле вывернула я и заметила тень удовлетворения на лице Алекса. Надо же — полегчало ему!

— А что ты так кричишь? — скорее для порядка парировал он, но тему сменил: — Мэри, ты точно ничего не хочешь мне рассказать? Ничего — в связи с твоей поездкой в Испанию?

— Далась тебе эта поездка! Я действительно ездила отдыхать, я тут чуть не спилась от отвращения к себе! Хорошо еще, что Марго рядом, сумела меня вытащить!

Губы Алекса искривила презрительная усмешка:

— Ты по-прежнему решаешь проблемы при помощи алкоголя?

— Уже нет.

Внезапно он расхохотался, и я слегка растерялась — ничего смешного я не говорила, да и он тоже вроде как не шутил. Перебравшись на диван, Алекс притянул меня к себе и, перестав смеяться, тихо произнес:

— Ох, и сучка же ты, Мэри. Не знаю, что меня заставляет постоянно возвращаться к тебе. Ты невыносимая — а тянет вот... Почему ты не хочешь уехать со мной?

— Потому что есть Марго.

— Что ты заладила — «Марго, Марго»? — с досадой проговорил он, прислоняясь спиной к подлокотнику дивана, поджал ноги по-турецки и заставил меня лечь головой к нему на колени. — Я не говорю о ней — а ты постоянно твердишь ее имя, как заклинание.

— Я не хочу, чтобы ты обманывал себя и меня, вот и все. Ты никогда не перестанешь любить ее. Как не перестанешь и ненавидеть одновременно. А я не хочу быть между вами, понимаешь? Я устала болеть душой.

Его рука рассеянно перебирала мои волосы, накручивая пряди на палец. Алекс молчал. Я чувствовала, что он прекрасно понимает мою правоту, это его бесит, но он сдерживает себя.

— Ты болеешь душой потому, что тебе это нравится. Это дает дополнительный стимул твоему творчеству.

Я приподнялась и села, уставившись Алексу в глаза. Эта мысль меня посещала как-то, и я пришла к выводу, что только после какого-то эмоционального потрясения начинаю писать так, чтобы нравилось мне самой. И проницательный Алекс, значит, уловил эту мою особенность... Но, черт возьми, он неправ! Сто раз неправ — я не устраиваю себе встряски специально! Тем более не делаю этого в связи с ним и с Марго!

— Что смотришь? Скажешь — ошибаюсь? — Он протянул руку и погладил меня по щеке, заставив отпрянуть. — Мэри, ну что ты? Как ежик... Мое присутствие так тебе неприятно?

— Н-да... главное — вовремя задать вопрос. После того как ты провел здесь полночи и уже почти половину дня, самое время поинтересоваться моим отношением. — Я усмехнулась, свернулась клубком в его ногах и закрыла глаза.

Не знаю почему, но меня охватило вдруг такое спокойствие, какого я не испытывала уже давно. Казалось, что, пока он рядом, со мной вообще ничего не случится. И очень не хотелось, чтобы он уходил...

— Если ты скажешь, я останусь, — услышала я его голос и вздрогнула — неужели сказала вслух? — Мэри...

— Что?

— Скажи, не молчи.

— Сказать — что?

— Что я тебе нужен.

Господи, как же я хотела сказать это, как мечтала... Но язык намертво прилип к нёбу, не желая шевелиться. Вместо ответа я притянула к лицу его руку и прижалась к ней щекой.

Алекс понял все как надо.

Мы провели в спальне остаток дня. Нет, ничего не было — лежали, обнявшись, и молчали. Почему-то было так хорошо и просто, словно лучше этого в нашей жизни никогда ничего не случалось. Балконная дверь чуть приоткрыта, в полутемную комнату врывался легкий ветерок, наполняя помещение свежестью. Лето выдалось дождливое, больше напоминавшее осень, я даже не доставала из шкафа босоножки и платья, так и ходила в джинсах и кожаной куртке. Все, кто мог, уезжали к морю, но я не любила морских пейзажей и курортов, делая исключение только для Испании, но там я была совсем недавно. Интересно, почему Алекс интересовался причиной моей поездки? И что сам делал в Испании? Спрашивать я не рискнула — мне было слишком хорошо в его руках, чтобы портить это ощущение ссорой, которая непременно возникла бы.

— Я хочу посмотреть, как ты танцуешь, — вдруг проговорил Алекс, не открывая глаз, и я удивилась:

— Ты сто раз видел.

— И еще сто раз могу. Почему ты вечно упрямишься, Мэри? Тебе так сложно сказать «да»?

Вместо ответа я поцеловала его, и он рассмеялся:

— Могу расценивать как согласие?

— Можешь. Но не сию секунду. Я умираю от голода.

И мы отправились на кухню: желания выходить из дома и ехать куда-то в ресторан не было ни у него, ни у меня.

Еще одно не давало мне покоя. Марго. А потому, дождавшись, когда после ужина Алекс уснет, я, стараясь не шуметь, набросила джинсы и майку и выскользнула из квартиры.

Спустившись на этаж, где жила Марго, я позвонила в дверь. Открыли мне не скоро, и я уже начала беспокоиться — не случилось ли чего с моей подругой. Но вот она наконец показалась в полуоткрытой двери и, увидев, что это я и что я одна, пригласила войти.

Я почему-то чувствовала себя виноватой, как кошка, стащившая кусок рыбы с хозяйской тарелки. Однако Марго безмятежно улыбалась и как ни в чем не бывало принялась хлопотать у стола, наливая чай и нарезая пирог с капустой:

— Ты очень кстати, сейчас пирожка поешь, свежий совсем.

— Самое время, ага, — буркнула я, понимая, что отвертеться не получится и придется есть пирог, хотя на часах над столом уже первый час ночи. — Марго... — начала я, устроившись в углу и притянув к себе чашку с чаем. — Мне надо тебе кое-что объяснить...

— Мэрик, я не буду ничего обсуждать, — мягко, но решительно сказала Марго. — Не буду. Я очень рада, что у тебя все хорошо. Вы оба наконец-то обрели то, что необходимо каждому из вас.

— Да ни хрена не хорошо у меня! — рявкнула я так, что Марго от неожиданности уронила сахарницу. — Ни хрена не хорошо! Я его боюсь — он знает что-то такое, что касается меня, и не говорит! И знаю, что сейчас я ему просто зачем-то нужна, не лично я, Мэри, а как объект! Когда все закончится, он уйдет, исчезнет, а я примусь вытаскивать иголки из души — как всегда! Я не могу, понимаешь — не могу больше, мне страшно, больно и плохо!

Марго невозмутимо подметала сахар и синие фарфоровые осколки и, казалось, не слушала моего крика. Аккуратно ссыпав содержимое совка в ведро, она вымыла руки, села напротив меня и проговорила совершенно спокойно:

— А я тебе сто раз говорила. Сто раз, Мэри. Но ты упорно кричишь — нет, вернись к нему, живи с ним, Марго! А сама чего ж не хочешь, тем более что он предлагает? Боишься? Ну, вот и я боюсь.

— Марго... я знаю, что не должна говорить этого, но раз уж мы тут именно о нем говорим... Понимаешь, есть еще кое-что, — я закурила и посмотрела в спокойное лицо подруги, выражавшее только заботу обо мне — и ничего больше. — Он тебя любит, Марго. Любит. И так будет всегда. Ты не думай, я ему сказала сегодня то же самое...

— Странно, что после этого ты сидишь тут со мной, и даже синяка на тебе нет, — хмыкнула Марго, подвигая мне пепельницу. — Он терпеть не может, когда ему говорят об этом. Если бы ты знала, Мэрька, как я хочу избавиться от него. Как мечтаю о том времени, когда его вообще не будет в моей жизни...

— Именно для этого ты постоянно пихаешь его в мою?

— Глупышка ты. Я просто знаю, что вы друг другу идеально подходите. Хотя ваш союз сможет переплюнуть по масштабу разрушений пару ядерных взрывов, — рассмеялась вдруг Марго, нисколько не обидевшись на мои слова.

— Очень весело, Марго, — буркнула я. — Очень весело. И к чему мне такие сложности, скажи? Он же непредсказуемый.

— Зато в остальном хорош, правда? — Марго чуть склонила голову набок и прикусила нижнюю губу, сделавшись похожей на маленькую шаловливую девочку.

Я не стала обсуждать эту тему, мне почему-то было стыдно за то, что произошло между мной и Алексом. Она, кажется, поняла причину моего молчания, дотянулась и погладила меня по голове, как маленькую. В этом жесте было столько материнской нежности, что у меня защипало в носу. Будучи моложе меня, Марго порой рассуждала и действовала так, словно я ее дочь.

— Мэрька... не казни себя, я серьезно говорю. У меня никогда ничего с ним уже не будет — ты ведь сама говоришь, что нельзя прожить одну жизнь два раза. Ну, вот мы свою уже прожили — я и Алекс. Теперь у нас разные дороги. — Марго взяла чайник и долила в мою чашку кипяток. — Остыло ведь, что не пьешь?

Чаю мне расхотелось. И вообще расхотелось

чего бы то ни было, в том числе и возвращаться домой, туда, где сейчас безмятежно спал Алекс.

— Марго... можно, я у тебя переночую, а? — жалким голосом попросила я, и Марго удивленно заморгала:

— То есть... ну, в смысле, мне дивана не жалко, но... странно как-то... А... он что же?

Я вздохнула. Не знаю, почему, но мне вдруг стало невыносимо от мысли, что я все-таки не сдержалась и нарушила данное себе слово. Я перешла дорогу Марго — что бы она при этом ни кричала о своем равнодушии. Ну, не верилось мне, что можно добровольно отказаться от такого мужчины. Хотя... я же вот сама отказывалась столько раз и только вчера, одурев от страха, одиночества и тоски, сдалась. Ох, как все запутано...

Марго успела постелить мне на диване и зажечь настольную лампу, которая теперь отбрасывала мягкие блики на стены и занавешенное окно. Свет этой лампы всегда успокаивал меня, с тех самых пор, как я впервые оказалась в этом доме. Я любила сидеть на диване, подобрав под себя ноги, и читать что-то или щелкать клавишами ноутбука, если вдруг меня озаряло. Здесь все дышало уютом и покоем... И именно здесь я чувствовала себя по-настоящему нужной, по-настоящему дома, на своем месте. Даже собственная квартира не казалась мне такой родной.

Я забралась под плед, свернулась клубком и закрыла глаза, чувствуя, как Марго села рядом на диван. Ее теплая ладонь прошлась по моей щеке, задержалась на волосах, заправила прядь за ухо.

— Спи, Мэри... завтра все утрясется, вот увидишь.

Щелкнул выключатель, шаги Марго стихли в соседней комнате. Я зарылась лицом в подушку и уснула.

Редкое этим летом солнце насквозь пробивало лучами штору на окне, припекало так, что подушка казалась раскаленной. Я сладко потянулась, выпростав из-под пледа руки и щурясь от яркого света. Где-то в глубине квартиры негромко разговаривала Марго — видимо, по телефону. Я перевела взгляд на часы — ого, уже почти одиннадцать, ну я и поспала...

Вошла Марго, и по ее растерянному бледному лицу я мгновенно поняла — что-то случилось. Она молча протянула мне телефон и опустилась в кресло, закрыв руками лицо. Внутри у меня что-то оборвалось и нехорошо заныло.

— Алло...

— Какого черта ты там делаешь? — ударил мне в ухо раздраженный голос Алекса.

— Прости...

— «Прости»?! Это все, что ты мне скажешь?!

— Не кричи, пожалуйста. Я все объясню. Сейчас вот приду — и... — Но он перебил меня:

— Не смей подходить к двери! Вообще обе уйдите в дальнюю комнату и сидите там, пока я не позвоню! Ты слышишь меня, Мэри?!

— Что случилось? — Сердце забилось так, что стало больно.

— На вашей двери висит взрывное устройство.

— Что?!

— А что слышала. Сидите тихо и не мешайте мне. А с тобой я потом разберусь — за то, что подставила Марго.

Звонок прервался. Я бросила телефон на диван и перевела взгляд на Марго. Та по-прежнему сидела в кресле, закрыв руками лицо, и не шевелилась. Я выбралась из-под пледа и подошла к ней, села на подлокотник и обняла Марго за плечи. Она вдруг порывисто обхватила меня руками, вжалась лицом куда-то мне в бок и простонала:

— Мэрька-а-а... куда же ты снова влипла, девочка моя? Куда же, а? Когда все это закончится? Когда они все пропадут из нашей жизни?

Кто «они» и куда пропадут, Марго не уточнила, да и неважно это было. Меня интересовало другое — что собирается делать Алекс, откуда он узнал о взрывном устройстве. Я осторожно высвободилась из рук Марго и на цыпочках пробралась в коридор. Стараясь не прикасаться к двери, я заглянула в глазок. Алекс курил на площадке, опираясь плечом о стену, и смотрел куда-то в район нижнего замка. Значит, там... Внезапно он поднял глаза, и я вздрогнула, поняв, что он чувствует мое присутствие. Взгляд его сделался злым, губы зашевелились, явно изрыгая ругательства в мой адрес. Я отпрянула, стукнувшись плечом о шкаф.

В этот момент я совершенно не думала о том, что может произойти с Марго и со мной. Мои мысли были заняты только Алексом. Я не сомневалась в его профессионализме — но безотчетный страх за его жизнь парализовал меня изнутри.

Случайность, судьба — и... все. Я даже подумать боялась о том, что его может никогда больше не быть в моей жизни. Никогда — такое безнадежное слово, оно намертво отрезает дорогу в будущее, забрасывает ее камнями, как горный обвал. Нет, мне нельзя так думать, нельзя... Он все сделает правильно, он же все умеет...

### АЛЕКС

Наконец-то эта строптивая сучка сдалась. Ее голос в телефонной трубке был растерянным, испуганным и таким жалким, что Алекс совершенно перестал злиться на нее. Мэри просила о помощи. Вика погибла у нее на глазах, прикрыв собой. Вот тебе и дура-девка... Жаль, конечно, что погибла, но хоть Мэри жива.

Он собрался мгновенно, поймал машину и через полчаса уже звонил в дверь.

То, что он увидел, потрясло его настолько, что в первую секунду Алекс не нашелся даже, что сказать. Когда Мэри, открыв дверь, бессильно опустилась на обувную полку и замерла, он испугался.

Мэри умирала. Нет, физически она была в полном порядке. Она умирала внутри, и Алекс почувствовал это с первых секунд, едва взглянув на нее. Да, она еще пыталась казаться независимой и своенравной, но именно пыталась казаться, а не была. Внутри у нее что-то сломалось, какое-то колесико в четко работавшем механизме под названием «Мэри». Без этого колесика отказало все остальное. Он практически увидел, что будет дальше. Вот она держит чуть на отлете мундштук, а пальцы дрожат. Делает затяжку, но выходит нервно. Смотрит на него, а видит что-то совершенно другое. Алексу на миг показалось, что он видит, как покрывается морщинами ее кожа, как становится нечетким и сам треугольник лица, опускаются углы губ, тяжелеют веки. Мэри словно сбросила маску, и сразу стал виден ее возраст — ведь ей уже за тридцать, не девочка. Помотав головой, Алекс прогнал видение — нет же, все по-прежнему, все та же Мэри с прищуренными глазами, со скептической ухмылкой, с привычкой покусывать нижнюю губу. Те же рыжие волосы, подстриженные а-ля двадцатые годы. Мэри — и в то же время не Мэри. Все просто. Она больше не была *его* Мэри. Открытие разозлило. Точно такое же выражение лица было у Марго чуть больше года назад, когда она вот так же вывернулась из его рук. Чертовы бабы... Ничего, он вернет их обеих, вернет — потому что каждая из них нужна ему по-своему.

Но сейчас она нуждалась в нем, нуждалась так очевидно, что это привело Алекса в чувство. Он шагнул к ней, опустился на корточки, и Мэри тут же повисла на его шее, как тонущий на проплывающем мимо бревне. Ее тело вздрагивало под его ладонями, и Алекс почувствовал вдруг острое желание оказаться с ней в постели — она притягивала его словно впервые. Такая — слабая и почти раздавленная внутренними страхами и противоречиями. Обычно он знал ее другой...

Он смутно помнил, как и что происходило между ними этой ночью, настолько растворился в ней. Она забрала его целиком, ухитрившись даже заставить забыть о Марго. И только утром, когда он снова заговорил об отъезде, Мэри прорвалась и высказала ему то, что, видимо, носила в себе все эти годы. Бедная дурочка, все-таки она ревнует, надо же...

Он сумел убедить ее хорошо известным способом, против которого бессильна любая женщина, даже такая, как Мэри. Но в душе все равно шевелилось неприятное чувство, что она права. Марго — его боль на всю жизнь. Сколько бы ни было отмерено ему, Алексу.

Он провел рядом с Мэри весь день, не выпускал ее из рук, словно боясь, что она пропадет, исчезнет. Ему нравилось это ощущение — когда своенравная девушка не сопротивляется, а спокойно позволяет любить себя, прикасаться, отвечает на любое его движение. Определенно у них все могло бы быть хорошо...

Он уснул, обнимая Мэри, а проснулся рано утром в одиночестве. «Курит, наверное», — подумал он и вышел в кухню, однако там было пусто. Мундштук лежал около пустой пепельницы, рядом — зажигалка и чашка, на дне которой только кофейная гуща. Джезва на плите холодная. Куда могла уйти Мэри, для которой утренний подъем — невозможная пытка? Только к Марго.

Алекс оделся и, прихватив из кармана связку ключей, на которой имелся и ключ от квартиры Марго, спустился вниз.

Он уже тянулся ключом к скважине, когда по

спине вдруг пробежал холодок предчувствия. Задержав дыхание, Алекс присмотрелся и обнаружил, что обшивка двери чуть надорвана, и из образовавшейся дыры торчит уголок какой-то пластиковой коробки. Стараясь не дышать, он нагнулся к самой дыре и увидел то, чего опасался. В разорванной обшивке уютно устроилось миниатюрное взрывное устройство. Такие штучки Алекс не раз устанавливал сам и знал, что силы взрыва как раз хватит, чтобы разнести квартиру Марго вдребезги, а тех, кто окажется у двери, превратить в фарш.

— Ну, совсем хорошо, — выдохнул он, сделав три осторожных шага назад. — И кто ж это устроил? Ну, Мэри, сильно ты кому-то мешаешь, девочка моя... Знать бы еще, кому. Потому что причину я знаю.

Он закурил, разглядывая устройство, и вдруг почувствовал, что с той стороны двери кто-то стоит. И этот кто-то, разумеется, Мэри — хотя он позвонил Марго и велел им обеим не подходить. Но когда Мэри его слушала!

Алекс метнул злобный взгляд в глазок, и точно — там мелькнула тень. Значит, опять ослушалась! Ну что за настырная девка, что за характер! Мало того что подставила Марго, так еще имеет наглость мешать ему. Ничего, только бы убрать чертову коробку — и тогда уж он объяснит красотке, как нужно вести себя с мужчиной.

Руки не дрожали — с чего им дрожать, Алекс не впервые видел такие вещи, и снимать их тоже приходилось. Но сейчас дело осложнялось тем, что нужно работать быстро и тихо, в любой момент на площадке мог кто-нибудь появиться. Ну, и две женщины в квартире — две женщины, чья жизнь ему дороже собственной. Пара точных движений быстрых пальцев — и все, грозное оружие превратилось в обычную коробочку. Алекс выдохнул, смахнул тыльной стороной ладони капли пота, выступившие на висках от напряжения, потрогал зачем-то дыру в обивке двери и только потом нажал на кнопку звонка. В квартире молчали. Алекс было разозлился, но потом сообразил, что обещал сперва позвонить по телефону. Набрав номер, услышал какой-то мертвый голос Марго и велел открыть дверь.

Против ожидания, открыла Мэри — бледная, с расширившимися зрачками. Посторонившись, она впустила его и, когда он закрыл дверь, обхватила его руками и завыла. Алекс опешил, попытался оторвать руки Мэри от себя, чтобы заглянуть в лицо, но та мотала головой и только сильнее сжимала пальцы.

— Прости... прости меня... я не знала... — лепетала она сквозь слезы, и Алекс чувствовал, что Мэри напугана так, что дальше некуда.

Он прижал ее к себе и пробормотал куда-то в волосы:

— Ну, что ты, успокойся. Все хорошо.

На плач Мэри из комнаты выглянула такая же бледная Марго, но, увидев, как Алекс обнимает подругу, скрылась. Алекс же гладил вздрагивающие плечи Мэри и с трудом разбирал то, что та бормочет. Лишь последняя фраза, которую она произнесла, оторвав залитое слезами лицо от его рубашки, прозвучала почти четко:

— Я так испугалась... так испугалась за тебя... что вдруг — и никогда, понимаешь... больше — никогда...

Эти слова сказали Алексу куда больше, чем простое и затертое уже «я люблю тебя».

## МЭРИ

Я увидела его в дверном проеме и почувствовала, как слабеют ноги и становится ватным все тело. Даже злые глаза не испугали, я не верила, что он может сейчас быть по-настоящему зол. Я не выдержала, повисла на нем и впала в истерику, заливая слезами его рубашку и бормоча что-то несвязное. Алекс сперва растерялся, но потом вдруг прижал меня к себе и начал гладить по плечам, шептать что-то. Я же захлебывалась от переполнявших меня эмоций и слов, торопилась высказать все, что пережила за те минуты, что он был там, за дверью, а я не знала, все ли с ним в порядке. И вот он — здесь, живой, целый. Я трогаю, словно хочу убедиться, словно не верю глазам...

Алекс, кажется, не совсем понимал, что происходит, с чего вдруг я так растеклась. Но когда я подняла глаза, то увидела, что он улыбается както мягко и растерянно.

В кухне гремела посудой Марго, и это выглядело как-то совсем уж нарочито, особенно если учесть, что она выглянула в коридор и тут же скрылась, увидев меня в объятиях Алекса. Но я ничего не могла сейчас с собой сделать, меня трясло от пережитого волнения. Наверное, впервые в жизни я так волновалась за Призрака.

Алекс чуть приподнял мою голову за подбородок согнутым пальцем и тихо сказал:

— Мэри, больше никогда не смей ослушаться меня. Если я говорю что-то, то это не потому, что хочу поговорить. Я знаю — существует реальная опасность. Ты не подумала, что устройство за дверью могло сработать? И тебя сейчас могло уже не быть? Тебя и Марго?

— А тебя?

— Это другой вопрос.

— Нет... — я попыталась отвести глаза, но он не позволил, требовательно заглянул в лицо, и я часто-часто заморгала ресницами, стараясь снова не заплакать.

Алекс вдруг легко провел второй рукой по моему лицу и отступил назад, к двери:

— Иди, Мэри, попей чаю, покури. Тебе надо успокоиться.

— А ты?

— Мне нужно уйти.

Я сделала движение в его сторону, но Алекс уже выходил из квартиры.

— Я вернусь вечером. Или завтра.

Эти слова меня не успокоили, совсем не успокоили... Я прекрасно знала о его манере пропадать неожиданно и надолго, не объясняя причин, не предупреждая, не думая о том, что будет чувствовать Марго — или я.

Уже давно стихли его шаги на площадке, лифт замер на первом этаже, а я все стояла у открытой двери, как замороженная.

— Вы долго еще будете на пороге обниматься? — зазвенел голос Марго. — Идемте... — она вышла из кухни и увидела меня. Одну. — А... где?..

Я повернулась к ней и произнесла только одно слово:

— Ушел... — и ушла в ванную, заперлась и прорыдала несколько часов.

Почти неделю я прометалась в квартире Марго на диване с жуткой ангиной, подхваченной непонятно где и как. От высокой температуры мутилось в голове, я постоянно бредила и говорила жуткие вещи, доводя и так измученную Марго до состояния паники. Она не отходила от меня ни на минуту, меняла компрессы, заставляла пить лекарства, смазывала опухшее горло какой-то дрянью, кормила бульоном и все время напряженно прислушивалась к моему неровному дыханию. Особенно тяжело было ночами, когда темнота заполняла квартиру. Изо всех углов ко мне начинали подступать призраки прошлого. В буквальном смысле слова подогретое температурой воображение выдавало ужасающие картины — то могилу отца на той половине кладбища, где хоронят безродных и бомжей, то Ивана, неподвижно лежащего на ступеньках крыльца с развороченным выстрелом затылком, то Костю, заносящего надо мной нож. Но чаще всего я видела почему-то Макса. Эта картина являлась мне с завидной регулярностью, выматывая нервы и силы. Максим тянул ко мне окровавленные руки с переломанными пальцами и словно спрашивал — за что? А за его спиной ухмылялся Костя, держа в руках тяпку для отбивания мяса, с которой медленно капала кровь. Я вскакивала на диване, отчаянно кашляла, задыхаясь, хваталась за сердце, которое от ужаса переставало биться. Марго, серая от недосыпания, обхватывала меня руками, прижимая к себе голову, шептала что-то, укачивала, уговаривала...

Неделя кошмара, апофеозом которой явился, разумеется, король ужасов — Господин Призрак. Он позвонил мне и сухо, отрывисто сказал:

— Я уезжаю. По этому номеру не звони. Когда будет можно, я позвоню сам.

Я не успела сказать ни слова, не смогла издать ни единого звука — он дал отбой. Вот так — три короткие фразы, в которых ни намека на отношения, как будто я просто очередная девица, с которой он провел пару ночей.

А ведь по сути — так и есть. Чего я хотела, зная все о нем и Марго? Любви и взаимопонимания?

Дура...

Я возвращалась из поликлиники, куда ходила закрывать больничный лист. Шел дождь, я ежилась под большим зонтом с черно-белыми принтами — подарком Марго — и старалась идти как можно аккуратнее, чтобы не наступать в лужи. Идея сунуть ноги в замшевые сапоги, «чтобы не простудиться еще сильнее», сейчас выглядела полнейшим абсурдом — замша напиталась влагой так, что уже откровенно хлюпало. Быстрее бы до дома добраться и залечь в спальне под плед с кружкой чаю.

Около меня с визгом затормозила машина, обдав с ног до головы грязной жижей из притротуарной лужи. Я не успела высказаться по этому поводу, как из машины выскочили два амбала и без церемоний затолкали меня на заднее сиденье. Я уже проходила такое в прошлой жизни с Костей, прекрасно помнила ужас, испытанный за ночь в подвале. Но сейчас-то — кто?! И — за что?!

Один из амбалов показался мне смутно знакомым, я принялась внимательно изучать его лицо. Он крутил в руках мой зонт-трость, уперев его острым концом в пол машины, и смотрел вперед. Ни один мускул в лице не двигался, казалось, у этого человека вообще никаких эмоций, все на автомате. И я вспомнила, кто это. Он охраняет Михаила Борисовича, этот амбал с квадратной челюстью и неподвижным лицом! Ах ты, старый пень... решил, значит, со мной поиграть? Ну, пеняй на себя...

Я почему-то перестала бояться, приосанилась, поправила растрепавшуюся прическу. Сидевшие по обе стороны от меня охранники даже не пошевелились, зато с первого сиденья обернулся худощавый, абсолютно лысый мужик с лицом, больше напоминавшим картинку из фэнтези — обтянутый кожей череп и какие-то пустые глазницы, тонкие поджатые губы, худая жилистая шея, которая выглядывает из воротника дорогой рубашки. Его взгляд... боже мой, а я-то думала, что уже ничего в этой жизни не испугаюсь. Так умел смотреть Алекс — выворачивая взглядом все потаенные уголки души, накалывая чужие тайны на иголку. Мужик вызывал у меня острую неприязнь и испуг.

— Скажите мне, милая девушка, отчего это вы так спокойны? — начал он низким голосом.

— А есть основание бояться?

— Вы хоть понимаете, что произошло?

— Отлично понимаю. Ваш хозяин, патрон, босс — или как там вы его называете — велел прихватить меня с собой к нему в гости, так?

Губы «черепа» растянулись в улыбке:

— Надо же, какая. Так и будешь дурочку строить?

— Я не понимаю, чего вы хотите.

Спустя секунду я уже задыхалась, за горло прижатая к спинке сиденья его худой рукой. Охранники с двух сторон держали мои руки, чтоб не вырвалась. «Череп» все сильнее сдавливал мое горло и свистящим шепотом спросил:

— Ты еще финтить будешь, сучка?! Говори, кто Деда завалил! Говори, ну!

— Слышь, Лохматый, ты ей воздуха-то дай глотнуть, — вяло посоветовал тот из охранников, что сидел справа от меня. — Она ж вон синяя уже, как ответит-то?

Железные пальцы на моей шее разжались, я закашлялась, хватая ртом воздух, уткнулась лицом в колени. В голове засела фраза «кто Деда завалил», гвоздем засела, намертво. Какая связь между мной и смертью Михаила Борисовича? Кто такой этот «череп»-Лохматый? Явно не сотрудник мэрии... Значит, вот почему я уже давно не слышу телефонных звонков от навязчивого старого поклонника — его просто в живых нет.

— Подышала? Говори по-хорошему, иначе танцы свои только во сне видеть будешь — ноги сломаю, — абсолютно серьезно пообещал «череп», и у меня не осталось оснований ему не доверять.

— Я вам клянусь — ничего не знаю. Правда, не знаю! — заговорила я, подняв голову и прижав руки к груди. — Он просто перестал мне звонить... давно уже... недели три... может, больше. Но кто его убил — я не знаю! — Голос у меня вдруг сорвался, и я всхлипнула.

«Череп» долго изучал меня, словно прикидывая, говорю ли правду или все-таки что-то скрываю, а потом, как-то сразу потеряв интерес ко мне, отвернулся со словами:

— Ну, гляди. Если окажется, что соврала, я обещание сдержу и спички твои длинные укорочу вполовину. Если сейчас, конечно, выживешь. Коля, притормози чутка, дадим девочке шанс.

Я не успела опомниться, как правая дверка машины оказалась открыта, сильные руки амбала сгребли меня в охапку и выкинули вон. Пролетев несколько метров кубарем, я врезалась спиной в какой-то пень и потеряла сознание.

Сколько я пролежала в сыром овраге под проливным дождем — не знаю. Когда открыла глаза, дождя уже не было, и даже кое-какой луч солнца пробился сквозь серое одеяло туч. Моя сумка и зонт валялись метрах в пяти от меня, но сил встать и дойти до них не было. Я ощупала себя как могла — вроде бы все цело, только спина болит ужасно. Кое-как повернувшись на бок, я задрала куртку и майку, превозмогая боль, выгнулась и увидела, что правый бок ободран совершенно — грязно-кровавые полосы тянутся почти от лопатки до пояса джинсов, а вдоль позвоночника наливается багровым цветом огромный кровоподтек. Прекрасно...

Со стоном встав на колени, я поползла к сумке, вынула мобильник и набрала Марго. Не вдаваясь в подробности, попросила забрать меня с Рижского шоссе — благо меня выбросили из машины почти под указателем. До города было пятнадцать километров.

— Что с тобой? — кричала Марго в трубку. — Как ты там оказалась?!

— Марго, я тебя умоляю — давай потом, а? Я промокла и очень замерзла. Ты приезжай скорее, я тебе все потом объясню, — чуть не плача попросила я.

Сев на злосчастный пень, я закрыла глаза и принялась ждать. Самое удивительное заключалось в том, что по шоссе непрерывно летели машины, но никому из водителей и в голову не приходило обратить внимание на женщину, одиноко сидящую на пне посреди оврага. Люди у нас душевные, что уж говорить...

Сидеть пришлось довольно долго — Марго, совершенно теряющаяся в схемах дорожного движения за пределами Садового кольца, разумеется, заблудилась, а потом попала в пробку. Но зато во искупление своей вины она догадалась заскочить в магазин и прихватить там маленькую бутылочку коньяка и горькую шоколадку. Все это она вручила мне в машине, когда перестала наконец охать и махать руками, сокрушаясь по поводу моего плачевного состояния. Я с благодарностью поймала ее руку и прижала к щеке:

— Марго... ты меня понимаешь как никто...

Она только усмехнулась грустно, отняла руку и завела двигатель.

— Ты пей-пей, а то снова разболеешься. Хоть изнутри пока погрейся, дома в горячую ванну и в постель.

С ванной Марго погорячилась... Мы обе сразу поняли это, едва только я опустилась в воду. Боль оказалась такая, что я с визгом выпрыгнула обратно, едва не сбив с ног вошедшую на мой крик Марго.

— О-о-ох... — простонала я, заворачиваясь в халат. — Нет, Марго, я этого не вынесу...

— Ты иди, ложись, я тебе все перекисью обработаю, там грязь все-таки, — решительно приказала Марго, выпуская меня в коридор. — Мэри, укладывайся. Я чай уже заварила, варенье малиновое принесла, сейчас спину полечим — и почаевничаем.

Когда процесс обработки моих ссадин, сопровождавшийся откровенно нецензурной бранью, завершился, мы устроились прямо на кровати и поставили поднос с чашками и вазочками с вареньем между собой. Марго задумчиво помешивала чай, и мерный стук ложечки о края чашки погружал меня в почти медитативное состояние.

В присутствии Марго я успокаивалась, становилась тихой и ручной, как ее кошка — моя тезка.

— Ты знаешь, Мэри, я все думаю... а не может быть как-то связана смерть этого старикана с Алексом? — Марго перестала перемешивать чай и посмотрела на меня.

— Я уверена в этом почти на сто процентов. Но не могу понять — зачем? Если только... да, видимо, это как раз то, за чем он сюда приехал.

Марго вздохнула. Мы редко позволяли себе обсуждать то, чем занимались Алекс и Джеф, но сегодня никакая иная версия не годилась — потому что люди Михаила Борисовича приехали за мной. Значит, видели меня с Алексом. Хотя... Не факт, что это его рук дело. Да, он странно уехал, велев не звонить — но такое, по словам Марго, случалось и раньше.

Тогда чего от меня хотел этот... как его там... Лохматый? Почему он думал, что я знаю виновника смерти Михаила Борисовича? Опять вопросов больше, чем ответов...

— Мэрик, скажи... Алекс никогда не просил тебя помочь ему? — вдруг спросила Марго.

— В смысле?

— А в прямом. Не просил познакомить с кем-то, устроить встречу?

— Да ну что ты, — отмахнулась я. — Какая от меня помощь? Нашла что спросить. И потом — как бы это выглядело?

— Ты знаешь, а мне показалось, что он очень обрадовался, когда увидел этого дедка в твоей квартире тогда, помнишь? Ну, ты еще лодыжку вывихнула, и Алекс приехал, а потом вдруг старик ввалился с охраной.

Я сперва непонимающе уставилась на подругу, наморщила лоб, пытаясь сообразить, о чем она говорит, и вдруг вспомнила. Да, точно. Мне тогда тоже показалось, что Алекс оскорблениями, желчью и иронией маскирует нечто совсем другое. Да, появление у меня такого кавалера его удивило, но потом он действительно изменился в лице. И фразу еще какую-то сказал... черт, вылетело... что-то о последней встрече, кажется. Однако... неужели Алекс убил Михаила Борисовича?! Но тогда непонятно, кто устроил взрыв в моей квартире, кто проникал в нее, кто укрепил взрывное устройство на двери Марго, явно зная, что я там? Догадка, посетившая меня, казалась столь же ужасной, сколь и абсурдной. Нет, этого не может быть... Просто не может быть — потому что если это правда...

— Я не переживу, — прошептала я, глядя на Марго в упор и чувствуя, как глаза наполняются слезами. — Я не переживу, если это правда... так нельзя, Марго...

Она смотрела на меня и — я видела — понимала все без слов.

— Мэри, нет! — Марго подскочила ко мне и затрясла, стараясь сделать так, чтобы смысл ее слов дошел до меня. — Не смей даже думать! Он — не мог! Не тебя! Только не тебя, Мэри, не тебя! Прекрати забивать голову ерундой, Алекс *не мог*!

Но я чувствовала неуверенность в словах подруги. Кому, как не ей, знать, на что способен ее бывший муж, когда дело касается *работы*, за которую платятся деньги! И ей ли не знать, что Алекс легко перешагнет через препятствие в виде меня — если он в свое время перешагнул даже через Марго, которую любил и продолжает любить до сих пор. Что такое для Призрака пара проведенных со мной ночей — если он едва не убил женщину, с которой прожил в браке почти год! А его бывшие жены — что первая, что вторая? Соня ребенка ему родила — и все равно он умудрился довести ее до самоубийства. Синяя Борода, а не Призрак. И не мне с ним тягаться. И он вполне мог, что бы сейчас ни пыталась внушить мне Марго, попробовать убрать меня с дороги — как свидетельницу... Стоп. Свидетельницу — чего? Что такого я видела или знаю? Ничего. У Алекса просто нет оснований. Хотя — когда ему были нужны причины, поводы, основания?

Марго же по-прежнему твердила, не выпуская меня:

— Ты слышишь меня, Мэри? Не смей так думать о нем — он не мог!

И это только подтвердило мои подозрения. Марго тоже думала об Алексе. И думала как раз в том же ключе, что и я. Потому и кричала так громко — старалась убедить в своей правоте даже не меня, а себя в первую очередь.

Назавтра, едва проснувшись, я покосилась на мирно спавшую рядом Марго и вылезла из-под своего одеяла. Кошка, развалившаяся в ногах подруги, недовольно подняла голову и сонно заморгала глазами, потом потянулась всем телом, выпустив когти, перевернулась на спину и тихо мяукнула. Я погрозила ей пальцем и, натянув гетры и халат, потрепала тезку за ухом. Мэри мурлыкнула раздраженно и свернулась в клубок, демонстрируя явное неудовольствие по поводу моего столь раннего подъема, в связи с которым ей тоже пришлось прервать царственный сон. Я знала, что баночка консервов может вернуть кошке доброе расположение духа, однако Марго категорически запрещала мне приближаться к кошачьей миске и уж тем более что-то в нее насыпать-выкладывать. Я не возражала — пусть кормит свою капризную царевну сама.

Прихватив ноутбук, я ушла в кухню, закрыла дверь, чтобы не будить подругу шумом кофемолки и щелканьем по клавишам, и полезла в Интернет. Меня интересовало все, что касалось жизни и смерти Михаила Борисовича. Я механически копировала в отдельную папку все, где находила какие-то упоминания о нем, даже не вчитываясь, чтобы потом спокойно и вдумчиво прочитать все сразу и составить полную картину. Возможно, это поможет мне понять, причастен ли Алекс к убийству. Потому что покойный Борисыч должен быть очень крутой персоной, чтобы за заказ взялся Призрак. Одной работы в мэрии явно недостаточно.

Я прервалась, чтобы сварить кофе, рассеянно высыпала в джезву содержимое кофемолки, добавила пару палочек гвоздики, брякнула медный сосуд на огонь и уставилась в залитое дождем окно. Когда моего носа достиг запах чего-то горелого, я спохватилась, что нужно было еще как минимум налить воды, чего я не сделала. Чертыхаясь, я бросила раскаленную джезву в раковину и прикрыла рот ладонью, оглушенная резким звуком и вспомнив, что в спальне еще не проснулась Марго. Разумеется, она появилась через пару минут, сонная, растрепанная, с опухшим лицом. Следом плелась кошка, опустив хвост и зевая. Опустившись на табуретку, Марго, не глядя, дотянулась до вазы и взяла яблоко. Хрупнув им, перевела взгляд на дымящуюся в раковине джезву:

— Ох, Мэрька... Ну, даже кофе сварить сама уже не можешь, как же так-то?

— Ну, забыла воду, блин! — огрызнулась я добродушно и виновато посмотрела на доедающую яблоко подругу. — Марго-о-о... свари, а?

Она невозмутимо догрызла яблоко, потянулась, похлопала себя по щекам и, окончательно проснувшись, встала, потеснив меня от плиты к моему обычному месту у окна.

— Садись уже, горе мое. Муза посетила, память отшибло?

Марго орудовала в моей кухне так привычно, словно находилась у себя дома. Она четко знала, где что лежит, стоит, хранится. Ничего удивительного, если учесть, что покупка продуктов лежала на ее плечах. Кофе, кстати, Марго варила изумительный, мне никогда не удавалось повторить, хотя я старалась делать все так же, как она.

— Много написала? — между делом поинтересовалась Марго, внимательно следя за поднимающейся над джезвой пенкой.

— Что? А, нет, я не писала ничего. В Интернете сижу, — уклончиво отговорилась я, не желая посвящать Марго. Не знаю, почему, но мне не хотелось, чтобы она знала...

— Ищешь чего? — не отставала она, доставая из навесного шкафа чашку и блюдце.

— Нет, брожу просто.

Марго поставила чашку с дымящимся кофе на стол, и я потянулась к ней, но подруга не выпускала из пальцев блюдце и пристально смотрела мне в глаза.

— Долго будешь играться?

— Я не играюсь... Марго, отпусти.

— А ты скажи, в чем дело, и пей спокойно, — отпарировала она, явно настроившись настоять на своем.

— Марго... ну, не надо, а?

— Так, я не поняла, — чуть повысила голос Марго, и в ее тоне явственно зазвучали категоричные приказные нотки Алекса. — Я тебе чужая, да, Мэри? Настолько, что ты начинаешь от меня что-то скрывать?

— Я просто не хочу причинять тебе боль, — зашипела я, вдруг разозлившись на нее за настырность. — Не хочу, чтобы у тебя опять болело сердце, если вдруг окажется, что твой распрекрасный Алекс не только шлепнул этого старого пня, но еще и меня прибить пытался!

Против ожиданий, Марго не захлопала обиженно глазами, а резко оттолкнула от себя чашку, так, что кофе расплескался, и ударила ладонями по столу:

— Да?! «Моего»?! «Моего», говоришь?! А кто это, стесняюсь спросить, пару недель назад висел на шее моего, как ты изволила выразиться, распрекрасного Алекса и рыдал?! Не ты ли?! Не ты — гордая вся из себя?! Неприступная Мэри — ага, конечно! Да ты такая же, как все — ему никто не отказывал! — выкрикнув это, Марго побледнела и закрыла рот обеими руками, ахнув сквозь эту преграду: — Го-о-осподи... Мэрька, родная, прости меня, я не то хотела сказать...

— Сказала уже.

Я встала и проскользнула мимо Марго в ванную, заперлась и, сев на стиральную машинку, заплакала.

Марго стучала в дверь и тоже плакала, прося открыть, но я не спешила. Разумеется, я не сердилась на нее и не обижалась, прекрасно понимая, что Марго на самом деле хотела сказать другое. Она пыталась донести до меня, что уже давно не считает Алекса своим и не хочет иметь с ним ничего общего. Просто прозвучало как обвинения ревнивой жены, вот и все. Услышав, что Марго рыдает уже навзрыд, я спрыгнула с машинки и открыла дверь — не хватало еще сердечного приступа, а у нее запросто. Марго кинулась ко мне, схватила, прижала к себе так, что я едва не задохнулась:

— Прости меня... я ведь не то...

— Не надо, Марго, я же все понимаю.

Бывает такая дружба, которая выше всего, наверное, выше дележки мужчин, выяснения отношений. Когда доверяешь человеку абсолютно, хочешь просто уберечь от неприятностей, если вдруг нужно что-то скрыть, чувствуешь каждое движение чужой души. Мы с Марго дружили именно так. Это было даже выше дружбы — мы одно целое.

— Мэри... я тебе клянусь — он не стал бы... — всхлипнула Марго, не выпуская меня из своих рук, словно боялась, что я убегу. — Вот, что угодно, кого угодно, но тебя — ни за что. Он же... как ты не видишь, я просто поражаюсь, какая ты бываешь слепая, Мэри... Он же тебя любит.

— Угу, — хмуро отозвалась я, уткнувшись лицом ей в грудь. — Очень странно выглядит это чувство в его интерпретации. Такая любовь-ненависть, когда ночью задыхаешься от счастья, а утром — от боли. Когда одна рука гладит по щеке, а вторая через секунду бьет под ложечку. И это не только у него — это и у меня так... Мы изранили друг друга так, что уже, кажется, нет живого места...

— Ты маленькая дурочка, Мэри, — грустно улыбнулась Марго, потрепав меня по волосам. — Попробуй хоть раз в жизни не сопротивляться, а позволить ему вести тебя туда, куда он считает нужным. Увидишь, насколько все будет иначе...

Порой Марго рассуждала поразительно схоже с Алексом, меня это удивляло и пугало. Даже тон у нее был такой же — приказной и категоричный.

— Марго, милая, давай оставим эту тему, хорошо? — мягко попросила я, взяв в ладони ее лицо. — Какой смысл обсуждать то, чего уже не произойдет? Он уехал...

— Но ведь ты же сама не согласилась уехать с ним! — огорошила меня Марго. Я отступила на шаг, запахнула выбившийся из-под пояса халат и прищурилась.

— Н-да? Это ж откуда тебе известно?

— Оттуда, — спокойно ответила Марго, отворачиваясь к раковине и пуская воду. — Он звонил мне, когда ты в поликлинику ушла.

— То есть?

Марго чистила зубы, опустив глаза и стараясь не смотреть в зеркало, чтобы не встречаться со мной взглядом. Это меня удивило — как она могла скрывать, зачем? Алекс звонил вчера — вчера, прошли уже сутки, а она промолчала!

Марго бросила зубную щетку в стакан, умылась и, потянувшись за полотенцем, примирительно сказала:

— Мэринька, а ты разве не знала, что он по-прежнему периодически мне позванивает?

— Подозревала. И это только лишний раз подтверждает мою догадку о том, что...

— Хватит, — оборвала Марго. — Я никогда не предам Джефа. И никогда — слышишь, никогда больше не буду с Алексом, сколько раз мне еще придется повторить, чтобы ты уяснила и запомнила? А звонит он исключительно с целью поинтересоваться, как ты. Это правда. И после этого ты еще можешь думать, что он собирался тебя убить? Да стал бы он петлять и организовывать такие сложные комбинации! Уж поверь — если бы ему было нужно, тебя давно не было бы в живых, Мэри. Давным-давно.

Ее слова меня нисколько не успокоили. Потому что все, что происходило вокруг меня в последнее время, не могло быть случайным совпадением. И некоторые факты напрямую указывали на то, что руку к событиям приложил профессиональный человек — одна подпиленная газовая труба в кухне чего стоила! А взрывное устройство? Нет, что-то не сходится, и Марго может быть просто не в курсе — зачем Алексу посвящать ее в свои планы? Черт, как же мне разобраться?

Я погрузилась в изучение собранной информации, проводя ночи напролет за ноутбуком. Утром едва продирала красные, слезящиеся от постоянного недосыпа и напряженного чтения глаза, кое-как красилась и брела в клуб. Виктор постоянно злился, глядя, как я еле передвигаю ноги по паркету и с трудом соображаю. Я же почти не обращала на него внимания — моя голова была занята биографией почтенного старца.

Картинка вырисовывалась любопытная. Появился он в Москве не так давно и, учитывая его довольно преклонный возраст, сумел как-то подозрительно быстро втереться в такие верха, что это невольно вызывало уважение. Административная карьера Михаила Борисовича началась еще в далекое советское время в том самом городе, откуда родом и я. В голове моей в связи с этой информацией что-то зашевелилось, но я никак не могла вспомнить, где и как я впервые услышала фамилию — Марков — и имя.

В Москве почтенный чиновник развернулся на всю катушку.

Дедок любил ходить по краю пропасти, играл в такие игры, что дух захватывало. Поговаривали, что он был причастен к кражам ценных экспонатов из музеев, однако ни разу его не поймали за руку и доказать связь с преступным сообществом не смогли. В одной статье я увидела фотографии интерьера его особняка — ну, возможно, обстановка чуть уступала в роскоши Букингемскому дворцу, совсем немного, самую малость. В общем, старичок не бедствовал.

Интересы его простирались и в сферу недвижимости, он приложил руку к развалу нескольких довольно крупных строительных фирм, а последняя попытка рейдерского захвата оказалась особенно удачной. Михаил Борисович довольно прилично обогатился, правда, как следовало из разрозненной информации, все имущество было оформлено на третьих лиц — оно и понятно. Именно в этих статьях, ссылках и заметках и я наткнулась на название — «Золотая улица». И опять я подумала, что определенно где-то это слышала, но где? Такое знакомое название...

Загадка с «Золотой улицей» разрешилась очень просто.

Как-то вечером я возвращалась с тренировки и зашла в супермаркет. Толкая перед собой тележку, рассеянно кидала в нее что-то схваченное с полок и продолжала думать о Михаиле Борисовиче.

— И с какой целью ты фасоль берешь, да еще сухую? — раздался у меня за спиной насмешливый голос Марго.

Я подпрыгнула от неожиданности и развернулась на сто восемьдесят градусов — моя подруга стояла, опираясь на тележку, и насмешливо рассматривала то, что я успела набросать в свою.

— Да-а, Мэри. Я иной раз не знаю, в какой угол молиться, что у тебя никого нет — ни ребенка, ни котенка. С такими способностями ты бы их живо на тот свет спровадила. Зачем тебе фасоль, спрашивается? Варить будешь?

— Конечно, не буду, — хмуро огрызнулась я, сгорая от стыда за собственную бестолковость. — Представления не имею, что вообще с ней делают.

Марго тем временем ловко выбрасывала лишнее из моей корзины, оставив там несколько йогуртов, зелень, сыр, армянский лаваш и упаковку семги — это было наше традиционное блюдо, которое мы могли готовить и есть в любом количестве. Даже такая лентяйка, как я, с удовольствием заворачивала три огромных тонких лепешки с сыром, салатом и красной рыбой. Мой муж Костя делал такие рулеты сам, правда, для начинки использовал творог с мелко порубленной зеленью, а рыба — это уже «чисто сибирский» изыск.

— Вот так. Соку не хочешь? — Марго закончила ревизию моей корзины, и в ее руках оказалась литровая бутыль гранатового сока с ближайшей к нам полки, но я покачала головой. — Ну, как знаешь. А я возьму.

— Интересно... — протянула я, зная, что сама Марго такой сок не пьет.

— Что? — перехватив мой вопросительный взгляд, невинно поинтересовалась подруга.

— Кому это?

— Джеф приехал! — выпалила Марго, сияя от радости, и это чувство передалось мне.

— О, ну, наконец-то! Как он? Все в порядке?

— Да, все хорошо. Ох, конец моим душевным мукам! — Марго была готова обнять весь мир, но размаха рук хватило только на меня. — Я так счастлива, Мэрик!

— Я очень рада, но поставь меня обратно, — улыбнулась я.

— Приходи к нам, поужинаем, — пригласила она, но что говорить — в глазах Марго явно сквозила надежда на мой отказ.

Я только усмехнулась и покачала головой, давая понять, что не приду и портить им встречу не стану.

Мы вышли из супермаркета и направились в сторону дома. Уже стемнело, фонари освещали проезжую часть, бросая на трамвайные рельсы золотистые блики, и я, глядя на это, произнесла:

— Просто золотая улица.

— Тренируешься в образности речи? Словосочетание — совсем как моя контора называлась, — заметила Марго, и я встала как вкопанная:

— Как ты сказала?!

Марго удивленно смотрела на меня и не могла понять, что происходит. Меня же охватило не то предчувствие, не то какое-то возбуждение. Я вся дрожала, словно в ознобе.

— «Золотая улица» — так называлась фирма, в которой я работала.

— Ох, твою ма-а-ать... — выдохнула я, не в силах поверить в то, что слышу. — Марго, а я знаю, кто организовал всю ту аферу с захватом.

— Ну и что? — пожала плечами подруга, увлекая меня в сторону двора. — Это все уже давно знают. Один человек из мэрии.

— Ага, — подхватила я. — И зовут его Михаил Борисович Марков. Вернее — звали.

Вот хорошо, что рядом с нами оказалась скамья, на которую Марго и опустилась, в испуге глядя на меня.

— Мэри...

— Ну да, — мрачно сказала я, садясь рядом и доставая сигареты. — Понимаешь, к чему я клоню?

— А то... Но с чего бы ему браться за такое дело?

— Очень смешно, Марго. Отомстить за тебя, — я закурила и выпустила дым. — Вот так-то, детка. Никто ему никого не заказывал. Это была, как он любит выражаться, «его собственная вендетта» — как с Костей.

Но я в тот момент слегка ошибалась в догадках...

## АЛЕКС

Выполненная работа перестала приносить удовлетворение. А работа, выполненная наполовину, раздражала. Алекс думал об этом, развалившись в кресле бизнес-класса на борту самолета, направлявшегося в Лондон. Несколько часов — и можно выбросить из головы хоть на время все, что происходило с ним. Отключить телефоны, взять Марго-младшую, гулять с ней в парке, кормить уток, сидеть вечерами за пианино, слушая, как она старательно играет несложные этюды и пьесы. Побыть отцом, провести время с любимой дочерью, побаловать ее подарками и вниманием. Вспомнить, как это — быть обычным человеком.

Только одно точило — вторая половина задания заказчика так и осталась невыполненной. Мало того — ему постоянно кто-то мешал. Кто-то постоянно крутился под ногами, и Алекс не смог вычислить кто.

Убрать старика оказалось проще, чем отобрать конфетку у ребенка. При всей показной крутизне он оказался наивен и беспомощен, а его охрана — просто сборищем непрофессиональных амбалов с квадратными мордами и маленькими черепными коробками. Алекс решил на этот раз не модничать, а работать по старинке — с «СВД». Снайперская винтовка Драгунова — вещь надежная.

Он оборудовал себе «лежку» на чердаке одного из домов напротив ресторана, куда старик заезжал каждый вечер. Несколько дней пришлось провести на грязном полу чердака, приноравливаясь к режиму объекта и рассчитывая время. Но Алекс не торопился — зачем? Старик никуда не собирался, жил обычной жизнью, придерживался почти идеального распорядка, и это было особенно хорошо. Значит, к месту собственной гибели приедет вовремя.

В «день Х» Алекс долго всматривался через прицел винтовки в лицо клиента и думал о том, что это из-за него у Марго было столько проблем, по его приказу ее чуть не сожгли в машине, и если бы не Джеф — кто знает, чем бы все закончилось. По его приказу тот человек, как там его, пытался убить Марго в Цюрихе. И это его люди теперь преследуют Мэри. Доказательств последнего у Алекса не было, но чутье подсказывало — они. Ничего, все образуется. Вот сейчас, сию минуту...

Он перевел дыхание, постарался выровнять удары сердца и положил палец на спусковой крючок. Осталось поймать паузу между ударами — и мягко утопить механизм, выпуская пулю. Всего пара секунд — и на лбу старика, уже собравшегося сесть в поданный «Мерседес», расцвела кровавая хризантема, а капли крови окропили белый плащ. Алекс спокойно разобрал винтовку, бросая взгляды вниз, на вход в ресторан, где бестолково суетились охранники мертвого уже клиента, подхватил чемоданчик и перебрался по чердаку в другой подъезд, откуда так же спокойно вышел и направился к припаркованной в соседнем переулке машине. Дело сделано. Можно отдыхать.

Особенно радовало, что в этой работе был и личный момент — Марго. Конечно, она никогда не узнает об этом, да и ни к чему ей. Но он сам будет знать, что убрал с ее дороги человека, с подачи которого закончилась ее карьера и едва не оборвалась жизнь. Это успокаивало.

Однако отдохнуть дома в полной мере ему не удалось. Буквально через две недели раздался телефонный звонок.

— Я слушаю, — Алекс сидел на скамье в парке и краем глаза наблюдал за бегавшей по дорожке дочерью.

— Вы не выполнили свою работу. Того, чего ждет клиент, у вас так и нет.

О дьявол... Голос принадлежал посреднику.

Алекс погрозил расшалившейся Марго-младшей пальцем и негромко сказал в трубку:

— С этим ничего невозможно поделать.

— Это не так. Надавите на женщину. Не может быть, чтобы она не знала.

Вот это и было самым неприятным — то, что заказчик стремился впутать в дело Мэри. Задача была поставлена четко: если она не согласится — ее нужно убрать. И было в этой задаче что-то очень уж личное со стороны заказчика, что-то, чего Алекс пока понять не мог, но интуитивно чувствовал. Что могла сделать Мэри, чтобы вызвать желание убить себя? Хотя...

Зная Мэри довольно давно, Алекс и сам пару раз был не против сделать так, чтобы ее больше не было, но на то у него имелись свои личные мотивы. Вряд ли заказчик обладал таковыми. Но сейчас нужно было выправлять ситуацию с посредником.

— Ваш заказчик, похоже, пошел в обход вас, — решился на лобовую атаку мстительный Алекс. — Он нанял еще кого-то, и этот дилетант постоянно путается у меня под ногами и вынуждает осторожничать сверх меры.

Посредник засопел и пообещал перезвонить завтра. Алекс довольно ухмыльнулся и спрятал мобильник в карман. Стравив посредника и заказчика, он выиграл себе еще какую-то передышку. Время, которое сможет провести в тишине и покое.

Вечерами он садился за пианино и играл, иногда ловя себя на том, что играет Шопена, которого не особенно любил. Эта музыка принадлежала

Мэри — та могла слушать ее бесконечно. Странно, но Алекс иногда скучал по ней. Память подсовывала какие-то обрывки вместо воспоминаний, но чаще всего Мэри приходила во сне. В черно-красном платье она танцевала что-то испанское, вскидывая длинные руки над гладко причесанной головой, била каблуком в паркет и напоминала не женщину, а разъяренного быка на арене. Эта картина преследовала Алекса довольно долго, вызывая странное щемящее чувство. В такую Мэри хотелось метнуть копье — а рука дрожала, даже во сне Алекс ощущал предательскую дрожь пальцев.

Любовь-ненависть...

Однажды мысли о Мэри вдруг вылились в восемь строк, которые долго потом вертелись в голове:

«Прости меня» — всего два слова,
Я знаю — ты ждала другого,
Прости за краткость вечеров,
За редкость встреч, за скупость слов.
За то, что стал, пожалуй, стар
Мой никому не нужный дар.
Прошу тебя я вновь и вновь —
Прости за странную любовь[1].

Записывать Алекс не стал — все равно показать Мэри он не решился бы, как не решалась она показать ему свои стихи. Только однажды, убегая от него после вынужденно проведенных вместе недель в связи с его ранением, она позволила себе

[1] Стихи поэта Neris.

оставить ему на память несколько строк. То письмо до сих пор лежало где-то в сейфе. Алекс никогда не перечитывал его, но и выбросить не мог.

Он часто думал о своей жизни и находил ее вполне удачной. Род занятий давал возможность получать острые ощущения, внешность позволяла выбирать тех женщин, каких он хотел, материальных проблем тоже не было. И только эти две — Марго и Мэри — не вписывались в идеальную схему. Как выбрать, как понять, кто из них? Никак. Только вдвоем они представляли собой идеальную женщину. Мягкость Марго и бескомпромиссная прямолинейность Мэри, домашний уют одной и авантюризм другой — как тут можно выбрать, на чем остановиться? Любой бы запутался, и он, Алекс, не исключение.

Чувство вины перед Марго за ее изуродованную юность, за годы страданий рядом с нелюбимым мужчиной, за постоянные исчезновения-возвращения не отпускало его, не становилось глуше с годами. Умом Алекс понимал, что сейчас, когда есть Джеф, самым лучшим и благородным поступком было бы исчезнуть навсегда. Пропасть, сгинуть — и оставить Марго в покое. В том, что Марго любит Джефа, он не сомневался. Но — как жить, зная, что больше не можешь позвонить, написать, приехать? Как вырвать кусок сердца?

Невозможно...

Мэри... Здесь вообще непонятно. С одной стороны, ни одну женщину ему никогда в жизни не хотелось ударить так, как ее. А с другой — ни одна так не будоражила его кровь, как она. Его мечта — женщина, преданная, как собака, и дикая, как волчица, готовая вцепиться в ласкающую ее руку. И что делать? Отказаться? Но — зачем жевать траву, когда высоко на дереве висит сочный персик?

Глупо...

Эти противоречия только сильнее запутывали Алекса, заставляли просыпаться ночью и выходить на террасу с сигаретой. Он курил, со злостью затягиваясь сигаретным дымом, и старался разобраться в себе. Иногда его посещала мысль — а что, если бросить все к чертовой матери, выкинуть из головы обеих и жить нормально, не срываясь в Россию при малейшем сигнале опасности? Но потом Алекс успокаивался и понимал — не выйдет. Дело не в том, что Марго и Мэри пропадут без него. Нет.

Это он пропадет — без них.

Посредник отзвонил. Разговор вышел короткий и нервный. Алекс не терпел давления, не выносил приказного тона и снобистских ноток в голосе. Но сейчас пришлось скрипнуть зубами и смолчать. Заказчик отдал только половину причитавшейся ему суммы, а остальное категорически отказался платить до тех пор, пока не будет выполнена вторая часть работы.

— Мне нужно подготовиться, — хмуро сказал Алекс. — И потом — кто знает, не ищут ли меня в связи с убийством этого вашего Деда.

— Никто вас не ищет, можете успокоиться, — заверил посредник. — В конце концов, вы ведь профессионал, а не снайпер-разрядник, решивший срубить копейку.

— Я сказал — сейчас в Россию не поеду, — отрезал Алекс решительно. — Если нет — ищите другого исполнителя.

Посредник засуетился:

— Вы ведь понимаете, что другой исполнитель не будет в курсе... Ему потребуется время, чтобы изучить обстановку, подобраться к объекту, да много ведь всего, не мне вам рассказывать. Нет, это решительно невозможно! Решительно!

— Тогда у вас только один выход — соглашаться на мои условия.

У посредника не осталось выбора, и он скрепя сердце согласился передать заказчику новые условия. Алекс, однако, не почувствовал вкуса победы. Это — временная отсрочка, передышка, привал. А потом...

— Будь у меня совесть, я непременно испытывал бы угрызения, — пробормотал он, убирая мобильник в ящик комода. — К счастью, в моем теле этот орган отсутствует изначально. В конце концов, это моя работа, и я не виноват, что бестолковая стерва решила поиграть со мной на равных.

«Бестолковая стерва» потом еще много ночей подряд являлась к нему во сне, вызывая самую разную гамму эмоций — от ненависти до восхищения, от злости до желания.

# Часть 2

*— Я не понимаю — это что же, сейчас так принято? Я плачу деньги — и в ответ получаю только труп. Да, хорошо, это входило в часть задания. Но где остальное? Где, черт возьми, то, ради чего затевалась операция?*

*Холеная мужская рука нервно барабанит по резному подлокотнику кресла. На безымянном пальце золотое кольцо с большим квадратно ограненным бриллиантом. Несмотря на молодой возраст, этот человек уважаем и почитаем в своем кругу. И не только в своем. В его руках — «казна», а это — реальная власть и сила. Сейчас, однако, он не чувствует этой силы, потому что никак не может повлиять на ход событий. Сидящий напротив него человек вытирает вспотевший лоб платком, комкает его в кулаке — нервничает.*

*— Не торопитесь. Исполнитель сделает все, я разговаривал буквально вчера... — но в голосе сквозит неуверенность и страх. Он прекрасно знает, с кем имеет дело — что с одной стороны, что с другой. И оба этих человека представляют реальную опасность. Как же сложно быть посредником...*

*И ведь нужно еще задать главный вопрос — о том, не нанял ли заказчик другого человека, потому что исполнитель совершенно четко сказал — рабо-*

*тает еще кто-то. А язык прилип к нёбу, во рту пересохло, но даже протянуть руку и взять со стола стакан с минералкой посредник не решается — любое неверное движение приводит и без того нервного заказчика в состояние ярости.*

*Он ушел, так и не спросив о втором наемнике. Придется исполнителю решать этот вопрос самостоятельно.*

## МЭРИ

Как же быстро бежит время...

Так и оглянуться не успеешь, как подкрадется старость. Тук-тук, Мэри, пора менять высокие каблуки на мягкие тапочки. Кажется, весна была недавно — и вот уже опять. Год прошел.

В моей жизни ничего не меняется, она стабильна, скучна и устроена. Единственное новшество — роман, выход которого планировался на конец лета. Марго считала, что это самая удачная моя книга. Ну, еще бы ей не быть удачной, когда я писала главного героя с совершенно конкретного человека! Однако тенденция во всех придуманных героях видеть что-то от Алекса начала меня настораживать. Идея штамповать «Призраков» не казалась удачной, но, в конце концов, французы отчего-то влюблялись именно в этот образ, а раз так — что ж, пусть будет. Я все-таки не претендую на лавры Жапризо или Шелдона.

В жизни же я почти не вспоминала об Алексе — исчез, и слава богу. Шумиха по поводу убийства Михаила Борисовича постепенно утихла, у правоохранителей образовался очередной «висяк», который, разумеется, списали на залетного киллера и успокоились. Я вздохнула свободнее, зная, что мне теперь не нужно вздрагивать от телефонных звонков, от вида пролетающих мимо «Мерседесов». Не нужно бояться красного глазка автоответчика, возвращаясь вечером домой. Можно вообще об этом забыть.

У Марго тоже все наладилось с возвращением Джефа. Они не выбирались из квартиры почти неделю, а потом и вовсе уехали в Ирландию навестить мать Джефа, и я ощутила отсутствие в своей жизни Марго очень остро. Дело даже не в бытовых неудобствах, которые стали слишком явными. Согласитесь, привыкнув находить каждый вечер на столе горячий ужин, а утром в ванной — чистые полотенца, очень сложно смириться с тем, что все это нужно теперь организовывать самой. Я, конечно, все умею, росла не на облаке и не в герцогском замке, но времени на хозяйство катастрофически не хватало — тренировки и очередная книга. Однако больше всего меня угнетало отсутствие возможности поговорить с Марго. Беспокоить ее я не хотела, а сама она не появлялась. Что ж, это понятно и оправданно — рядом любимый мужчина. Но мне вдруг стало так одиноко...

От скуки я углубилась в Интернет. Просиживала ночами, читая чужие дневники и изредка записывая что-то в свой. Потом рискнула и включила аську, к которой не прикасалась долгое время. Список контактов горел красным — в сети никого. Так продолжалось несколько вечеров, пока однажды ко мне не постучался незнакомец с предложением «пообщаться». Почему нет, подумала я и добавила его в список. С этого и началось. Клод — такой у него был ник — оказался интересным собеседником, начитанным, с тонким чувством юмора и прекрасным литературным вкусом. Мы ночи напролет обсуждали то книжные новинки, то просто новые течения, и я чувствовала себя совершенно свободно и легко. Правда, утром еле заставляла себя встать и, приняв душ, отправиться на тренировку.

Моей единственной просьбой к Клоду было отсутствие флирта с его стороны, и он придерживался данного обещания. К чему сложности, когда общение хорошо само по себе?

Однако с исчезновением из моей жизни Алекса странные происшествия не закончились. Однажды я, вернувшись домой раньше обычного, столкнулась у лифта с высоким мужчиной в темной куртке с капюшоном, натянутым на самые глаза. Он шарахнулся в сторону, пропуская меня, и сразу заскочил в лифт, нажав кнопку первого этажа. Я не придала этому значения, но потом вдруг подумала — а почему мне так знаком исходивший от человека запах?

Что-то закрутилось в памяти, но так и не нашло визуального образа, и я отмахнулась — мало ли людей со схожими вкусами в выборе парфюма? Даже мы с Марго иной раз пользуемся одним и тем же.

Среди ночи меня разбудил телефонный звонок. Спросонья решив, что это может быть Марго, я схватила трубку, даже не взглянув на дисплей:

— Алло!

В трубке молчали, но я слышала тяжелое дыхание.

— Алло! Говорите, я слушаю.

В ответ только пугающее молчание. Меня вдруг охватил такой ужас, что я отбросила трубку и вскочила, побежала по квартире, включая свет всюду. В кухне, не глядя, ткнула на кнопку чайника, вынула из шкафчика упаковку чая с мятой и кружку. Меня трясло. Я уже успела забыть, как это — вскакивать от ночных звонков, слушать тишину в трубке и дыхание незнакомца на том конце. Михаил Борисович мертв — кто еще мог звонить мне?

Обжигаясь и цокая зубами о край кружки, я пила чай и старалась успокоиться. Но ситуация, которой я не понимала... Кто, зачем, почему? Что на этот раз стряслось? Вопросов больше, чем ответов, и это пугало еще сильнее. И теперь я совершенно одна — даже Марго нет рядом.

Сказавшись больной, я не вышла на работу — и не ходила еще полторы недели, сидя в квартире под замком и засовом. Продукты заканчивались, но я никак не могла уговорить себя выйти и прогуляться хотя бы до супермаркета. Мне почему-то было так страшно, как никогда прежде. Что-то опасное чудилось в воздухе, что-то, от чего лучше держаться подальше.

Звонки не прекращались, правда, изменилось время — теперь трель телефона раздавалась ближе к утру, в тот самый час, когда сон особенно крепок и, открыв глаза, человек ничего не соображает. Я, правда, в это время не спала, писала роман, чтобы не сойти с ума от постоянных мыслей о собственной участи. И однажды звонивший вдруг заговорил...

Когда я услышала голос, мне показалось, что я сошла с ума. Со мной говорил мой муж... Костя, убитый два года назад в Цюрихе. Он сказал всего одну фразу, но и этого хватило, чтобы утром я обнаружила у себя на правом виске побелевшую у корней прядь волос:

— Я пришел за тобой, Мария.

Не знаю, бывает ли ужас сильнее. И знать не хочу, если честно. Если бы не возвращение Марго и Джефа, точно угодила бы в Кащенко, даже к бабке не ходи. Они пришли ко мне вечером того же дня, как прилетели из Дублина.

Когда я выложила новую историю подруге и ее мужу, Марго тихо ахнула, закрыв рот ладонью, а Джеф, не веривший в отличие от нас ни в какую мистику-фантастику и привыкший опираться только на факты, закурил, сел за стол напротив меня и, взяв свободной рукой мою, внушительно сказал:

— Давай по порядку. Твой муж мертв — это факт. Факт, потому что мы с тобой оба знаем — Алекс не промахивается, не допускает осечек, это его почерк, его имидж в глазах потенциальных клиентов. Так? — Я кивнула. — Дальше. С какой целью мог пугать тебя тот, кто звонил? Непонятно. Кроме того — кто знает, что Лейла Манукян и Мария Кавалерьянц — одно лицо? Ты сама, Марго, я и Алекс — так?

— Знали еще Костины охранники, но они были в тот день в магазине вместе с Костей, так что вряд ли остались живы... — я осторожно высвободила руку из лапищи Джефа и тоже закурила.

Марго сидела на краешке стула и раскачивалась туда-сюда, не сводя с меня испуганных глаз. Я почти физически чувствовала ее напряжение, ее тревогу и страх. Бедная девочка — она за свою жизнь набоялась столько, что в страшном сне не приснится, и вот снова.

— Нет, Мэри, охранники отпадают, — отвлек меня от раздумий Джеф. — Давай дальше. Родственники.

Я медленно перевела глаза с Марго на Джефа и прошептала:

— Вартан... господи, как я сразу не догадалась — Вартан!

— Кто это? — спросили они в голос, и на меня напал истерический смех:

— О черт... мальчик Вартанчик, ну, конечно! Когда мы с Костей поженились, ему было лет восемнадцать, он еще тогда с друзьями на свадьбе какой-то танец танцевал национальный... — я защелкала пальцами, вспоминая, и таки вспомнила: — Мышу хыр, вот!

Марго удивленно переспросила:

— Мышу — что? — И я развеселилась еще сильнее.

— О-о-о, дорогая, тебе-то вообще стыдоба не знать! Не у твоего ли первого мужа были армянские корни?

Нет, ей-богу, истерия — вещь заразная, потому что Марго вдруг тоже зашлась от смеха, повалившись головой на стол:

— Ой, умру... нет, Мэрик, он мне это не танцевал...

Я на секунду представила себе картинку — Господин Призрак, отплясывающий мышу хыр, и мне стало совсем дурно от смеха. Мы с Марго хохотали до слез, и только Джефу ничего из нашего разговора не показалось смешным — он невозмутимо докурил, потушил сигарету и легко хлопнул по столу ладонью:

— Все, прекратите обе. Нашли время. Мэри, давай дальше.

— О-о-ох, — вытирая слезящиеся от смеха глаза, простонала я. — Давно так не хохотала, плачу все больше... Уф... так вот, сейчас Вартанчику хорошенько за двадцать, самостоятельный парнишка. И вот он мог вполне знать, что я жива. Но зачем ему все эти страсти-мордасти? Насколько я его помню, умом он не блистал, а потому в качестве кровной мести просто пристрелил бы меня в темном переулке — и все дела. Ну или прирезал — как вариант.

— Мэри! — взмолилась Марго, но я встала, подошла к ней и обняла за плечи, уткнувшись лицом в волосы.

— Малыш, не нервничай. Все нормально, я шучу. Сама подумай — ну, с какой радости ему за мной охотиться? Кто знает, что я причастна к смерти Кости? Только Алекс. А ты сама говорила — помнишь?

— Помню, — эхом отозвалась Марго, поглаживая мои руки. — Тебе он никогда не причинит вреда.

— Ну, вот видишь! — я перевела взгляд на Джефа, ожидая, что он скажет по этому поводу.

Джеф встал, отошел к окну и заложил руки за спину. Чуть склонив коротко стриженную голову, он всматривался куда-то во двор и молчал. Его молчание мне совершенно не нравилось...

— Мэри, я могу проверить эту версию. Не обещаю, что быстро, но все же. Только ты должна мне пообещать.

— Все, что попросишь, любимый муж любимой подруги, — пошутила я, чтобы хоть как-то смягчить тревожную атмосферу, воцарившуюся в кухне, но Джеф не был настроен шутить или реагировать на шутки.

— Не что попрошу, а что скажу. Ты не будешь выходить из дома одна.

— В смысле?

— В том смысле, что с тобой будет человек. Если хочешь, я сделаю так, что ты не будешь видеть его.

Что-то мне подозрительно знакома оказалась эта ситуация и выход из нее, предложенный Джефом... Не так давно следом за мной ходила девушка Вика, погибшая вместо меня, а теперь, значит, снова. Я отошла от Марго и уперлась спиной в дверной косяк. Лицо подруги выражало тревогу, Марго вся как-то подобралась, вытянулась на стуле и умоляюще смотрела на меня, призывая согласиться с доводами ее мужа.

— Ну, что ж... — я провела пальцем по противоположному косяку, потрогала зачем-то отверстие замка. — Если ты считаешь, что так лучше... Но только пусть твой человек не прячется, я уже не могу чувствовать спиной взгляд и не видеть, обернувшись, кто смотрит. Мне тоже кажется, что я с ума схожу... Лучше уж видеть опасность, знать ее в лицо, чем так. Бесконечный ужас какой-то...

Марго ринулась ко мне, уронив стул, схватила за плечи и затрясла, как яблоню.

— Прекрати! Слышишь — прекрати! С тобой ничего не случится!

— Успокойся, Марго. Я знаю, что не случится.

Джеф, словно не замечая всего этого, спокойно подытожил:

— Значит, завтра утром к тебе придет человек и скажет, что от меня. Нет, не так. Он предварительно позвонит и спросит об уроках танго.

Я фыркнула:

— Джеф, это как в старом кино — пароль-отзыв: «У вас продается славянский шкаф?» Может, мне еще и очередной псевдоним взять? Типа партийную кличку?

Однако Джеф снова даже не улыбнулся, а может, просто не понял, по какому поводу я иронизирую. Вряд ли ирландец мог досконально знать все шедевры советского кинематографа.

— Мэри, я тебя очень прошу — посерьезнее.

— Да, прости. — Я и без него осознавала, что юмор мой слегка неуместен, но ничего не могла поделать — накатывало, как обычно, перед лицом опасности.

— Его зовут Айван.

При этих словах почему-то дернулась Марго, изменившись в лице, и мне это не понравилось. А Джеф продолжал:

— Ты сама с ним обсуди, как будет выглядеть его пребывание около тебя.

— Легенду придумать? — снова усмехнулась я, не удержавшись, и Джеф, кажется, начал терять терпение:

— Я попросил бы тебя быть менее легкомысленной, Мэри. Алекса рядом нет — кто защитит тебя?

— О-о-о, вот тут ты здорово промахнулся. Вряд ли когда-то он станет защищать меня. Слишком много всего... — я запнулась, поняв, что говорить о своих взаимоотношениях с Призраком не стоит. — Ну, словом, я тебя поняла, буду серьезнее и все такое.

— Вот и хорошо, — удовлетворенно кивнул Джеф. — Уже поздно. Марго, нам пора.

— Да, конечно. Ты иди, я еще пару минут... — Марго как-то слишком уж поспешно выставила мужа за дверь и, привалившись к ней спиной, пробормотала: — Жуть какая-то. Мэрька, этот Айван — сущий кошмар.

— В смысле? — Я вышла в коридор и уставилась на подругу.

— Это он меня увез в Цюрих, когда ты была у Кости в Бильбао. Он меня там держал, как в тюрьме, ни телефона, ничего...

— Стоп-стоп, Марго! — перебила я, вспомнив первопричину. — Если мне не изменяет память, то это я просила Алекса спрятать тебя, увезти из Москвы. И он выполнил просьбу — тебе нельзя было оставаться здесь, Костины уроды нашли бы тебя и убили, чтобы ты не опознала меня ненароком. Так что бедный юноша с именем Айван совершенно ни при чем — он просто исполнитель.

Марго вздохнула, покачала головой и усталым голосом произнесла:

— Не буду спорить. Увидишь сама. Я пойду, Мэрик, очень устала...

Я поцеловала ее в щеку и заперла дверь на все замки — как делала уже по инерции.

Сон не шел, я взяла ноутбук и открыла папку с фотографиями. Не знаю, зачем хранила большинство снимков, относившихся к «испанскому» периоду моей жизни. Наверное, потому, что в эту папку я не заглядывала как раз с момента возвращения из Бильбао. Я провела в заточении у собственного мужа около месяца, едва не умерла от его диких причуд, и если бы не Алекс, к которому я в конце концов убежала, неизвестно вообще, чем бы все закончилось. Костя тогда непозволительно расслабился, прилетев со мной в Цюрих на отдых, я воспользовалась его любовью к коньяку и сбежала прямо из отеля по пожарной лестнице — как в голливудском боевике, которые мой супруг смотрел в неимоверном количестве. Алекс же и застрелил в конечном итоге Костю, кинувшегося искать меня и выследившего все-таки. Я не видела, как тот умер, — валялась без сознания под их ногами. Но безоговорочно поверила Алексу, рассказавшему мне обо всем тем же вечером. Он избавил меня от кошмара по имени «Костя Кавалерьянц», но не мог знать, что есть еще Вартан. Я сама не могла предвидеть такого поворота, просто не считала молодого армянского мальчика способным на серьезные шаги. А зря, выходит...

Я нашла в папке старую свадебную фотографию, на которой в толпе родственников Кости с великим трудом узнала Вартана. Тогда он был худеньким, стройным, высоким парнем с огромными черными глазищами в пушистых ресницах, таким непохожим на своих братьев — вальяжного, чуть расплывшегося кудрявого Артура и подтянутого, поджарого Костю, который выглядел старше, чем родившийся на пять лет раньше Артур.

Я перевела курсор на собственное изображение, увеличила его немного, чтобы не видеть руку Кости, по-хозяйски державшую меня за локоть. Какое же у меня несчастное лицо... Я только теперь вижу это, а раньше мне всегда казалось, что я выглядела как обычная невеста — взволнованной, счастливой и чуть уставшей от свадебного торжества. Нет, ничего подобного — глаза выражали отнюдь не счастье...

Надо же... А ведь я искренне хотела быть женой Кости, я сама — сама! — позвонила ему после того, как меня бросил Максим Нестеров. А Костя меня любил... Получается, что я изломала жизнь влюбленному в меня человеку, а в конце он вообще погиб. Хотя... Если говорить честно, Костя отнюдь не был наивным влюбленным, он уже тогда просчитал все, уже тогда пронюхал про огромное наследство, которое должно было достаться мне от деда. Да, он меня любил — но дело и деньги были для него превыше всего. Но ведь я знала, за кого иду замуж, для меня не было секретом, что Костя Кавалерьянц — карточный игрок высочайшего класса, связанный с криминалом плотнее, чем я с бальными танцами. Почему-то это меня не испугало. Наверное, дурацкая привычка ходить по острию... Ну, вот и изрезалась в кровь, исполосовала душу так, что до сих пор не заживает.

Именно с Кости начались мои неприятности, продолжившиеся с появлением Алекса, хоть он и возник с благородной миссией по моему спасению. Черт возьми, почему от мужчин в моей жизни только одни проблемы и душевные раны?

Устав истязать себя воспоминаниями, я выключила ноутбук, щелкнула кнопкой бра у кровати и с головой забилась под одеяло.

...Всю ночь я видела Алекса. Подобные сны всегда причиняли мне невыносимую боль. Не знаю, почему, но во сне Алекс становился таким, как я, наверное, хотела бы его видеть, и это убивало меня. Глубоко внутри себя я четко знала — мы никогда не сможем быть вместе. Он не изменится, я тоже, любая попытка сблизиться обречена на провал. И нам обоим будет больно — потому что, как бы ни пытался прикинуться бесчувственным Алекс, в его глазах я иногда все же замечала следы боли, ее оттенки и отблески. Интересно, я когда-нибудь снилась ему?

Обещанный Джефом Айван позвонил назавтра, а потом и приехал. Он оказался довольно приятным мужчиной, хотя и не в моем вкусе. Но это даже к лучшему, наверное. Мы договорились, что на людях он будет изображать моего поклонника — банально, зато однозначно. Правда, не знаю, насколько достоверно я смогу изображать хотя бы минимальную заинтересованность в его обществе... Но другого выхода все равно нет.

Айван совсем по-хозяйски обошел квартиру, уселся на диван и изрек:

— Если ты не возражаешь, мне придется пожить с тобой какое-то время.

Я немного оторопела от такого напора, хотела уже съязвить, но потом передумала. Этот человек пришел сюда, чтобы помочь мне выжить, спастись — и я не вправе мешать. Мое дело маленькое — поступать так, как он скажет.

— Прямолинейно, — усмехнулась я. — Предупреждаю — я в быту невыносима: не готовлю, не убираюсь, вообще патологически ленива и все такое.

Айван окинул взглядом идеально убранную комнату и хмыкнул:

— И как же ты живешь? Добрая фея прилетает?

— Марго не дает умереть от голода и грязи, — ухмыльнулась я, и Айван вдруг оживился при упоминании этого имени, подался вперед.

— Марго? У меня остались приятные воспоминания о ней. Такая милая девушка, только очень испуганная, как будто в жизни пришлось много бояться. А вообще-то она мне очень понравилась.

Я удивленно изучала лицо нового знакомого, ища иронию или хоть намек на улыбку — в свете того, что рассказала мне Марго, его слова звучали по меньшей мере странно. Но Айван смотрел открыто, без тени издевки.

— Н-да? Интересно, как бы расценил твои признания Джеф?

— Как попытку поухаживать за его женой, — хохотнул Айван. — Нет, в самом деле — она мне очень понравилась. Готовит неплохо, вообще хорошая хозяйка. И поговорить приятно.

«Интересно, почему же тогда Марго от тебя не в восторге? Ты ведь абсолютно в ее вкусе — здоровый, приятный, сильный. Хотя, что там кривить душой — при всем этом нет в тебе ничего от Алекса, а Маргоша почти бессознательно ищет в мужчинах именно это».

Я не стала говорить этого вслух, а просто пригласила своего нового «кавалера» выпить кофе. Ну, в конце концов, это-то я умею...

В тот же вечер я решила прогуляться с новым «как бы кавалером» на работу. Мне все равно нужно было на тренировку, и Айван согласился.

— Заодно и там посмотрю, кто чем дышит.

— Да ну! — возразила я, засовывая в сумку тренировочную юбку и две майки. — Там ловить нечего — я в этом клубе уже давно, новых людей почти нет, со взрослыми я не работаю, а дети... Ну, ты ведь не будешь детей подозревать?

Айван только неопределенно пожал плечами, но ничего не сказал.

Мы с ним, изображая влюбленных, медленно прошлись по двору, вызвав одобрительные взгляды моих пожилых соседок по подъезду — бабули очень уж переживали мое «незамужнее» состояние и постоянно донимали вопросами — мол, что да как, и не пора ли. Ну, теперь им хотя бы будет что обсудить до конца вечерней прогулки.

Непонятно, с какого перепуга, но появление около меня Айвана почему-то очень напрягло Виктора. Мой партнер выразительно посмотрел на вошедшего вслед за мной в зал Айвана и недовольно бросил:

— Что у тебя за привычка приводить на тренировки кого ни попадя?

— Ты бы выражения выбирал, Витенька, — посоветовала я, беря Айвана под руку. — Знакомься, кстати, — это Иван. — Этим именем Айван пользовался, когда представлялся кому-то, он сам попросил называть его именно так. — А это Виктор, мой партнер.

— Виктор Михайлович, — с нажимом поправил меня Виктор, чем удивил еще сильнее и даже начал уже раздражать — что за неприязнь к незнакомому человеку?

Айван проигнорировал тон моего партнера, протянул руку для рукопожатия. От меня не укрылось выражение лица Виктора. В глазах почему-то явно скользил испуг.

Я стала замечать, что присутствие Айвана постоянно держит Виктора в напряжении — он злится, путается и очень нервничает. Причина мне не была ясна, а на все вопросы партнер уклончиво отвечал, мол, устал, не спал ночью, еще что-то. В конце концов я перестала обращать внимание.

Самое странное, что прекратились попытки проникнуть в мою квартиру. Как и телефонные звонки. Джеф выяснил, что брат моего покойного супруга Вартан действительно жив-здоров, живет по-прежнему в том же городе, владеет крупным водочным заводом — видимо, доставшимся «в наследство» от второго брата — Артура. К тому же Вартан сумел, несмотря на молодость, стать довольно известной в криминальном сообществе фигурой, путем маленького мятежа сместив главу диаспоры и «воцарившись» над всеми тамошними армянами. Шустрые парни оказались братья Кавалерьянцы — что мертвые, что живой...

По мнению Джефа, Вартан вполне мог что-то знать обо мне и, естественно, желать моей смерти, однако никаких прямых доказательств не было. Я решила, что могу отпустить Айвана, но Джеф категорически отказался:

— Он будет рядом столько, сколько я сочту нужным.

Спорить я не стала. А еще меня заинтересовало, с чьей помощью Джеф получил всю эту информацию? Что-то подсказывало: без вмешательства Призрака не обошлось. Однако, памятуя о жестком разговоре между Джефом и Алексом по поводу Марго, я не решилась попросить мужа подруги подтвердить или опровергнуть мои догадки.

Как-то после тренировки мы с Айваном пошли в кафе обедать, и там мой провожатый вдруг спросил, вяло ковыряя вилкой в креветочном салате:

— А ты как вообще познакомилась с этим парнем?

— С Витькой-то? Пришла в клуб работать, потом он появился, предложил в пару встать. А что?

— Да так... И что — хороший танцор? — продолжал Айван, откладывая на одну сторону тарелки креветки, а на другую — листики зеленого салата.

Вопрос привел меня в секундное замешательство. Я не могла определенно сказать, плох или хорош Виктор как танцор. И даже — плох или хорош он как партнер. По сравнению с моим прежним партнером ему слишком явно не хватало какой-то расслабленности, вальяжа, особенно в латине, где мужские эмоции крайне важны. Да и техника не на том уровне, к которому я привыкла. Но ведь я прекрасно знала, что класс у него намного ниже моего, так что старалась не обращать внимания на шероховатости.

— Даже не знаю... А почему ты спрашиваешь?

Айван не ответил, только улыбнулся как-то странно. Разговор прервался. Мой спутник доел салат, выпил кофе и заказал еще чашку. Я же никак не могла отделаться от ощущения, что у Айвана припрятан в рукаве какой-то туз, который он сейчас вытряхнет и положит перед моим носом. Я ждала информации и злилась на то, что Айван абсолютно спокоен и никак не проявляется, даже если что-то узнал.

— А что ты вообще о своем партнере знаешь? — поинтересовался он, и я вспылила:

— Что нужно для работы, то и знаю!

— Да? — с иронией переспросил Айван. — Точно? Как его фамилия, например?

— Марков, а что? Ты объясни нормально... — и я осеклась, мысленно произнеся фамилию, имя и отчество Виктора про себя еще раз.

Марков! Виктор Михайлович Марков! Да он

же... Я перевела на Айвана глаза и увидела, что он удовлетворенно улыбается.

— Дошло?

Догадка моя была ужасна и проста одновременно. Мой партнер Витя оказался сыном покойного Михаила Борисовича — что может быть логичнее в моей такой непростой и абсолютно неправильной жизни?

— Айван... как... как ты узнал? — выдохнула я, протягивая трясущуюся руку к стакану с соком.

Айван пожал плечами:

— Что тут узнавать? Очень уж парень нервничает, когда видит меня. И это не влюбленность, Мэри, — он на тебя совершенно не реагирует как на женщину, извини, — Айван виновато улыбнулся, но меня этот факт биографии Виктора как-то не затронул. — В общем, нужно было искать другую причину неприязни ко мне. На досуге прокрутил все варианты, а когда совпала фамилия и отчество, просто нашел человека, который дал мне нужную информацию.

Я не верила своим ушам. Виктор, мой партнер Виктор, у которого якобы на руках больная сестра... Сволочь! Нет у него никакой сестры — зато папа был! И это явно папина идея — чтобы Виктор танцевал со мной, рядом был. Но — зачем??? И вот теперь я вспомнила, запах чьей туалетной воды я ощутила как-то от незнакомца, с которым столкнулась у лифта, — это был Витькин парфюм, мне ли не знать! Но — зачем?! Что он хотел в моей квартире?!

— Айван...

— Не нервничай, Мэри, — спокойно сказал

мой охранник. — Дай мне еще пару дней, и мы все выясним.

Но как мне прожить эту пресловутую «пару дней», как?!

— Ну что, Мэри, осталась ты у меня в одиночестве, — старший тренер растирал пальцами виски и морщился — страдал от головной боли.

— То есть? — Я пришла на утреннюю тренировку и, не обнаружив Виктора, поднялась в кабинет руководителя, а тут такие новости.

— Виктор уехал.

— Не поняла — куда?

— Адреса не оставил, сказал, что к невесте. Ох, как башка-то трещит...

— Коньячку сто пятьдесят — и отпустит, — посоветовала я, прекрасно понимая причину недуга руководителя.

— О-о-ох, Мэри, ну что ты за стерва? — простонал он, однако потянулся к подоконнику, на котором за шторой, как я знала, всегда имелась початая бутылка.

— А чего мучиться? Вам не работать, с родителями не общаться. Так что там с Виктором, я не поняла?

— Вот и я не понял, — морщась от резкого запаха из откупоренной бутылки, проговорил руководитель. — Позвонил мне ночью и попросил подготовить к десяти часам все его бумаги. Ну, я утром все подписал, он пришел, забрал вещи и документы и уехал.

— Н-да...

Мне пришло в голову, что истинную причину такого скоропостижного отъезда может знать Айван, а потому нужно срочно спросить, не отлучался ли мой охранник из квартиры ночью.

— Игорь Дмитриевич, можно, я сейчас уйду? Все равно одной работать смысла нет, а пара у меня будет только после обеда.

— Почему — одной? Вон Артем тебя дожидается. Поговорить хочет.

Я резко обернулась и увидела замершего в дверях Артема, моего давнего поклонника. Высокий блондин с чуть вьющимися волосами, одетый в черную тренировочную майку и широкие «латинские» брюки, стоял, прислонившись плечом к дверному косяку, и выглядел так, словно от моего слова зависела вся его дальнейшая жизнь. Ну что за парадокс — в его годы можно выбрать любую молоденькую девочку, способную выступать на турнирах и приносить очки и классы, а парень дрожит в нетерпении, ожидая, согласится ли встать в пару с ним женщина «нормально за тридцать», к тому же — не совсем здоровая и совершенно уже «не конкурсная».

На мой неопределенный жест Артем шагнул ко мне и, краснея, проговорил:

— Мэри... я был бы... словом, мне хочется...

— Понятно, — усмехнулась я. — А не смущает, что я старше тебя лет на десять?

— Не смущает.

— Ну, тогда все прекрасно. Завтра начнем, а сегодня мне надо... — не договорив, я рванула из кабинета руководителя, едва не сбив счастливого Артема с ног.

Айван сидел в раздевалке, крутил в руках детскую головоломку из двух согнутых и продетых друг в друга гвоздей. Я никогда не могла понять принципа этой игры, сколько бы ни показывали мне, как разъединить гвозди, мои ученики. Айван, похоже, тоже не слишком хорошо соображал в этом направлении. Зато моментально догадался, о чем я сейчас спрошу.

— Он жив, не переживай. Просто больше никогда не подойдет к тебе даже на пушечный выстрел, обещаю.

Я кивнула, взяла его за руку и молча потащила за собой. Ну, не разговаривать же в самом деле в раздевалке!

В ставшей уже родной кафешке я выбрала самый дальний угол, заказала два кофе и, закурив, потребовала:

— Расскажи.

Айван закурил, странно смяв фильтр сигареты. Меня, кстати, всегда удивляла эта его привычка чуть скручивать фильтр, но происхождение ее Айван никогда не объяснял.

— В общем, Мэри, в квартиру твою проникал именно Виктор. И искал там кое-что. Кое-что, принадлежавшее твоему мужу. Делал он это по приказу отца, а отец...

— А отец, Айван, однажды имел неосторожность сесть за один карточный стол с Костей и проиграл ему такую сумму, что хватило бы на покупку небольшого острова, — перебила я, и Айван в изумлении замер с не донесенной до губ сигаретой.

— Не понял...

Я отпила пару глотков кофе из белой толстостенной чашки, слизнула пену с ложечки и продолжила:

— Если знаешь, я как-то давно писала книгу о художествах своего мужа. Так вот фамилия «Марков» встречалась в Костиных документах несколько раз. Просто со временем это как-то выветрилось из памяти, да и фамилия не такая уж редкая, так что я сразу и не додумалась. А дедок, вишь ли, как-то меня просек, хоть и паспорт другой у меня. И сынка приставил...

Айван скупо улыбнулся:

— Однако... Не зря ты детективы пишешь, умеешь логически мыслить.

— Какое там! — отмахнулась я. — Если бы ты меня носом не ткнул, я бы так и не додумалась. Но неважно. Ты скажи — Виктор говорил, что именно искал?

Айван покачал головой и, допив кофе, отодвинул от себя чашку.

— Нет. Сказал — хочу вернуть то, что принадлежало отцу. Но что именно — не сказал. Он трусоват по природе, но в этом вопросе как-то очень твердо себя повел.

Я помолчала какое-то время, покурила, думая о том, что в жизни слишком много совпадений. Людей, которые что-то натворили в прошлом. Случайных встреч, слов...

Айван не мешал мне, тоже курил, чуть постукивая пальцами по столу. Я смотрела на него и понимала — теперь у меня больше нет необходимости в его присутствии, и он уедет, исчезнет. Как исчез Алекс. Мои ангелы-хранители не могут долго быть рядом со мной, да и правильно — иначе я им крылья с мясом выдеру. А что — с меня станется...

## АЛЕКС

Он поймал себя на том, что его тянет в Россию. Тянет — несмотря на то, что Алекс дал себе обещание не ездить туда больше. Посредник, к счастью, не звонил, и это было скорее хорошо, хотя вторая часть денег так и не появилась. Алекс, полулежа в кресле с сигаретой, лениво думал, что как только появится настроение — он найдет заказчика и заставит его вернуть долг. Тем более что появились у него подозрения насчет того, кто это мог быть.

Причиной возникновения этих мыслей послужил звонок Джефа.

— Я не позвонил бы тебе, если бы не крайние обстоятельства, — сразу обозначил он свое отношение к собственному поступку. — Ты знаешь, что я предпочел бы тебя не слышать и не видеть. Но справиться в одиночку не могу, потому прошу помощи.

Алекс хотел было съязвить, что в ситуации с женитьбой на Марго Джеф не удосужился спросить его отношения, а как чуть прижало — забыл обиды и позвонил. Однако из первых же слов Джефа о деле Алекс понял — места для иронии нет. Выглядеть глупо не хотелось.

Разумеется, причиной снова оказалась Мэри, настырная девка, которая все никак не успокоится. То, о чем рассказал Джеф, заставило Алекса взволноваться основательно. За спиной Мэри замаячил младший брат ее мужа Вартан.

Как, откуда эти люди ухитрялись добывать информацию? Только-только Алекс убрал с дороги престарелого ловеласа, как возник его сын — охотник за фамильными ценностями. А теперь еще и очередной отпрыск семейки Кавалерьянц! Алекс почувствовал себя обреченным слышать эту фамилию остаток жизни. Даже здесь, в Лондоне, то и дело на глаза попадались книги Мэри, но это полбеды, а вот Вартан — совсем плохо. И самое плохое в том, что ему, Вартану, нужно то же, что и заказчику. Из чего у Алекса возникло слабое подозрение, крепнувшее день ото дня.

Когда же Джеф, позвонив во второй раз, выложил добытую Айваном информацию о партнере Мэри по танцам и о том, что убитый Алексом чиновник был должен большую сумму денег покойному мужу Мэри, все сложилось в одну большую и некрасивую мозаику. Встало на свои места. В том, что заказчик и Вартан Кавалерьянц — одно и то же лицо, Алекс больше не сомневался. В перемирии с Джефом оказалось больше плюсов, чем минусов.

Дочь радовала успехами в музыке, Алекс проводил с ней за инструментом много времени, с наслаждением наблюдая, как тонкие пальчики старательной Маргоши порхают над клавишами. Она задавала много вопросов, на которые зачастую он не мог ответить, но это не сердило. Рядом с дочерью он оттаивал, отдыхал душой. Это были самые лучшие часы в жизни.

Иногда Алекс думал о Марго и Мэри. С Мэри, как всегда, сложности. Удивительно, с какой скоростью умела наживать себе врагов эта девица. Не успеешь убрать одного, как на горизонте уже маячит другой, третий...

Пора вмешиваться, с тоской понял Алекс. Пора, пока не поздно.

И еще одно.

Мысли о Марго все чаще будоражили его. Да, она замужем. Но она — его женщина. Он слишком долго был рядом, чтобы позволить ей совсем исчезнуть из поля зрения. Алекс был уверен, что Марго уже корит себя за то, что оттолкнула его — это они уже проходили тогда, во время ее второго замужества. Она говорила — исчезни, никогда, оставь меня, а в итоге позвонила и попросила — забери, не могу больше, люблю только тебя. И если бы тогда не беременность первой жены... Нет, даже не это. Если бы он нашел в себе силы признаться Марго, все пошло бы иначе. А он не смог — и Марго не простила. Почему-то Алекс был уверен, что и на этот раз Марго уже нажилась замужем, сравнила и... Теперь даже врать не о чем, скрывать нечего — есть только Марго-младшая. Ну и где-то внутри что-то болезненное к Мэри, но это Марго переживет. Как и разрыв с Джефом. Он, Алекс, сделает все для этого, если понадобится, перестанет на время брать заказы, отойдет от дел, чтобы быть рядом с Марго постоянно. Она на самом деле нужна ему, нужна — и понятна насквозь, потому что он ее воспитал такой, как ему нужно. Иначе — почему за столько лет, прожитых не вместе, Марго не забыла его? Да, нужно ехать.

И именно в этот вечер ему позвонил посредник.

## МЭРИ

Танцевать со слишком откровенно обожавшим меня Артемом оказалось сложно. Парень долго не мог поверить, что мы действительно теперь работаем вместе, потом никак не мог справиться с эмоциями, охватывавшими его всякий раз, когда я прижималась к нему в танце. Словом, мальчику не хватало опыта и умения отбросить чувства и просто работать, тупо вкалывать на паркете, не думая ни о чем и не видя во мне сексуальный объект. У него потели ладони от волнения, и он всякий раз в латине рисковал уронить меня, если в вариации оказывалась какая-нибудь поддержка или растяжка.

Однажды я довольно резко проехалась по этому поводу в общей курилке при остальных тренерах, и Артем обиделся. Поняв, что перегнула, я вытянула его на откровенный разговор, извинилась и объяснила суть своих претензий. К счастью, Артем оказался парнем неглупым, и через неделю почти все встало на свои места. Я снова начала получать удовольствие от работы, мы много выступали на разных концертах и просто в клубах. Без наших номеров уже не обходился ни один праздник в местной управе.

...Мы оживленно спорили с Артемом посреди зала, обсуждая хореографию нового номера для предстоящего праздничного концерта. Я настаивала на чем-то более классическом — медленном вальсе, например, или на танго — на худой конец, но мой партнер упрямо твердил:

— Давай делать латину. Это зрелищно.

— Да, зрелищно — но не для концерта, где собираются люди за пятьдесят! — возражала я, начиная злиться. — Ты не хочешь понять очевидную вещь — люди в возрасте равнодушны к моим голым ногам и практически отсутствующему платью, им непонятна мотивация, они не видят сути латиноамериканских танцев, им это чуждо и незнакомо. А вальс — он ведь и в Африке вальс, его знают все! Когда ведущий объявляет вальс — все понимают, о чем речь, а когда джайв или ча-ча-ча — тут уж извини, но в зале мелькают недоуменные лица: «А с чем, мол, это кушают?» Хочется ведь нормальных эмоций от зрителя!

— Да будут тебе эмоции, куда денутся? — снова упирался Артем, не желая сдаваться. — Ты ведь умеешь зажечь, Мэри, — так давай зажжем!

Я только махнула рукой — ну, что толку спорить с человеком, у которого всегда готов ответ на все вопросы? Артем был хорошим партнером, но его непробиваемая упертость порой доводила меня до бешенства. Если он решал, что мы танцуем это и это, то бесполезно было даже пытаться убедить его сделать что-то другое. Я пошла на хитрость:

— Ты ведь знаешь, что у меня не так давно была травма, мне элементарно больно выполнять что-то прыжковое, а в стандарте можно обойтись, не квикстеп же танцевать будем!

Я села на паркет, раскинув ноги, и посмотрела на партнера снизу вверх.

— Тема... ну, Тема!

— Мэри, зачем ты это делаешь? — Он тоже опустился рядом и взял меня за руку, чуть сжав. — Тебе принципиально оставить за собой последнее слово?

Я не успела ответить — дверь зала открылась, и на пороге возник мужчина в кожаной куртке и черных джинсах. Поверх воротника был намотан черно-белый шарф. Ну, только тебя не хватало — как обычно, вовремя!

— Вы что-то хотели? — вставая и помогая мне сделать то же самое, спросил Артем.

Алекс проигнорировал вопрос, прошел через зал и взял меня за плечо:

— Выйдем на пару минут.

— Даже не поздороваешься?

— Там и поздороваемся.

— У меня урок.

— Мэри, я попросил — на пару минут. — Ого, не приказал, а попросил, ты смотри-ка...

Я сдалась, прекрасно понимая, что если не сделаю этого, то Алекс не постесняется и выкинет что-то прямо тут, в зале, на глазах у изумленного Артема.

— Тема, мне нужно отлучиться, ты пока покури и подумай, хорошо? — Я высвободила плечо из пальцев Алекса и почти силой увела своего партнера в раздевалку.

— Кто это? — спросил он там, кивая в сторону двери.

— Знакомый.

— Однако и знакомые у вас, девушка, — покачал головой Артем, поднимаясь по лестнице на второй этаж. — Ты только недолго, хорошо?

— Да, я постараюсь.

Хотя в чем можно быть уверенной, когда имеешь дело с человеком типа Алекса? Совершенно ни в чем. Можно выйти за сигаретами и очнуться где-нибудь в Австралии...

Он ждал меня у выхода из клуба, курил, привалившись плечом к стене. Я не была готова снова столкнуться с ним вот так, лицом к лицу. Я устала.

— Ты так и пойдешь? — Он критически осмотрел мой спортивный костюм и черные джазовки, что я накинула наскоро, чтоб не возиться с переодеванием.

— А ты меня собрался в «Асторию» вести?

— Язва.

— Ну, есть такое, — согласно кивнула я. — Давай выкладывай, зачем пришел, и я пойду. Работа.

Алекс смерил меня с ног до головы взглядом, призванным напомнить, что не стоит в таком тоне общаться с ним, но я проигнорировала. Эти его замашки порядком надоели и стали уже смешными.

— Идем в кафе, тут рядом.

— У меня нет времени... — начала я, но он крепко схватил мое запястье и прошипел:

— Помолчи хоть минуту и сделай то, что я говорю. Идем.

Пришлось подчиниться.

В кафе оказалось довольно многолюдно, и я с облегчением подумала, что при таком скоплении народа он вряд ли решится повести себя как-то не так. Заказав кофе, Алекс уставился мне в лицо.

— Что? — Я поежилась, успев отвыкнуть от этой его привычки прожигать собеседника взглядом.

— Ничего. У меня разговор к тебе, Мэри.

«Ну да — а то я было подумала, что тебе кофе попить не с кем и ты из-за границы сюда приехал, чтобы я тебе компанию составила!»

Вслух я благоразумно промолчала, не желая накалять атмосферу заранее, ибо не сомневалась, что она и так накалится до предела. А то еще и со взрывом — а что, запросто?

— Мне необходимо вернуть Марго. Я так решил.

Ну, час от часу не легче! Примерно раз в полгода-год он «решает вернуть» кого-то из нас. Это у него как возвратный тиф — Марго — Мэри, Мэри — Марго... Я могла бы догадаться, потому что в прошлый приезд он «забирал» меня. Сейчас черед Марго. Но каков же циничный урод — нашел, с кем обсудить это. Умалишенный, ей-богу...

— Сделать — что?

— Ты слышала. Я заберу ее. — Ого, сколько решимости в голосе... Не нравится мне это, ей-богу, не нравится.

— Слушай, даже если этот бред имеет почву — то при чем тут я?

— Я не хочу давить на нее, а потому ты поможешь мне. — И снова ни тени сомнения в том, что может быть как-то иначе. Он сказал — и это закон.

— Я — что? — Я тянула время, прекрасно понимая, что этим только злю его. Но мне необходимо было выбрать манеру поведения, а я все еще никак не могла нащупать истинное настроение Призрака.

— Мэри, ты стала плохо слышать? — В голосе Алекса засквозили недовольные нотки. — Ты задаешь ненужный вопрос уже во второй раз за минуту.

Я подавила в себе желание послать его подальше, потому что вдруг почувствовала реальную угрозу. Даже не себе — Марго. Этот ненормальный может выкинуть что угодно, так пусть уж хоть я буду в курсе его дел.

— Ты как себе представляешь процесс? — Я закурила и начала на разные голоса: — «Марго, я уверена, что тебе нужно бросить мужа и уехать с Алексом». — «Мэри, если ты так считаешь, то я, разумеется, согласна, сейчас только вещи соберу», — это так должно выглядеть?

— Не кривляйся, — поморщился он, отмахиваясь от облака дыма, которое я выпустила в его сторону.

— А что тут еще можно сказать? Только это!

Подошедшая официантка расставила на столике чашки, сахарницу и чистую пепельницу. Алекс дождался ее ухода и снова заговорил:

— Ты просто убедишь ее послушать меня. Выслушать. Она не берет трубку, не отвечает на письма, не общается со мной. Мне нужен час времени — и Марго все поймет и сделает так, как надо.

— А надо так, как решил ты?

Я почти физически чувствовала, как сильно ему хочется сейчас дать мне пощечину, но он не решится, понимая, что я уйду.

— Мэри, мне не нравится, что ты разговариваешь со мной в подобном тоне.

— Ну прости — как могу.

— А постарайся иначе, — отрезал он жестко, и я решила не дразнить его больше.

— Хорошо, извини.

— Она нужна мне, и я должен ее вернуть.

Эта фраза вдруг так напомнила мне заезженную пластинку, что стало тошно. Почему, за что я должна терпеть это? Сколько еще будет продолжаться эта комедия с элементами триллера? Ну, невозможно ведь больше — невозможно! Могу даже предсказать разговор фразы на две-три вперед. Сейчас я откажусь — он начнет сперва угрожать, потом попытается вернуться к разговору о нас с ним, потом поймет, что опять промазал, — и начнет ломать меня. Все как всегда. Я больше не могу, не выдержу.

— Ведь я просила тебя — оставь в покое Марго. Оставь — у нее только-только все наладилось, она в кои-то веки счастлива, спокойна и довольна жизнью. Так зачем ты снова и снова возвращаешься и тянешь ее в прошлое, в которое она не желает возвращаться?

Я смотрела на него в упор, глаза потихоньку заволакивало слезами от напряжения, но сдаваться я не собиралась. Ему не выиграть этот раунд, даже если у меня сейчас по всему лицу побегут ручьи туши. Я заставлю его отвести взгляд — я так решила. Алекс, не отрываясь, смотрел на меня, и в его взгляде читалось нежелание сдаваться. Собственно, он не особенно напрягался — прежде ему всегда удавалось обыграть меня. Но не сегодня. Не сегодня.

— Ты прекратишь когда-нибудь это нелепое соревнование, Мэри? — Он сунул в рот сигарету и щелкнул зажигалкой, так и не опустив глаз.

— Прекращу. Но не раньше, чем ты дашь мне обещание не трогать Марго.

— Я не обещаю того, что заведомо никогда не выполню, — отрезал он, сделав две затяжки и смяв в пепельнице сигарету. — Мы много раз обсуждали с тобой эту тему. Марго — моя. И так будет, пока я жив.

— Ты ошибаешься.

— Нет, Мэри. Ошибаешься ты, думая, что сможешь помешать мне.

В затылок мне словно всадили раскаленную иглу, дикая головная боль начала разливаться в висках, в глазах потемнело. Опять эти его штучки... Но нет — я вытерплю, он просто не знает, какую боль мне приходилось терпеть в жизни. Так что и это — не предел.

Алекс вдруг усмехнулся и резко провел рукой по моему лицу. Я отшатнулась, а он рассмеялся:

— Вот видишь — ты снова проиграла, Мэри.

— Тебе кажется.

Он вздохнул, взял кофейную ложечку и стал рассеянно вертеть в пальцах. Я опять невольно залюбовалась его руками, на секунду забыв, что дала себе слово больше никогда не думать о том, что было между нами. Внезапно ложка в его пальцах свернулась почти в кольцо, и Алекс, отбросив ее на стол, негромко сказал:

— Вот так и с тобой. Ты напрасно думаешь, что сильная. Это иллюзия, поверь. Я могу легко доказать тебе обратное, но мне неинтересно. Какой смысл в сломанной вещи? Только выбросить.

Ну, еще бы! Фирменная самоуверенность Господина Призрака порой зашкаливала за все разумные пределы. Мне даже казалось иной раз, что он как бы слушает себя со стороны и наслаждается эффектом, произведенным словами и поступками. Глупо для мужчины. В другое время я непременно высказалась бы с присущим мне ехидством, но сейчас почему-то чувствовала себя совершенно опустошенной и уставшей. Как будто работала без перерыва несколько суток.

Я вяло помешивала соломинкой кофе и молчала. О чем говорить? Как я устала от его постоянных уходов-возвращений, от его крика и угроз, от его вдруг откуда-то наваливавшейся нежности и романтики. Я уже давно ничего от него не хочу. И всякий раз, когда я твердо уверена в своем решении, созрела и готова внутренне, он появляется вот так внезапно — как гаишник из кустов, — и все начинается снова. Ну почему он такой? Или это я такая?

— Что ты молчишь, Мэ-ри?

— Очень трудно, знаешь ли, сложить слово «вечность» из имеющихся в наличии четырех букв, уж прости за банальность.

— Для писательницы ты слишком любишь банальности, — усмехнулся он, покручивая свою чашку на блюдце.

— Если ты хотел меня уколоть, то промахнулся.

— Не сомневаюсь. Даже если я попал туда, куда целился, ты все равно слижешь кровь и скажешь, что тебе не больно. Я тебя слишком хорошо понял за это время, Мэ-ри, — он закурил, выпустил дым колечками и снова попытался поймать мой взгляд. — Ты боишься сказать себе честно, что погорячилась однажды, оттолкнув меня. Если поможешь — у тебя будет шанс все исправить.

Ей-богу, он на полном серьезе возомнил себя суперпризом, вишенкой на торте — чем там еще. Так сказать, в награду за мои труды он, так и быть, снизойдет и снова осчастливит меня ночью страстной любви. Я начала разочаровываться, и лучше бы ему сейчас вообще встать и уйти, пока окончательно не убил во мне все своим самодовольством. Господи, какой идиот...

Я опустила глаза, размазывая коричный рисунок на белоснежной поверхности пены. Я не хотела этого, не ждала его приезда, мне не нужна его помощь. Мне вообще ничего от него не нужно, а он никак не желал понять этого. Я старалась избегать встреч с ним — а он настойчиво появлялся вновь и вновь. Мне было больно — а он получал удовольствие.

— Мэ-ри, послушай, — заговорил Алекс совершенно другим тоном, на пару секунд выбив меня из равновесия. — Послушай! Зачем ты упрямишься? Чего боишься? Меня? Боишься за Марго? Или себя, своих чувств, о которых так не любишь говорить?

Я пожала плечами и не ответила. Он стал слишком предсказуем, слишком часто повторялся, и это уже напоминало «мыльную оперу». Этакий герой-любовник с криминальным родом занятий, красавец-сердцеед, соблазнитель и коварный обманщик. Эта роль совершенно ему не шла, и Антонио Бандерас из него оказался совсем никудышный.

Разумеется, скажи я об этом вслух, и Алекс кинулся бы опровергать мои домыслы, но я промолчала. Хочет играть — пусть, его право. Странно только, что, будучи человеком неглупым, Алекс не замечал, насколько сделался смешон и нелеп в своих масках, которые, увы, стали ему маловаты.

— Ты опять молчишь. Я теперь понимаю, что имела в виду Марго, когда рассказывала, как тяжело с тобой в таком состоянии.

— Я не заставляю тебя сидеть здесь. Это была твоя идея, это ты вытащил меня сюда, оторвал от работы, от партнера.

— От партнера? — Его губы искривились в ехидной ухмылке. — Теперь это называется так?

— Да как бы ни называлось. Я работала, понимаешь? У меня есть обязательства перед человеком, я должна согласовывать с ним свои отлучки. Но нет — появляешься ты, и все! Есть только твои «хочу», к которым я вынуждена почему-то прислушиваться!

Алекс помолчал, сделал глоток кофе, брезгливо отодвинул чашку, словно хлебнул помоев, и запустил руку во внутренний карман пиджака:

— Сколько стоит час твоей работы? Сто евро? Двести?

— Сто двадцать.

— Ты, смотрю, не очень дорогой тренер, — хмыкнул он, небрежно бросая на стол две десятки и сотенную.

— Уж какой есть.

Я встала, обошла стол, взяла деньги и, скомкав, сунула их в бокал с минералкой, стоявший перед Алексом.

— Считай, что час моего времени обошелся тебе бесплатно. У меня сегодня день благотворительности.

Развернувшись, я сняла с вешалки сумку и куртку и пошла к выходу. Вслед мне понесся смех. Ну-ну, веселитесь, Господин Призрак.

Выскочив на улицу, я подставила лицо ветру и тяжело задышала. Как же тяжело мне давались эти встречи, сколько сил и нервов отнимали. Как я могла любить его, за что?! Чудовище, киборг, беспринципный и зацикленный на собственных желаниях монстр! И тут же память подсунула мне картинку — улыбающееся лицо Алекса, его глаза, его губы. И все мое существо моментально заныло от рвущегося наружу чувства. Ну, как так?! Как можно ненавидеть до искр в глазах — и одновременно любить до боли в сердце? Как?!

Сделав пару глубоких вдохов, я смогла относительно восстановить душевное равновесие и пошла обратно в клуб, заканчивать собственную тренировку и работать с детской парой. Их родители платят мне — и им нет дела до моих личных проблем.

Закончить тренировку на нужном уровне я не смогла. Разговор с Алексом выбил меня из колеи настолько, что я перестала соображать, Артем злился и в конце концов разорался, что не потерпит непрофессионализма. Я оскорбилась — имея международный класс, не собиралась выслушивать такие вещи от молодого партнера, чей уровень оставлял желать лучшего, скажем прямо. Поэтому я, хлопнув дверью, ушла домой, отдав урок с детьми одному из тренеров.

Теплый душ, чашка кофе и ужин, оставленный Марго на столе, привели меня в относительно благодушное состояние, я покурила и завалилась поперек кровати в спальне, открыв ноутбук и решив написать пару эпизодов. Работа продвигалась довольно споро, за час я успела написать вполне приличную главу, перечитать ее и выправить все опечатки, которыми постоянно грешила из-за любви к маникюру.

Поворот ключа в замке не заставил меня напрячься — это пришла Марго, наверняка что-то забыла или просто поболтать.

Однако это оказалась не Марго. В дверях спальни, покручивая на пальце ключ, появился Алекс.

— Я же сменила замок, — не то спросила, не то попыталась утвердиться в этих словах я, садясь на кровати.

— Тоже мне — мера безопасности, — отозвался он. — Дело получаса.

— Зачем тебе ключи от моей квартиры?

— Люблю делать сюрпризы. Ты ведь можешь и не открыть, если настроение плохое.

Я встала и, оттеснив его плечом, пошла в кухню, решив не провоцировать Алекса и не оказываться в опасной близости к кровати в его присутствии. Он проследовал за мной, уселся по-хозяйски и закурил.

— Ужинать будешь? — предложила я скорее из вежливости, потому что даже не была уверена, что Марго заходила и оставила что-нибудь в холодильнике.

— Нет.

— А чего так? — не удержалась я от колкости. — Боишься — отравлю? Так я сама практически не готовлю, меня Марго кормит.

— Вот это меня и пугает.

Алекс сказал это без тени улыбки, без намека на шутку. Странно...

— Ну, как знаешь.

Я взяла мундштук и сигарету, закурила и поинтересовалась:

— А ты зачем пришел-то? Мне показалось, обговорили все. Ты мне даже заплатить попробовал.

— Оставь это, — поморщился Алекс, не желая, видимо, вспоминать о своей нелепой выходке с деньгами. — Нет, мы обговорили не все. Ты отказалась мне помочь.

— А ты, разумеется, привык к тому, чтобы тебе не перечили, — усмехнулась я, не замечая, как лихорадочно блестят его глаза.

— Я привык добиваться своего, Мэ-ри.

— Ну, извини — так не всегда будет. В жизни иной раз приходится и обламываться. Ну, в смысле — приходится проигрывать, отступать и отказываться от чего-то, — пояснила я, увидев непонимание в его лице. — Нельзя всегда быть победителем, нужно уметь признавать поражения, вот так-то, Алекс.

Он придавил в пепельнице окурок, помолчал какое-то время, потом встал и подошел к окну. Отдернув штору, высматривал что-то — или кого-то — в темном дворе, но, видимо, не нашел. Вздохнув, пробормотал несколько слов и вернулся назад, к столу, сел и забарабанил пальцами по скатерти.

— Мэри, скажи, ты делаешь это нарочно?

— Что — это?

— Заставляешь меня испытывать злость. Любишь по лезвию ходить? Не находилась, живя со своим Костей?

Ну что за человек? Прекрасно знает, что любые упоминания о муже доставляют мне неприятные минуты, но всякий раз в качестве последнего аргумента использует именно их. Хотя, пардон, в качестве предпоследнего — последним у него всегда являлась постель. Однако что-то мне подсказывает, что сегодня до этого не дойдет.

— Алекс, если ты о том, что в свое время помог мне избавиться от Кости, так я уже сто раз тебе сказала о своей благодарности. Чего ты еще ждешь?

— Жду, когда ты поймешь, что не в состоянии справиться со мной.

— Ну, снова за старое, — я вздохнула и потянулась к чайнику, щелкнула кнопкой, включая его. — Я давно перестала с тобой соревноваться и воевать. Мне уже неинтересно.

— Ведь опять врешь, — губы его растянулись в презрительной усмешке. — Думаешь, я не вижу или не знаю? Помоги мне увидеть Марго — и я обещаю...

— Что? — перебила я. — Обещаешь — что? Гарем? Не растащит тебя на части, а? До каких пор ты будешь метаться, Алекс? Хочешь, я тебе помогу? Просто оставь в покое нас обеих — и все твои проблемы решатся. Найди себе нормальную девушку, женись и успокойся. Все. А нас с Марго просто забудь, выкинь из головы — так будет лучше для всех.

Алекс смотрел на меня чуть удивленно, как будто не ожидал, что я осмелюсь выпалить такое. Его лицо помрачнело, губы сжались, пальцы перестали собирать в складки скатерть. Он весь как-то подобрался, как будто готовясь к броску, и стал вдруг удивительно похож на зверя, учуявшего жертву. И глаза стали совершенно мертвыми и пустыми. Я поняла, что вторглась куда-то не в ту степь и сейчас мне будет очень нехорошо. Так и случилось — заломило в затылке, потемнело в глазах, а все тело начала сотрясать мелкая противная дрожь. Я старалась отвести взгляд от Алекса, но его глаза, казалось, намертво завладели мной и не отпускали. Сбросить гипнотическую оторопь я уже не могла, для этого нужно было как минимум переменить позу, а это как раз и не удавалось.

— Enough! — вдруг приказал он, и я мешком упала со стула, не в силах совладать со ставшим ватным телом.

Алекс не спеша подошел ко мне, опустился на корточки и поднял мою голову. Его взгляд стал совсем другим — мягким, почти нежным, а на губах мелькнула легкая улыбка.

— Ну что, Мэри? Получила те эмоции, которых хотела?

Подхватив меня на руки, он пошел в спальню, лег на кровать, устроив меня у себя под боком, и принялся поглаживать по голове, наговаривая что-то на неизвестном мне языке. Через какое-то время я почувствовала себя значительно лучше, расслабилась и вытянулась всем телом, ощущая только тепло его ладоней на своем теле. Из головы выветрились абсолютно все мысли, стало легко и свободно...

— Тебе лучше? — заботливо поинтересовался Алекс, перегнувшись через меня и заглядывая в лицо.

— Да... кажется. Зачем ты?..

— Чтобы не забывалась. Хочешь спать?

— Нет... Ты знаешь, сколько весит душа, Алекс? — внезапно спросила я, и он сбился со своего тона провидца и мессии.

— Что?

— Ты знаешь, сколько весит человеческая душа? В граммах?

Алекс сел и уставился на меня как на умалишенную, даже потрогал лоб — не горячий ли.

— Что с тобой, Мэри? Ты бредишь? Похоже, я перестарался...

Я улыбалась, глядя на его растерянное лицо. Такой, без своей вечной позы и дурацкой ауры мистики, он нравился мне куда больше. И, возможно, если бы он был таким всегда, у нас могло бы что-то получиться. Или нет...

— Почему ты заговорила об этом? Что тебя волнует, Мэри? — Голос Алекса звучал все глуше и тише, я начала опять уплывать потихонечку, но сумела собраться и затрясла головой.

— Вспомнила просто. Говорят, что после смерти человек становится легче ровно на двадцать один грамм. Значит, столько приходится на душу.

Алекс покачал головой, погладил меня по волосам и усмехнулся:

— Умеешь сочинить. Ну, спать-то хочешь?

— Ужасно... — я по старой привычке свернулась клубком под его рукой.

— Ну, спи. Да не бойся, — предвосхитил он мой ехидный комментарий. — Я не стану трогать тебя. Можешь поверить на слово.

Всю ночь я чувствовала рядом с собой его горячее тело и в отчаянии грызла запястье, стараясь справиться с захлестывавшими меня эмоциями. Я все-таки мазохистка — лежать в постели с таким мужчиной и запрещать себе прикасаться к нему, отсекать любые попытки нежности. Дура...

Среди ночи я вдруг проснулась. Балконная дверь была открыта настежь, штора раздувалась парусом, и за ней угадывался мужской силуэт. Алекс разговаривал по телефону в полный голос, думая, видимо, что я крепко сплю:

— Я не знаю. И не буду у нее спрашивать. Даже если она знает — нет повода лишать девочку этого, она слишком много вынесла в жизни от своего ублюдка-мужа. Да, я знаю. Знаю. Ну и что? В конце концов, тут останется Джеф. И я не брошу ее без прикрытия. Но давить на нее не стану. Я сделал работу, больше я ему ничего не должен.

Остальное пусть ищет сам, это мое последнее слово.

Меня затрясло. Разговор явно касался моей персоны, упоминание об «ублюдке-муже» убедило меня в этом. Но что же я должна знать? Когда же из моей жизни исчезнут всяческие упоминания о Косте и его делишках? До каких пор я вынуждена бояться каждого черноволосого мужчину? У Кости остался еще младший брат Вартан, мало ли, что там у них в семье говорят о смерти моего мужа. И он, совершенно очевидно, в курсе того, что я жива... А Костя — нет, и это вполне может стать поводом для Вартана, еще Джеф говорил об этом.

Но с кем и о чем разговаривает Алекс? Он вышел из-за шторы тихо и неожиданно, я взвизгнула, застигнутая врасплох. Он поморщился:

— Не спишь? Давно?

— Н-недавно...

— А кричала почему?

— Ты просто так внезапно появился... я испугалась...

— Да? — Алекс опустился на кровать, поджав под себя ногу, и ухватил меня за бретельку рубашки. — И чего испугалась, Мэ-ри?

Я попыталась отстраниться, но он крепко держал пальцами тонкий шнурок, и тот угрожающе затрещал, собираясь разорваться.

— Куда ты? Я ведь не спросил ничего особенного. Что же именно так напугало тебя? — А в голосе уже угроза, уже холод и злые нотки — понял, что я слышала если не весь разговор, то хотя бы его окончание.

— Ночь на улице, балкон открыт... Глаза открываю — а оттуда мужик... Как думаешь — не страшно?

— А то ты не поняла, что это я на балконе, раз рядом пусто, — усмехнулся Алекс, наматывая бретельку на палец и притягивая меня к себе все ближе. — Что нового узнала?

— То есть? — Я пыталась сопротивляться, но бретелька трещала все громче и готова была вот-вот лопнуть.

— Мэри, перестань, не люблю, — поморщился он. — Не пытайся меня обмануть, так будет проще, — он выпустил бретельку и сгреб меня за плечи, встряхнул. — Давай, Мэри, выясним все, раз уж так случилось.

— Что... что ты от меня хочешь?

— Давай начистоту, Мэри, — Алекс выпустил меня и усадил напротив. — Ты ведь понимаешь, да, что я не только из-за Марго сюда приехал, да? Ты ведь неглупая девочка, Мэри, ты сразу поняла — я увидел по глазам еще там, в кафе. Да и раньше знала. Я даже не удивлюсь, что ты ввязалась в это дело как раз потому, что знала.

— В какое дело? Что ты несешь, опомнись, Алекс! — взмолилась я, испуганная до смерти его словами. — Я представления не имею...

— Погоди, не ставь одну ложь на другую. Зачем ты ездила в Испанию?

— О-о-о! — взвыла я, вцепившись руками в волосы. — Как мне доказать, что я ездила в Барселону отдыхать?! Просто отдыхать, понимаешь? Сидеть на балконе, дышать воздухом, пить вино и от-дыхать!

Алекс снова поморщился — мой голос срывался на крик, и это ему ощутимо не нравилось. Он успокаивающе погладил меня по плечу:

— Пусть так. Но я не верю в совпадения.

— Да в какие совпадения?!

— А в такие, что именно в это время там же, в Барселоне, находился и этот твой поклонничек из мэрии.

— Ну и что?! — заорала я, вскакивая на колени. — В это время там же находилась фигова туча русских — и что же, они все как-то связаны со мной?!

— Не кричи. Ты прекрасно понимаешь, о чем я говорю. Он искал то же, что и ты. — Спокойствие Алекса меня бесило, а слова поставили в тупик.

Я заморгала, думая, что ослышалась. Что мог искать в Барселоне Михаил Борисович? И почему вдруг я должна была тоже искать это мифическое нечто? Нет, я уже знала, что старикан охотился за мной и пытался получить что-то свое, чем завладел Костя, но что именно? Знать бы, как оно выглядит, то, за чем охотятся все, кому не лень...

Алекс сходил в кухню, принес пепельницу, прикурил две сигареты, одну передал мне и продолжил:

— Ну, что? Давай поразмышляем? Даже если допустить, что вы не знали друг о друге, искали-то все равно одно и то же.

— Алекс, — взмолилась я, совершенно сбитая с толку намеками и вопросами без ответов. — Я тебя прошу — скажи нормально. Я не понимаю, о чем речь, я действительно ничего не искала в Испании, кроме покоя и отдыха!

Он долго вглядывался в мое лицо, пытаясь, видимо, обнаружить там следы лжи, но, убедившись, что я в самом деле ничего не понимаю, вздохнул:

— Бриллианты, Мэри. Бриллианты твоего мужа.

— Что-о-о?!

— А вот что слышишь. Коллекция неплохих камней стоимостью... ну, не буду углубляться, уверен, ты не хуже моего знаешь.

Я почувствовала, как заболело сердце — в буквальном смысле заболело, словно его зацепили крючком. За всю совместную жизнь с Костей я понятия не имела о наличии у него коллекции бриллиантов. И дело не в том, что меня это как-то задело, нет. Дело в другом — об этом хорошо знали другие люди, а потому моя жизнь опять в опасности. Да, у меня другая фамилия, да, у меня новые документы. Но если тот, кто охотится за бриллиантами, знает об их существовании, то и о том, что я жива, тоже явно осведомлен. И это очень плохо...

Дело не в том, что меня можно шантажировать — я ничего не сделала и успею, если что, выехать из страны и скрыться во Франции. Дело в другом — меня могут просто убить. Убить, решив, как и Алекс, что я знаю, где находятся камни или что они вообще у меня. О черт...

— Если ты мне поможешь, я сделаю все, чтобы обезопасить тебя на всю жизнь, — услышала я и вздрогнула.

— Я ничем тебе не помогу. Не потому, что не

хочу — я действительно ничего об этом не знаю, Алекс, — проговорила я тусклым голосом и опустила голову. — Поверь, если бы камни были у меня, я отдала бы их, не задумываясь, потому что хорошо знаю, как и чем мой муж зарабатывал свои деньги. Мне это противно. Но я не знаю, понимаешь? Не знаю...

Алекс встал с кровати и принялся расхаживать туда-сюда по небольшому пространству у балкона. Я чувствовала, что он мне не верит, но других аргументов у меня не было.

— Подумай, Мэри. Если бы ты была на месте твоего мужа, то куда спрятала бы камни?

— О, это зря. Логику Кости понять не мог никто — ее просто не было. Логичен он бывал только в двух моментах — за карточным столом и во время расправы с должниками, — невесело усмехнулась я. — Могу тебе кучу примеров привести... Уже то, что у него был элементарнейший код на сейфе, который смогла взломать даже я, говорит о полном отсутствии логики.

— Или о том, что он был невысокого мнения о твоих умственных способностях, — не удержался от колкости Алекс.

— Мне на это наплевать. Моих умственных способностей вполне хватило, чтобы заставить его нервничать и бояться.

— Это да, — одобрительно ухмыльнулся Алекс. — Ты крепко его встряхнула, насколько я понимаю.

— Ты о чем?

— О твоей книге, Мэри. Той самой, что вышла

здесь. Ты там расписала много всего... за такое тебя пять раз убить мало.

— Да ты-то откуда знаешь? — поморщилась я. — Этой книги сто лет нет в продаже, все остатки тиража мой муженек уничтожил, когда купил издательство и убрал всех, кто был причастен к выходу.

— Ты забыла, что у Марго есть экземпляр. Ты сама его оставила. А я полюбопытствовал.

Я на пару мгновений лишилась дара речи. Мне и в голову не приходило, что у Марго в самом деле есть книжка, оставленная мной после бегства из Барселоны. А уж что Господин Призрак ее читал... Н-да...

— И как?

— Признаться, одна из твоих последних книг понравилась мне больше. Но эту почитать было интересно с точки зрения обывателя. Всегда хочется попасть в тот мир, о котором не имеешь понятия. Как в замочную скважину подглядывать.

— Ты-то чего не видел в той скважине? — фыркнула я, не сдержавшись. — Сам-то не такой, что ли?

— Такой. Все равно интересно, — улыбнулся Алекс. — Но мы отвлеклись.

— Я сказала тебе все, что знала. Бриллиантов в глаза не видела и даже не знала, что они есть. Другой правды у меня нет.

— Выходит, твой муж не был таким уж дураком, раз не доверял тебе до конца.

— А я не говорила, что он дурак. И никогда его таковым не считала. Чтобы достичь того положения, что он имел, нужно иметь мозги и изворотливость, иначе убьют. — Я поежилась от холода и потянула на себя одеяло.

Алекс замолчал. Напряженная тишина в темной спальне сгущалась, обволакивая меня как паутиной, опутывая по рукам и ногам ужасом. Как теперь он поступит со мной? Ведь рассказал то, что явно не собирался. И заказчик... кто же его заказчик? Кто мог знать, что я жива? Кто мог знать об этих злосчастных бриллиантах, которых я в глаза не видела? Получается, что и Борисыч погиб из-за этих камней, хотя не факт. Дело вон прикрыли из-за отсутствия улик — это ж явный «заказ», потому и нет ничего... Когда я связала в голове все имеющиеся обрывки ниток в узелки, у меня вдруг возникло ощущение, что я в отличие от милиции прекрасно знаю, кто и за что убил чиновника Маркова. И его дела в мэрии тут вообще ни при чем. Но спросить у Алекса вряд ли решусь.

Алекс, по-прежнему молча, развернулся и вышел в кухню. Я услышала, как там щелкнула кнопка чайника, как металлом звякнула джезва о конфорку. Что ж, самое время попить кофейку. Я тоже поднялась и потянулась за халатом, небрежно брошенным на комод. Ухватив его за свисавший рукав, дернула к себе и зацепила статуэтку танцовщицы фламенко, и та, к моему ужасу, полетев на пол, разбилась вдребезги. Выругавшись, я включила свет, чтобы не наступить босой ногой на осколки, и остолбенела. Среди бело-черно-красных кусков фарфора блестели камни...

Я опустилась на пол и истерически захохотала. Вот теперь все сложилось в один рисунок — вот зачем Виктор унес все мои статуэтки! Он, а вернее — его отец, знал о существовании тайника с камнями, знал, что он собой представляет, но не мог предположить, как именно выглядит, а потому Витька и сгреб все, что нашел на полке в кухне, не удосужившись войти в спальню. Господи, как же все просто и глупо...

На звук моего голоса пришел Алекс и замер в дверном проеме, растерянно глядя на усыпанный осколками фарфора и бриллиантами пол. Мой смех плавно перешел в плач, я упала на прикроватный коврик и замолотила по нему руками. Это привело Алекса в чувство, он присел на корточки и попытался поднять меня.

— Мэри, ну что ты, успокойся.

— Успокоиться?! — выкрикнула я, садясь. — Успокоиться, да?! Ну-ка, собирай это дерьмо и вали отсюда, чтобы я тебя не видела! Тебе ведь это было нужно, да? Ну, так ты все получил, забирай и проваливай! Ненавижу тебя!

— Мэри, прекрати! — жестко проговорил он. — Мне ничего не надо, это принадлежит тебе.

— Да?! Мне?! Тогда зачем же ты так дотошно выпытывал у меня правду, а? Какой тебе интерес в том, что, как ты говоришь, принадлежит мне?! — Я вскочила на ноги, но Алекс вдруг схватил меня за лодыжку так, что я едва не потеряла равновесие и не упала.

— Осторожнее, там осколки, ты порежешься, — спокойно пояснил он, встал и, взяв меня за руку, повел в кухню.

На столе уже стояли две чашки кофе. Алекс подтолкнул меня в угол, придвинул мундштук, подождал, пока я трясущимися руками вставлю в него сигарету, поднес к ее кончику зажигалку и продолжил:

— Мэри, дело не в этих камнях. Дело в другом. Тот, кто заказал мне их найти, не остановится. И ему даже не столько нужны камни, сколько ты.

— Очень интересно. Ты второй раз получаешь заказ на мое убийство. Так, может, вот он, шанс упорядочить все в своей жизни, а? — Я вытерла глаза рукавом халата и взяла чашку.

Алекс смотрел на меня с сожалением, словно разочаровался окончательно. Да и черт с ним — я поняла наконец, что для этого человека в мире существуют только деньги и еще какие-то собственные резоны. И все. Ради этого он способен на что угодно. В глубине сознания шевельнулась мысль о том, что я несправедлива, и Алекс много раз бросал все и летел на помощь Марго или мне, но тут же пропала.

— Успокоилась? — насмешливо спросил он меж тем. — Если жалко статуэтку, так не огорчайся — я тебе подарю другую, купил как-то по случаю. Не фламенко, конечно, но зато почти коррида. Мне пора уходить, я и так задержался, — он поднялся, аккуратно поставил в раковину чашку и направился к двери.

— О, ну еще бы! — отхлебнув кофе, усмехнулась я. — Ты ведь сделал свою *работу*, можешь со спокойной совестью уезжать. Подавись своей статуэткой, понял? И не забудь стекляшки собрать.

Алекс остановился на пороге кухни:

— Я же сказал — мне они не нужны.

— А чем же ты отчитаешься перед заказчиком? Подорвешь имидж — кто ж тебя потом на работу возьмет? — глумилась я, с наслаждением наблюдая за тем, как меняется выражение его лица.

— Ты понимаешь, что говоришь и кому?

— О, простите, я забылась! — продолжала я, потеряв страх и не отдавая себе отчета в словах. — Давай забирай этот мусор из спальни и катись, господин великий киллер! Ведь это же ты отправил на тот свет старика Борисыча — скажешь, нет? — Лицо Алекса осталось непроницаемым, хотя глаза на миг опасно блеснули. — Да не бойся, я никому не скажу. Но просто знай — камни, которые валяются сейчас там, в спальне, принадлежали не Косте, а ему, Борисычу. Он проиграл их моему мужу, вернее, не их, а деньги, но расплатился, видимо, камнями. И пытался вернуть свое — с помощью сына Вити, который по счастливой случайности с детства занимался бальными танцами. Везение, да? Ну, смирись — не ты один такой удачливый. Что — не знал? Да что ты вообще знаешь, кроме своих идиотских мистических трюков! Призрак Алекс! Ха-ха!

Я не увидела, в какой момент в его руках оказался нож. Да, мой любимый нож для разделки рыбы — тонкий и длинный, с наборной ручкой. Сжав его в кулаке, Алекс шагнул в мою сторону. Я поднялась, отпрянула к стене и допустила роковую ошибку — посмотрев в его распахнутые от гнева глаза, произнесла тихо:

— Взялся за нож — бей, иначе какой ты мужик?

Спустя секунду я почувствовала острую жгучую боль где-то справа между ребер. Стало горячо, халат начал пропитываться чем-то, я приложила руку и ощутила липкое и теплое — кровь. Не понимая, что произошло, я подняла глаза на Алекса — он стоял бледный, со сжатыми губами, в руке его так и был зажат нож, но уже окропленный красным. Моей кровью.

Я протянула в сторону Алекса руку, словно предлагая убедиться, что удар достиг цели, и в тот же момент почувствовала дикую слабость и усталость. Захотелось прилечь прямо тут, у стола, на пол, и уснуть. Собственно, я так и сделала, совершенно не обращая внимания на гортанный вскрик Алекса, на стук отброшенного ножа, на то, как он трясет меня за плечи. Мне хотелось одного — уснуть...

### АЛЕКС

Он недоуменно смотрел на окровавленный нож в своей руке и не мог понять, что именно произошло. Мэри тянула к нему руку, ладонь которой была в крови, и улыбалась виноватой улыбкой.

«Господи, да ведь это я — ее», — понял вдруг Алекс. Эта мысль мелькнула в мозгу вспышкой, высветив весь ужас произошедшего. Он сам, своей рукой ударил Мэри, и, возможно, смертельно — удар был отработан и поставлен давно, сто лет назад в лагере подготовки смертников. О черт...

Отбросив нож, Алекс кинулся к осевшей на пол Мэри, затормошил ее, но та потеряла сознание. Рана оказалась не очень глубокая, и, к счастью, удар пришелся всего на сантиметр выше печени, как раз между ребер — Мэри была прилично ниже его ростом, а потому Алекс не рассчитал, бил как привык, и вышло так, что это спасло ей жизнь. Хорошо еще, что нож он успел зачем-то развернуть плашмя, а не направить лезвием вниз...

Нужно было звонить в «Скорую», но как, как, когда ему самому нужно сматываться? Оставалось одно — звонить Марго.

Та долго не брала трубку, хотя Алекс предусмотрительно звонил с мобильного Мэри, потом наконец он услышал ее голос, ставший уже слегка чужим за это время:

— Да, Мэрик, прости, я была в душе.

— Это не Мэри. Это я.

Пауза. Такая долгая пауза, и Алекс вдруг испугался, что сейчас она бросит трубку.

— Марго, слушай! Ты мне срочно нужна, поднимись к Мэри, я все объясню. Только быстро, это важно.

— А больше ничего не хочешь? — с совершенно не свойственной ей дерзостью поинтересовалась Марго.

— Только одного — поднимись в эту чертову квартиру! — теряя терпение, процедил Алекс. — Иначе твоя кукла умрет от потери крови, и я ничего не смогу сделать.

— Что?! — завизжала Марго так, что он был вынужден отвести трубку подальше от уха. — Что ты сделал с ней?!

— Хватит болтать, Марго, я не шучу, иди сюда! — И он отключил телефон.

Склонившись над неподвижно лежавшей у стола Мэри, он пощупал пульс. Жива. Прекрасно. Можно убрать улики — нож. Аккуратно завернув его в кухонное полотенце, Алекс сунул сверток во внутренний карман пиджака. В спальне на полу, словно мусор, валялись бриллианты, стоимость которых превышала сотни тысяч долларов раз в пять примерно. Ему эти камни не нужны — он оставит их Мэри. Она заслужила их, заслужила хотя бы тем, что не стала покорной куклой в руках своего мужа, а сопротивлялась, боролась за свое право жить так, как хотела сама. И он объяснит, почему поступил именно так, а не собрал все и не отдал заказчику, но только когда сможет спокойно с ней разговаривать. Маленькая сучка, до чего довела... Он поднял на нее уже не руку — нож...

Поворот ключа в прихожей заставил его вздрогнуть, но он тут же успокоился — Марго. Она ворвалась в кухню растрепанная, в банном халате, с полусвалившимся с мокрых волос голубым полотенцем. Увидев лежащую Мэри с белым лицом и огромным красным пятном на халате, Марго охнула, повалилась на колени рядом с подругой и завыла.

— Погоди, что ты ревешь? Она жива.

Марго подняла глаза, и Алекс поразился тому, какие они стали — чужие, злые, глядящие на него с ненавистью:

— Сволочь! Какая ты сволочь! Ты все-таки убил ее! Мразь, ненавижу тебя, ненавижу! Когда ты уже сдохнешь?!

Раньше он не потерпел бы и сотой доли подобных выражений, но сейчас чувствовал себя виноватым — повелся на брошенную Мэри в запале ссоры фразу, а должен был сдержаться, должен был...

— Марго, если ты хочешь, я сдохну, но сейчас... умоляю тебя — вызови «Скорую», иначе она умрет. Мне нужно уйти, я потом позвоню, — выпалил он скороговоркой, чмокнул растерявшуюся Марго в мокрую от слез щеку и вышел из квартиры.

Далеко он не пошел, сел на лавку под деревом, закурил и принялся ждать «Скорую». Машина подлетела буквально через десять минут, из нее вышли мужчина-врач и молодая девушка, торопливо скрылись в подъезде. Алекс успел выкурить почти половину пачки, прежде чем мужчина снова спустился и взял носилки. Через какое-то время он и высокий крепкий парень, видимо, сосед, вынесли Мэри, укутанную по шею пледом, рядом, подняв в руке флакон, от которого к локтю Мэри тянулся шланг капельницы, шла девушка, а с другой стороны — Марго, успевшая надеть джинсы и ветровку. Мокрые волосы были кое-как закручены в узел, лицо без косметики казалось совсем детским и испуганным. Она держала Мэри за вторую руку и что-то постоянно говорила. Когда машина, включив сирену и мигалку, вылетела из двора, Алекс испытал облегчение. С ней все будет в порядке, она выживет, настырная рыжая сука, без которой так скучно было бы жить...

МЭРИ

Открыть глаза кажется непосильным трудом, веки словно налиты тяжестью. Хочется увидеть свет, а глаза не открываются. Где я, что со мной? Не вижу...

Чья-то теплая ладонь прикасается к руке, гладит ее. Кто здесь?

— Мэри... Мэри, ты слышишь меня? — женский голос.

Марго! Моя Марго!

С огромным трудом я чуть разлепила веки, и яркий свет сразу ударил в глаза, заставив зажмуриться. Откуда такой свет, боже мой?

— Сейчас, потерпи, я закрою окно.

Я услышала звук отодвигаемого стула, шаги и шелест опускаемых жалюзи. Сразу стало легче, яркий свет пропал, и я открыла глаза, обводя взглядом помещение в поисках Марго. Она спешила ко мне от большого окна, надежно замаскированного белыми жалюзи.

— Мэри, как ты? Наконец очнулась, а то доктор уже раза три приходил, спрашивал, не открывала ли глаза... а я сижу-сижу, смотрю на тебя, а ты все спишь... — она выливала на меня поток слов, словно пытаясь замаскировать страх и тревогу.

— Марго... — охрипшим голосом попросила я, поморщившись. — Дай попить...

Она суетливо вскочила, опрокинула стакан, выругалась вполголоса и вдруг расплакалась, закрыв лицо сорванным со спинки стула полотенцем. Я ничего не понимала. Неужели разбитый стакан произвел на нее такое впечатление? Собственно, до меня наконец дошло, что я в больничной палате, но вот как я оказалась здесь, почему? Этого я не помнила.

Я провела рукой по правому боку, нащупала повязку и отбросила простыню, которой была укрыта. Там оказалась чуть пропитанная сукровицей марля. Я перевела взгляд на Марго:

— Успокойся... что со мной случилось?

Марго всхлипнула еще пару раз, утерла лицо полотенцем, и я удивилась отсутствию косметики — Марго не выходила с таким лицом даже в «стекляшку» за молоком.

— Марго... мне трудно разговаривать... я хочу пить...

Она наконец взяла себя в руки и поднесла мне небольшую пластиковую бутылку. Сделав два глотка, я почувствовала себя лучше, перехватила руку Марго и сжала ее:

— Расскажи мне...

Она вздохнула, прижала мою руку к щеке и пробормотала:

— Я никогда не думала, что все случится именно так... Что мои любимые люди будут врагами... что он... ты... Господи, если бы можно было все вернуть...

Ну, понятно. Что-то подсказало мне, что это дорогой Призрак упек меня на больничную койку, без его вмешательства не обошлось. Но что именно случилось, как? И почему я ничего не помню?

— Марго...

— Мэрик, я не могу... не проси...

Поняв, что она сейчас опять заплачет, я отстала. В конце концов, какая разница, что сделал Алекс? Все уже случилось, изменить что-то я не могу, так зачем мучить расспросами Марго, которая переживает за нас обоих? Я лишний раз убедилась в своей правоте — Марго и Алекс никогда не оставят друг друга в покое, никогда не сумеют расстаться навсегда, что бы оба ни говорили. А «под раздачу» всегда буду попадать я — слишком удобная мишень. И если я не найду в себе силы исчезнуть — то непременно погибну, уж слишком твердая рука у Призрака, слишком железная воля. Нет, мне не справиться.

Пришел доктор, веселый толстячок с бородкой и усиками, потеснил Марго со стула, осмотрел повязку, измерил давление и спросил:

— Боли чувствуете?

— Почти нет. Только жжет очень.

— Ничего, это пройдет. Кушать хотите?

— Нет.

— Это хорошо, все равно пока нельзя, только пить, и то не очень много.

Он повернулся к Марго, замершей у большого окна и смотревшей куда-то поверх головы невысокого хирурга:

— А вам, красавица, советую домой поехать, на вас лица нет. Незачем девушке любоваться вашими заплаканными глазами, ей позитивные эмоции нужны: улыбочки — цветочки — любимый мужчина.

— У меня нет любимого мужчины, — отрезала я, задетая тоном, которым доктор разговаривал с

Марго. — А Марго — единственный близкий человек.

Доктор рассмеялся, как рассыпал горох по металлической поверхности, и пробормотал:

— Чудны дела твои... Молодая эффектная девица — и никого? Куда катится этот мир?

— В тартарары, — пробурчала я, и доктор согласно кивнул:

— А то и дальше. Ладно, не буду мешать, отдыхайте, поправляйтесь. Ближе к утру зайду еще раз. Будут жалобы — кнопочка на стене, звоните, медсестра придет.

Я испытала облегчение, когда дверь за доктором закрылась. Он раздражал меня своим видом, своей категоричностью в суждениях — и еще чем-то неуловимым, какой-то излишней уверенностью в своей правоте, что ли. Макс, мой такой давний уже, но по-прежнему еще не забытый любовник, бывал таким. Собственно, именно эта его категоричность и бескомпромиссность и развела нас по разные стороны. Захоти он чуть поступиться принципами и просто выслушать меня — и все было бы иначе. Он понял это слишком поздно, когда рядом со мной уже крутилась кровавая мясорубка имени моего мужа Кости, перемоловшая потом и самого Макса. А все было так просто — сядь и поговори по душам, выслушай и пойми. Нет — Максим придумал себе версию о моем мифическом любовнике в Москве и не желал смотреть в лицо фактам. Он читал мою переписку с Марго — и не верил тому, что это женщина, что мы просто дружим. Видит бог — я пыталась достучаться до него как могла. Не услышал. Не захотел.

К чему я все это вспомнила именно сейчас — не знаю...

Марго тяжело вздохнула и, оторвавшись от окна, подошла ко мне, присела на край кровати.

— Как же не вовремя все, Мэри...

— В смысле?

— А в прямом. Вчера пришло письмо от твоего издателя. Они хотят видеть тебя во Франции, чтобы устроить большую презентацию для прессы к выходу новой книги. А теперь...

Я приподнялась на локте и возмущенно поинтересовалась, глядя на подругу:

— И ты молчала? Гениально!

— Когда мне было говорить тебе об этом? — резонно возразила Марго. — Вчера ты была в клубе весь день, а сегодня с утра...

— Ага, сегодня я особенно занята — меня, видишь ли, «шуть-шуть зарэзали», — пародируя акцент, проговорила я, опускаясь на подушку. — Я не пойму, как его считают хорошим специалистом, если он убивает наполовину, а? Такой полукиллер в полукедах.

Марго закатилась смехом, упав лицом в подушку рядом со мной:

— О-о-ой, Мэ-э-ри-ии! Кошмар, что ты говоришь такое...

— А что — не так? Рука у него, вишь ли, дрогнула!

— И слава богу, Мэри, — резко оборвав смех, прошептала Марго. — Слава богу, что дрогнула, иначе...

— Ага — иначе мой господин издатель страшно огорчился бы — уже, поди, денежки вложил в презентацию и рекламу, — фыркнула я и охнула от резкой боли в области шва. — Черт, как тянет...

— Позвать сестру?

— Зачем? Не смертельно. Слушай, Марго, а когда презентация?

— Через месяц.

— Тьфу ты! Да за месяц я уже танцевать снова начну, а не то что в Париж летать.

Марго скептически выслушала мои планы, прикинула что-то в уме и заявила:

— Мы перенесем презентацию на столько, на сколько потребуется. Ты не можешь показаться прессе с черными впадинами вместо глаз и с похудевшим лицом. И не спорь!

Не дожидаясь моих возражений, она вынула из сумки телефон и вышла в коридор. Я закрыла глаза и попыталась уснуть, но не получалось. Все мысли мои устремились во Францию, к предстоящей презентации. Черт возьми, как все это будет? Я ни слова не говорю по-французски... Ну, хорошо — рядом будет Марго, а все же? Интервью, вопросы... мало ли кто и что накопает обо мне за это время. Если всплывет мой первый роман о Косте — мне конец, его дружки меня непременно отыщут и отомстят, кровники чертовы, а что — запросто. Не было печали, так теперь это. Я только-только отошла от истории с убийством Михаила Борисовича, как снова-здорово, мое прошлое подкрадывается на мягких лапах. И что-то еще вертелось в голове, что-то такое, что я никак не могла вспомнить... Но это «что-то» страшно беспокоило меня, волновало, тревожило. В этом, естественно, замешан Алекс — ну как без него.

Марго вернулась с торжествующим выражением лица, вскинула руки вверх, как победительница марафона, и заявила:

— Все, Мэрька, я уговорила издателя перенести презентации на полтора месяца. Как только ты будешь в форме, сразу поедем во Францию.

Я смотрела на нее с улыбкой — все-таки без Марго я пропала бы. Кто, как не она, взял на себя все мои проблемы? Святой человек... И вдруг мое внимание привлекло кольцо на ее правой руке. Я перехватила эту руку и уставилась на перстень с небольшим прозрачным камнем, который удерживался лапками-клешнями двух крохотных раков из розового золота — Марго не признавала другого и была Раком по гороскопу.

— Как называется камень?

Марго удивленно пощупала мой лоб:

— Мэри, ты что? Это же мне Джеф подарил на день рождения в прошлом году. Специально заказывал у какого-то ювелира.

— Как называется камень?! — теряя терпение, рявкнула я, и Марго, поморщившись, ответила:

— Да бриллиант это, Мэри, ну, что ты, в самом деле, как в первый раз видишь!

И вот тут-то у меня все сложилось — бриллиант! Куча бриллиантов в разбившейся старинной статуэтке, которую я совершенно случайно прихватила, сматываясь от Кости! И как это ее не обнаружили в чемодане ни на одной таможне, ума не приложу... Коллекция, сказал Алекс. И из-за нее я здесь, вернее, не из-за камней непосредственно, а из-за своей любви к дерзости и невоздержанности на язык... Бриллианты!

— Марго! — лихорадочно заговорила я, садясь в постели и морщась от резкой боли под повязкой. — Марго, срочно поезжай домой, слышишь?! Ко мне, там в спальне на полу... сама увидишь. Я тебя умоляю!

— Да у тебя температура, мать! — всполошилась Марго, пытаясь уложить меня обратно, но я уперлась и все твердила:

— Марго, милая, я тебя прошу, поезжай, собери! Я потом объясню! И ноутбук привези мне, хорошо?

И она сдалась. Я попросила ее позвонить мне сразу, как только она войдет в мою квартиру, и Марго, хоть и покачала головой, но согласилась. Сунув мой мобильный под подушку, она поцеловала меня в щеку и, пообещав приехать завтра, а сегодня позвонить, ушла.

Звонок Марго раздался, когда уже совершенно стемнело. Мне только что сделали обезболивающий укол, и я начала проваливаться в блаженный сон.

— Мэри... скажи мне честно — откуда у тебя *это*? — с нажимом на последнем слове спросила Марго, и в ее голосе я четко различила нотки паники. Потому что в отличие от меня она прекрасно разбиралась в камнях и ювелирных изделиях, а, значит, приблизительную сумму «мусора» в моей спальне явно определила.

— Марго... давай не по телефону.

— Хорошо. Я сейчас приеду.

— Да куда ж ты поедешь-то, ночь... — но я уже разговаривала с молчащей трубкой.

Марго явилась через час, заперла дверь и устроилась на стуле рядом с кроватью, настроенная на долгий разговор. Я боролась со сном, понимая, что говорить придется, иначе не отстанет.

Когда я, зевая и прерываясь, рассказала все, что произошло за два последних дня, она вдруг обхватила голову руками и запричитала:

— Господи, да когда ж ты уймешься-то? Сколько можно, Мэри, ну сколько можно, а?

— Да я-то при чем?! Я знать не знала, что там натолкано в эту танцовщицу! Слушай... — вдруг вспомнила я и, уцепившись руками за спинку, села. — А помнишь, у меня статуэтки пропали с полки над плитой?!

Марго опустила руки и, посмотрев на меня пару секунд, медленно кивнула:

— Да... мы с тобой тогда еще всю квартиру перерыли, искали, что еще пропало... Мэри, значит, кто-то давно охотился за этой статуэткой. И знал, что в ней.

— Отличная дедукция, Марго. Книжек начиталась? — Мне нестерпимо хотелось курить, но было категорически запрещено, а потому я злилась. — Это был дедуля Борисыч, уж прости, что не успела тебе об этом рассказать. И мой дорогой партнер Витюшка, его сынок. Вот представь себе, — предвосхитив удивленный вопль подруги, усмехнулась я. — Мы с тобой стали слишком редко видеться, дорогая, а потому я не всегда успеваю донести до тебя информацию. Нет, ты не подумай, я не в претензии, мне хочется, чтобы у вас с Джефом все было хорошо. Но иногда... ай, ладно, это не тот разговор. Словом, сейчас осталась самая малость — выяснить, каким боком информация об имеющихся в моем доме бриллиантах попала к нашему общему другу Мистеру Призраку. Мне он об этом так и не сказал, хотя был твердо уверен, что я в курсе и, мало этого, затеяла с ним какие-то игрища на этой почве, — я усмехнулась. — Нашел дуру. Кстати, не удивлюсь, если сегодня ночью мою дверь снова вскроют. Момент удачный, меня нет.

— А пускай, — ухмыльнулась вдруг Марго и полезла в карман ветровки. — Это все равно не там.

Она продемонстрировала мне небольшую плюшевую собачку, и я сперва не поняла, к чему, но потом догадалась — Марго спрятала камни в игрушку.

— На кой черт ты приперла ее сюда?! — зашипела я, схватив подругу за запястье.

— Успокойся. Именно здесь ее никто не найдет.

— Да как ты не поймешь — пока эта фигня со мной, у моего уха постоянно тикает таймер бомбы!

Марго растерялась, и мне стало стыдно — она хотела как лучше, кто ж виноват, что именно этот вариант самый неподходящий. Лично мне пришел в голову совсем другой план. Но для его осуществления мне не нужна была Марго — более того, ее присутствие было нежелательным и опасным для нее же. Я не забыла слова Алекса о том, что он решил забрать ее у Джефа, и ничто не убедило бы меня в том, что он откажется от своих намерений. А сам Алекс нужен мне до зарезу, хотя на его месте я бы уже летела в Лондон. Но мне необходимо всего полчаса — только чтобы отдать эту собаку вместе с содержимым и забыть о ней навсегда. И об Алексе — заодно.

...Я провела в больнице около трех недель, успешно работая над новой книгой и отдыхая. «Бриллиантовая жучка» сидела около меня на подушке, я совала ее в карман халата, выходя на процедуры, не расставалась ни на секунду. Алекс не звонил, не приходил. К Марго не наведывался. Скорее всего, уехал.

Зато возник мой интернет-собеседник Клод. Мы часто болтали в аське, обсуждали какие-то пустяки, и однажды я обмолвилась, что собираюсь во Францию. Клод проявил неожиданный интерес, и мне пришлось сказать, что я и есть Мэри Кавалье, чей роман Клод буквально пару минут назад настоятельно рекомендовал мне прочесть. Кстати — общались мы по-русски, а жил он в Париже, и я как-то задала ему вопрос, откуда такое знание языка. Клод прислал два смеющихся смайлика и ответил, что в университете изучал русский язык и литературу, имеет степень бакалавра и может даже преподавать в наших школах. Это объяснение меня вполне устроило — я по-французски не то что писать, пары слов связать не могла.

Клод не стал настаивать на встрече в Париже,

и это меня тоже устроило — к чему? Мы договаривались — никакого флирта. Мне еще только француза не хватало...

К моменту выписки я чувствовала себя прекрасно, даже умудрилась набрать вес. А говорят, что больницы плохо влияют на человека...

Марго приехала за мной, привычно чмокнула в щеку, усадила на переднее сиденье и повезла домой.

В квартире царил порядок, пахло куриным супом и чистым выглаженным бельем. У меня в носу защипало от нахлынувших вдруг эмоций. Всего месяц назад здесь был Алекс... Здесь — на этом диване, в кухне, в спальне... Какие же мы оба идиоты, зачем ведем себя так, что кто-то из нас непременно вынужден страдать?

Марго заставила меня пообедать и лечь, мотивируя это тем, что мне не стоит слишком много времени проводить на ногах. Не желая обижать подругу, я легла, физически ощущая, как мне больно оказаться снова в постели, где совсем недавно я лежала не одна. Марго присела рядом, взяла меня за руку и вдруг спросила:

— Вспоминаешь?

Я закрыла глаза и кивнула. А как могла не вспоминать? Разве можно не вспоминать — его? И разве сама Марго не думает о нем хотя бы изредка?

— Он вернется, Мэри.

— Не сомневаюсь. Работа не окончена, он так и не взял камни. Следовательно, ему не заплатили.

— Ты говоришь глупости! — вдруг взорвалась Марго. — Если бы он хотел, он забрал бы их еще тогда. Ему ничего не мешало!

— Ой, хватит, — поморщилась я, нашарив под подушкой собаку. — Когда я уже избавлюсь от этой псины?

— Она тебе не мешает.

— Да. Она делает меня потенциальной мишенью, но кому до этого дело!

Марго успокаивающе погладила меня по руке, взяла собаку, подбросила ее на ладони и усмехнулась:

— Кто бы мог подумать... Игрушка стоила рублей двадцать, а теперь...

— А теперь она равна по стоимости моей жизни, Марго. Я не хочу умирать из-за плюшевой собаки, пусть даже с набивкой из отборных бриллиантов. Что мы с тобой будем делать, когда поедем во Францию? С собой не потащишь — таможня не оценит.

Этот вопрос мучил меня все время, что я находилась в больнице. Я прекрасно понимала, что вывезла статуэтку с бриллиантами из Испании по какой-то счастливой случайности, в тот момент, когда Фортуна решила сжалиться надо мной и повернулась лицом, понимая, что мне на тот момент уже хватило приключений. Но ожидать второго счастливого случая просто бессовестно с моей стороны. Нужно придумать, как убрать опасную игрушку с глаз подальше.

— Сейф, — произнесла Марго. — Ячейка в банке. Все просто. Арендуем ячейку, уберем собаку, а по возвращении заберем. Или не заберем — что предпочтительнее.

Да, это выход.

«Господа, каждый город должен быть как Париж», — настойчиво вертелась у меня в голове фраза из какого-то очень старого фильма. Не скажу, что я согласна с героем, но что-то в этом было. Осень здесь просто изумительна. Да она везде изумительна — если без дождей. Я раньше очень любила это время года, когда еще не холодно, но уже не носишь летнюю одежду, когда еще не все листья опали с деревьев, но уже пожелтели, и часть их образовала мягкие уютные ковры в скверах. Днем солнце еще прогревает воздух, подсвечивает лучами прекрасные желтые аллейки, и можно часами гулять, наслаждаясь последними теплыми днями.

Мы с Марго так и делали — после завтрака сразу отправлялись бродить по скверам, могли надолго осесть в уличном кафе за чашкой кофе с какой-нибудь выпечкой, и Марго постоянно проклинала меня за это. Ее вечной диете был положен конец — кто в здравом уме способен отказаться от изумительно пахнущего свежего круассана с шоколадом? Если даже я, совершенно не любившая сладкого, могла за раз съесть пару — то что говорить о Марго...

Вечера мы проводили в обществе редактора моих книг, приятной худенькой блондинки Одри. Общались в основном они с Марго, я же улыбалась и курила с отсутствующим выражением лица — не понимая ни слова, чувствовала себя выключенной из беседы, а потому считала свое присутствие лишним. Марго не всегда успевала переводить, виновато смотрела на меня и ободряюще гладила по руке, а я все отчетливее понимала: зря дала согласие на презентацию, не нужно было ехать сюда. Как я буду выглядеть, когда мне начнут задавать вопросы, смысла которых я не пойму? При переводе всегда неизбежно теряется что-то, и в итоге мои слова извратят так, как будет выгодно тому или иному изданию. Нет, нужно было отказаться и поддерживать легенду, выдуманную Марго. Люди видели только мои фотографии, да и то в небольшом количестве, а интервью я и вовсе не давала, чем только подогревала интерес к книгам. Старый прием, но безотказный. И к чему было затевать все это теперь?

Когда я пыталась донести это через Марго до Одри, та только возмущенно всплескивала руками и начинала быстро-быстро сыпать словесным горохом, заставляя меня морщиться и хвататься за голову. Смысл ее речей сводился к одному — я обязана отработать то, что написано у меня в контракте, а там прописаны и пункты о «публичности». Убедить настырную француженку в том, что все это может пойти не на пользу, а только во вред продажам, мне не удалось.

Ночь перед презентацией оказалась сущим кошмаром. Вместо того чтобы выспаться, я просидела на балконе и проплакала. Меня пугало предстоящее мероприятие, пугала собственная беспомощность, зависимость. Да и говорить при таком скоплении народа я не приучена. Будучи профессиональной танцовщицей, публики я не боялась, но тут дело было не в этом. За свой танец я всегда была уверена, знала — выйду и отработаю так, как должна, потому что годы тренировок отточили мое мастерство. А здесь... Ну, кто мне внушил, что я писательница? Кто сказал, что я имею право говорить что-то? Бред...

Марго утром ахнула, увидев мое зареванное лицо.

— Ты что наделала с собой?! Что вообще происходит, а?! Что ты устроила истерику? Нервная барышня, да?!

— Не кричи, Марго, — попросила я, поморщившись, но она уже разошлась не на шутку:

— Сколько я могу нянчиться с тобой? Ты взрослая баба, а ведешь себя как маленькая капризная девочка, которую заставляют делать уроки! Это непрофессионально, Мэри, как ты не понимаешь?!

— А я и не утверждала, что профессионально пишу! — заорала я в ответ. — Я тебе сразу говорила — это плохая идея, пло-ха-я!

— Теперь уже ничего не вернешь, а поэтому иди в душ, приводи в порядок глаза, будем думать, как и чем загримировать весь этот ужас на твоем лице! — отрезала Марго и ушла вниз звонить Одри.

Волшебница Марго сумела привести в порядок мое лицо буквально за час, и если не приглядываться, то и не догадаешься, что я всю ночь рыдала. Я уговорила себя не нервничать и отнестись к происходящему как к игре. Ну, играю в писательницу — и все. Так оказалось легче, и на презентации все прошло гладко и без проблем. Издательство пригласило переводчика, а потому общение было облегчено максимально. Марго довольно улыбалась, сидя рядом со мной, и, когда никто не видел, ободряюще похлопывала меня под столом по колену. Я же совершенно расслабилась и легко отвечала на все вопросы, не чувствуя себя ущербной из-за отсутствия языковых познаний.

Мероприятие уже подходило к концу, когда в последнем ряду поднялся высокий мужчина в светлом костюме и огромных очках в тонкой оправе. Его ярко-рыжая шевелюра привлекла мое внимание еще в начале презентации, однако он все время просидел молча и только сейчас решил задать вопрос.

— Скажите, мадам Кавалье, а вы всегда интересуетесь мнением людей, что являются прообразами ваших героев?

Голос... какой же знакомый голос... Я напрягала память, но никак не могла вспомнить. Наклонившись к переводчику, я прошептала:

— Спросите, как его зовут.

Переводчик выпрямился и произнес:

— Мадам Кавалье спрашивает, как ваше имя.

— Меня зовут Клод Берже.

Имя мне ничего не сказало, хотя «Клод» — ник моего сетевого приятеля. Я начала отвечать на поставленный вопрос, и в этот момент Клод двинулся к столу, на ходу снимая очки и — о ужас — отлепляя рыжую бородку и усы...

Когда он подошел вплотную к столу, рядом возник охранник, но я отрицательно замотала головой и попросила переводчика остановить его. Охранник отступил назад, а Алекс, упершись обеими руками в стол, негромко велел по-русски:

— Идем отсюда. Тебя тоже касается, — бросил он Марго. — Ну? — видя, что мы не двигаемся, а Марго вообще едва не в обмороке, Алекс обошел стол, сказал что-то по-французски переводчику и Одри, крепко взял нас с Марго за руки и повел за собой к выходу.

Сзади что-то быстро говорила Одри, журналисты провожали нас удивленными взглядами, а Алекс уверенно шел вперед, не обращая внимания ни на что. Не знаю, как Марго, а я чувствовала себя парализованным кроликом, безвольно подчиняющимся прихоти удава. Сейчас он меня проглотит — и все. Дальше только покой и тишина...

Он запихал нас в машину, сел за руль и поехал вверх по узкой улице. К Марго вдруг вернулся дар речи, и она начала орать почему-то по-английски, пытаясь схватить Алекса за руку. Он рявкнул что-то в ответ, потом развернулся и отвесил Марго пощечину. Она ахнула и замолчала, глаза наполнились слезами, как у ни за что побитой хозяином собаки. Это отрезвило меня — все, что угодно, но вида плачущей Марго я не выносила совершенно.

— Останови машину! — приказала я, но Алекс не реагировал, и тогда я открыла дверь, выкинув ногу из салона. Это подействовало — уж кто-кто, а Алекс не сомневался в том, что я могу выйти на полном ходу.

Машина нырнула в близлежащий переулок и замерла, Алекс выскочил, выдернул меня на улицу и наотмашь ударил по лицу раз, другой, третий. Я моталась в его руках туда-сюда, понимая, что лучше не сопротивляться, чтобы не ввести его в раж, когда он уже не сможет остановиться. Марго выскочила и вцепилась ему в руку:

— Ты сдурел?! Отпусти ее!

На ее крик стали открываться окна домов, начали выглядывать люди, привлеченные шумом. Алекс выпустил меня, сунул руки в карманы пиджака и глубоко задышал, успокаиваясь. Я безвольно опустилась прямо на мостовую, не обращая внимания на белое пальто. Марго, присев на корточки, тормошила меня, но бесполезно — я словно закрылась в шкафу и не желала выбираться. Я не понимала, что происходит, что я делаю здесь, за что он меня ударил.

Алекс окончательно успокоился, подошел к нам и буркнул:

— Вставайте обе. Надо ехать.

— Куда? — враждебно спросила Марго, не шевелясь и не собираясь подчиняться.

— В отель.

— Мы тебя не приглашали.

— С каких пор мне стало необходимо твое приглашение, Марго? — Алекс растянул губы в ухмылке, но глаза оставались злыми. — Я здесь только потому, что вот ей, — кивок в мою сторону, — как обычно, угрожает опасность. Сдались вы мне обе, я так от вас устал, что мечтаю о том дне, когда смогу жить, не вспоминая о вас.

— Ты нелогичен, — бросила я, вставая и отряхивая пальто. — Устал — так какого черта явился? Снова пытаться меня спасти? Зачем? Ты же устал! Ну, так дай возможность кому бы ни было сделать то, что он хочет, и все — ты свободен от меня на остаток жизни.

— Дура ты, Мэри. Если бы все было так просто, — вдруг совсем уж как-то печально проговорил Алекс и протянул одну руку мне, а вторую — Марго. — Я вас прошу — уедем отсюда.

Мы переглянулись и приняли его приглашение.

Уже в машине я спросила, глядя в зеркало заднего вида, чтобы поймать взгляд Алекса:

— Что ты сделал с волосами? Это же форменный кошмар, ты выглядишь как клоун в неудачный день.

— Тебе не нравится? — Он взъерошил одной рукой шевелюру, и та превратилась в объятое рыжим пламенем птичье гнездо.

Мы с Марго зашлись от хохота, и Алекс не выдержал, засмеялся вместе с нами. Настроение как-то сразу взмыло вверх, даже смазанная концовка презентации перестала казаться кошмаром. И предложение Алекса поужинать вместе мы восприняли без обычной в таких случаях агрессии.

В ресторане отеля было шумновато — вечер пятницы, много народа, все оживленно что-то обсуждают, сидят парами или компаниями. Прекрасная погода, прекрасный осенний вечер... Мы расположились на открытой террасе за столиком на троих, неспешно ужинали, не принимая участия в общем шуме и веселье. Поводов для него не было. Алекс вкратце изложил то, что успел узнать за время своего отсутствия, и подтвердил мои самые худшие подозрения. Охотился за бриллиантами, а соответственно и за мной, действительно брат Кости Вартан. Он никогда не был «в деле» с Костей и Артуром, исключительно по причине тогдашнего малолетства, однако в имущественных вопросах оказался подкован куда лучше меня. Очевидно, о бриллиантах чиновника Маркова Вартан узнал от Кости или Артура случайно. Скорее всего — от Артура, тот в пьяном виде любил побахвалиться, где, кого и на какую сумму они с Костей «обули». Вот ведь... Я не знала — а Вартан... Хотя — чего я так переживаю? Оно мне надо — бриллианты эти? Да я их отдам и забуду, что они когда-то у меня были.

Именно это я и сообщила Алексу за десертом. Призрак окинул меня оценивающим взглядом и хмыкнул:

— Ты всерьез думаешь, что на этом все закончится?

— А что? Разве не это нужно Вартану?

Алекс отхлебнул вина, поставил бокал и снова усмехнулся, однако глаза его вовсе не выражали веселья:

— Мэри-Мэри... Ты так и не поняла, за кем была замужем и в какой семье жила. Бриллианты — повод. Всего лишь повод. Маленький мальчик Вартан будет мстить тебе за гибель братьев —

и не говори мне, что ты ни при чем. Ты можешь быть сто раз невиновна — для себя. Но для семьи ты будешь виновна до самой смерти. И Вартан не успокоится, пока не накажет тебя.

Мне стало жутковато. Я, разумеется, прекрасно знала, за кого вышла замуж, что за люди меня окружали. Но в то, что обычай мстить за смерть до сих пор свято исполняется, верить отказывалась. Когда Костя говорил что-то на эту тему, я искренне считала разговоры красивой позой, пафосом, свойственным моему супругу. Но когда это сказал сейчас Алекс... я поверила безоговорочно и очень испугалась. Он увидел этот страх, почувствовал его в моем молчании.

— Так что, дорогая, тебе не удастся избавиться от меня, — Алекс курил, поигрывая зажигалкой, и в голосе его я услышала что-то новое — не то скрываемую радость, не то тихое торжество по поводу своей очередной победы. Да, он мне не нужен — но он мне необходим. Я снова проиграла.

Марго бесцельно разминала вилкой запеченную с медом грушу и молчала, однако и без слов было понятно — она переживает.

— Теперь с тобой, — чуть развернулся в ее сторону Алекс, и Марго подняла глаза. — Мы с твоим мужем заключили перемирие, но он твердо обещал: если ты вдруг захочешь уйти, он не станет тебя удерживать. Ты прекрасно знаешь, что я всегда для тебя открыт.

— Ей-богу, у тебя навязчивая идея создать из нас гарем, — фыркнула я, вставляя в мундштук сигарету. Алекс щелкнул зажигалкой, помогая мне прикурить, и улыбнулся:

— Было бы неплохо. Вы вдвоем — идеальная женщина.

— Силенок-то хватит? — поинтересовалась я, стряхивая пепел в небольшую вазочку в форме изогнутого дубового листа, служившую пепельницей.

— У меня-то? — в тон мне переспросил он.

— У тебя-то, — подключилась вдруг Марго, и я с интересом подалась вперед:

— О, ну-ка, ну-ка, Марго...

Алекс расхохотался так, что на нас стали обращать внимание, но ему, похоже, это никак не мешало.

— Марго, ты стала мстить по мелочи, это недостойно.

— Смотри, чтобы я не решилась отомстить тебе крупно. — И в ее тоне уже не было ни намека на шутку...

Оказывается, я чего-то все-таки не знаю об их отношениях. Но выражение лица Алекса вдруг стало каким-то злым, и я поспешила сменить тему:

— Слушай, а зачем ты мне голову дурил в аське?

— Все ждал — когда же ты меня узнаешь, — усмехнулся он. — Но ты так увлеклась беседами о литературе, что не обращала внимания даже на очевидные ловушки.

Что-что, а ткнуть носом публично Алекс умел и любил — благодаря его словам теперь в глазах Марго я выгляжу полной дурой.

— Все равно не понимаю, зачем тебе это нужно.

— Таким образом я был уверен, что с тобой все в порядке, ты жива и все такое, — отрезал он. —

Как еще я мог узнать о тебе? Позвонить? Ты не берешь трубку.

Я прикусила язык. Трубку я действительно брать перестала, не отвечала на звонки с незнакомых номеров после случая с ночными эскападами Вартана. Но про себя отметила, что Алекс беспокоился обо мне... Не скажу, что это не порадовало.

Я вернулась к разговору об отношениях между Алексом и Марго ночью, когда мы с ней уже лежали в постелях и собирались спать. Но меня глодало любопытство, и я не могла не удовлетворить его хотя бы частично.

— Марго, — зашептала я, повернувшись на бок и подперев кулаком щеку. — Скажи — а что ты имела в виду, когда сказала Алексу там, в ресторане... — Но она перебила:

— Мэрик, я тебе этого не скажу. Но чувствую, что ты хочешь поговорить о нем — да?

— Не то чтобы...

— Ох, не обманывай ты себя и меня заодно, — усмехнулась Марго, тоже повернувшись ко мне. Ее глаза вдруг заблестели, и она сказала мягким, предназначенным только для меня тоном: — Он ведь не всегда был такой. Я его помню совсем другим, Мэри. Ты знаешь, что он меня увез с улицы, вот просто затолкал в машину — и увез в аэропорт? У него все было готово — и виза, и билеты. Я оказалась в Лондоне. Мы поженились... У меня было необыкновенное платье, я потом одно время зарабатывала устройством свадеб, так вот ни разу, ни у одного модельера, ни в одном бутике я не видела такого... Мне говорили, что я красивая, но я отмахивалась — чужие слова както не слишком нужны. Мне было важно, что он скажет, как он посмотрит. Я ведь любила его, Мэри, так любила... — Марго облизнулась по-кошачьи и продолжила: — Я в рот ему смотрела, каждое слово ловила, каждый жест угадывала, верила безоговорочно. Сказал бы — убей кого-нибудь, убила бы, не задумываясь. Мне тогда казалось — не бывает в жизни большего счастья, а этим, что есть, страшно объесться, страшно, что не справишься.

Она замолчала, прикрыла глаза и совсем затихла. Я мучительно хотела курить, но боялась пошевелиться, чтобы не испугать Марго, не нарушить ее эйфории — а я видела, что ей в самом деле хорошо, и то, что она сейчас вспоминает, согревает ее душу.

— Почему же ты ушла, Марго? Я никак не могу найти этому объяснения. Вы тянетесь друг к другу — и все равно не вместе.

— Да не тянемся мы уже, Мэри, — вздохнула она, открыв глаза, и я поразилась тому, как изменилось выражение ее лица, став жестким и каким-то чужим. — Не тянемся, как ты не поймешь? Столько всего было... Он изменял мне, врал, изворачивался — потом возвращался, требовал, кричал, ногами топал. Он искал меня, когда я уехала, угрожал, просил... Возникал вечно там и тут, знал мой рабочий график лучше меня самой. У подъезда караулил, в подъезде, у квартиры. Пытался влезть в мои отношения с Ромой.

Смешно! Даже каких-то мужиков приводил — якобы с целью замуж меня выдать, представляешь? Ну, бред! — Марго чуть задохнулась от быстрой речи, переменила позу, сев на кровати и поджав под себя ноги. — А он тебе про свой финт со смертью не рассказал?

— Про что? — не сразу поняла я, и Марго пояснила:

— Ну, про то, как он под настроение однажды умер, видите ли? Нет? Поскромничал! Он обзвонил всех, попрощался, якобы собирался уехать надолго. А утром мне позвонила приятельница, любовница его, кстати — одна из... — при этих словах лицо Марго чуть исказила брезгливая гримаса. — Позвонила и сказала — мол, Алекс умер. Я думала, что сойду с ума — рыдала почти сутки. А через месяц он позвонил как ни в чем не бывало и сказал, что «так было надо, я хотел избавиться от всех проблем, в том числе и от тебя с твоей Мэри, потому что понял — нет больше сил вас тянуть». Ты представляешь?

— Когда это было?

— Да когда ты еще в Испании жила, с Костей. Вы уехали что-то около года или чуть больше.

Мне вдруг стало обидно — меня-то зачем приплетать?! Я разве просила его помощи изначально? Ведь это была идея Марго, а Алекс мог просто отказаться. Просто взять — и отказаться. И не говорить потом, что устал тянуть и меня тоже.

— А ты не спросила, чего ж тогда воскрес? — зло поинтересовалась я, и Марго кивнула:

— Спросила, конечно. Сказал — да понял, что не смогу без вас. И вы, мол, без меня не сможете.

Меня затрясло мелкой противной дрожью, такое состояние у меня было однажды в квартире Марго, как раз после виртуального знакомства с Алексом. Марго, словно не замечая, продолжала:

— И его постоянные отлучки... наверное, если бы я не знала, кто он, мне было бы легче, а так... Ну, не могу я позволить человеку, который за деньги... — Она осеклась и замолчала.

Я, грешным делом, решила, что на балконе, дверь которого располагалась на той же стене, у которой стояла моя кровать, появился сам Призрак. Но нет — искоса брошенный взгляд показал мне, что балкон пуст. И только теперь, прокрутив в голове последнюю фразу, сказанную Марго, поняла причину ее внезапной немоты. Марго думала о Джефе. О том, что Джеф по сути — тот же Алекс, просто спокойный, уравновешенный и без этих «мистических приколов». Такой же ликвидатор, наемник, убийца за деньги.

У меня сложилось впечатление, что Марго до этого момента не связывала воедино бывшего мужа и нынешнего — вернее, род их занятий, а сейчас ужаснулась. Я вскочила, споро пробежала на цыпочках по холодному полу и забралась к подруге под одеяло. Марго дрожала, как в ознобе, я обхватила ее руками и прижала к себе:

— Ну, что ты... Марго, милая, перестань. Не думай об этом...

— Как я могу не думать?! Как?! Я живу — с кем?!

— Ты живешь с порядочным, умным, заботливым, добрым — продолжать? Кроме того, у него вполне легальный бизнес, ты ведь знаешь.

Это была правда — в Дублине Джеф имел небольшой паб, приносивший ему пусть не баснословный, но стабильный доход. Насколько я знала, в планах у него было открытие подобного заведения и в Москве, так что у Марго вообще не было оснований волноваться — я, например, свято верила, что в обозримом будущем Джеф бросит свое основное «ремесло» и станет вполне законопослушным бизнесменом. Это вам не Алекс, которому доставляет удовольствие балансировать над пропастью. Да — и еще при случае меня рядом ставить, чтоб уж совсем острые ощущения получить.

— Я беременна, Мэри, — вдруг сказала Марго, и я вздрогнула, решив, что ослышалась.

— Что?!

— Я беременна, — повторила она, словно пробуя это слово на вкус. Даже в темном номере отеля, освещавшемся только светом уличных фонарей, пробивавшимся через штору, я увидела, как Марго улыбается.

Сказать, что я была рада за нее, не значило ничего. Ребенок — это же так прекрасно. Марго много лет ждала этого, и теперь их брак с Джефом совершенно полный. Да и мне тоже хотелось, чтобы у Марго появился малыш — я знала, что своих уже никогда не будет, так нянчилась бы с ребенком подруги. Следующей мыслью было — зачем она полетела со мной, ведь это может быть вредно для малыша, но Марго успокоила меня, сказав, что посоветовалась с врачом.

— Алекс знает? — почему-то вдруг спросила я,

и Марго, таинственно улыбнувшись, сказала с плохо скрываемым торжеством:

— А вот это и будет моя крупная месть.

— Не понимаю...

— И не пытайся, Мэри. Это наши с ним старые дела. Давай спать, я устала.

Разговор прервался, но уснуть я так и не смогла, потихоньку оделась и вышла на балкон с сигаретой. Было довольно прохладно, дул ветер, но я все равно стояла на балконе, закутавшись в длинный кардиган. Вот и Марго скоро отдалится от меня — я останусь одна. Нет, она не бросит меня, не оставит — но у нее просто не будет сил и времени, чтобы разбираться в моих проблемах, чтобы переводить ночами на французский мои романы, чтобы заниматься моими делами. Черт, какая же я эгоистка — все только о себе...

В кармане завибрировал мобильный, я вздрогнула и вынула трубку. Это оказалась эсэмэска от Алекса: «Спускайся вниз, я в холле. Все равно ведь не спишь».

Я не очень хотела видеть его сейчас — меньше всего на свете мне в этот момент был нужен Алекс с его разговорами. Но и стоять на ветру стало невыносимо, а сон не шел. Ладно, спущусь, посижу с чашкой чаю — может, Господин Призрак что интересное расскажет.

Он сидел в кресле и читал газету. Ночной портье писал что-то за своей конторкой, в большой клетке в углу дремали канарейки. Молодая парочка, обнявшись, подошла за ключом от номера. Я остановилась около Алекса и кашлянула. Он, не отрываясь от чтения, предложил:

— Присаживайся.

— Ты позвал меня, чтобы продемонстрировать, как ты умеешь читать? — Я расположилась в соседнем кресле и с усмешкой посмотрела на спрятавшегося за газетой Призрака.

— Очень остроумно, Мэри, — Алекс развернул газету так, чтобы я могла видеть то, что он читал. Это оказалась большая статья, посвященная презентации новой книги Мэри Кавалье. Моя фотография занимала четверть полосы. — Не интересуешься, что пишут?

— Нет.

— Ну, в принципе ничего нового — что ты очаровательна, проста в общении — ха-ха, они просто не все знают, — прокомментировал он и продолжил: — Разумеется, в их глазах ты исконно по-русски обворожительна и все такое. Кроме того, ты чертовски привлекательная женщина, Мэ-ри.

— Так и пишут?

— Не веришь — прочитай сама.

— Смешно. Ты прекрасно знаешь, что я не читаю по-французски.

— Тогда поверь мне на слово, и идем пить чай, — он поднялся и подал мне руку, помогая встать. — Или, может, что покрепче?

Я затрясла головой — спиртного совершенно не хотелось. Алекс удовлетворенно кивнул:

— И правильно. Ты вообще поосторожнее с алкоголем. От него притупляется чувство опасности.

Я не стала уточнять, откуда такие сведения и не проверены ли они практикой. Мне вдруг вообще расхотелось говорить колкости, язвить, пытаться вывести Алекса на эмоции. Хотелось простого общения, разговоров ни о чем — как у обычных людей.

В маленьком баре царил полумрак, горели свечи на тех столиках, за которыми были ночные посетители, но их оказалось немного. Мы выбрали стол под большим гобеленовым панно на стене, изображавшим какую-то пасторальную сценку — пастушки, овечки, девушки в венках из полевых цветов — этакий пейзанский рай. Я никогда не любила, кстати, таких картин и миниатюр — они казались мне приторно-сладкими, как огромные масляные розы на торте. Я тяготела к чему-то более четкому, конкретному — корриде, например, или танго. Про корриду я могла говорить часами, Костя несколько раз возил меня в Мадрид специально, чтобы показать, как это бывает. Меня тогда поразил не вид крови, не страшное ощущение от дымящегося мертвого тела огромного черного быка — я смотрела на тореадоров и физически чувствовала энергию, которой наполнены были их разгоряченные схваткой тела. Это ощущение потом долго не покидало меня, и я страшно жалела, что не имею возможности вылить полученные эмоции в танце — в том же пасодобле, например.

Я, видимо, слишком «ушла в себя», вспоминая испанские развлечения, потому что даже не заметила, как Алекс успел заказать чай и выкурить пару сигарет. Когда, вынырнув из омута воспоминаний, я удивленно уставилась на стоявшую передо мной чашку, он улыбнулся и спросил:

— Что-то приятное вспомнила, Мэ-ри? У тебя было такое светлое лицо...

— Странно, правда? Корриду — а лицо, видишь ли, светлое было, — усмехнулась я. — Вид крови делает меня благодушной и умиротворенной.

Мы рассмеялись, и Алекс произнес сквозь смех:

— Ты вообще странная, Мэри.

— Но тебе именно это и не дает покоя, правда? — Я отпила глоток чая и поразилась вкусу — напиток отдавал медом, малиной и какими-то травами.

От Алекса не укрылось выражение моего лица, и он спросил:

— Нравится?

— Очень.

— Мэри, скажи... ты никогда не меняешь принятых решений? — вдруг спросил он, сбив меня с толку. Я не очень люблю такие повороты разговора, когда сначала обсуждаешь что-то нейтральное вроде чая, а потом — бац! — тебе задают вопрос, из которого потом вырастает глобальная тема.

— Ты о чем?

— Я сейчас на перепутье, Мэри, — со вздохом признался Призрак, помешивая ложечкой чай. — Я должен выполнить работу — но дал себе слово сделать кое-что, от чего просто не могу теперь отказаться.

Мне почему-то сразу показалось, что речь идет о бриллиантах и о Вартане Кавалерьянце. Потому что ну какая другая проблема могла занимать сейчас голову Алекса? И только я знала, что могу сильно упростить ему выбор приоритета.

— Алекс... пообещай, пожалуйста, что выслушаешь меня и не будешь орать, хорошо? Просто дай мне пять минут, я скажу, что хочу, а ты уже потом сам решишь, как быть. Ведь ты не просто так меня среди ночи сюда вытащил, правда? — Я протянула руку и уцепилась за его палец, как ребенок. Алекс оторвался от изучения скатерти и упер в меня взгляд ставших совсем грустными глаз.

— О чем ты?

— Да вот все о том же. Я не поняла, почему ты не забрал камни тогда — ведь у тебя было время, ты мог вернуться после того, как меня увезла «Скорая». — При этих словах Алекс поморщился — видимо, воспоминания о собственной несдержанности... хм... были не особенно приятны. — Так вот. Мне это не нужно, я говорила сразу, более того — держать камни у себя — означает жить в постоянном страхе. Избавь меня от этого. Забери их и отдай Вартану, пусть подавится.

— Нет.

— Ну, я же просила тебя — не перебивай, — укоризненно сказала я, и Алекс кивнул, соглашаясь. — Просто подумай. Если не ты — Вартан наймет еще кого-то, кто окажется менее дружески настроен ко мне. Я не хочу умирать из-за пригоршни бриллиантов, понимаешь?

— Пей чай, остывает, — процедил он сквозь зубы.

Мои аргументы оказались вполне адекватными, потому что после этой фразы Алекс надолго замолчал и задумался. Я пила чай, не выпуская его руки, в которую вцепилась намертво, словно удерживала от чего-то. Лицо Призрака оставалось непроницаемым, по нему ничего невозможно было прочесть, и это меня слегка нервировало. Я прекрасно понимала, что мое предложение единственно верное, и так будет лучше всем — и мне, и Алексу. Но я всерьез опасалась того, что самолюбивый Призрак откажется только из-за того, что это предложила я — женщина. Но ведь он же разумный человек, он не может не понимать, что я права!

Алекс закурил, по-прежнему оставаясь холодно-спокойным. Я же, напротив, почувствовала, как у меня горит лицо и начинается озноб. Я плотнее запахнула полы кардигана и съежилась.

— Что с тобой, Мэри?

— Н-нет, н-ничего, — цокнув зубами, пробормотала я.

— Зачем обманываешь? Я же вижу.

— Что ты решил?

Алекс усмехнулся:

— Я не могу принимать такое серьезное решение так быстро. Я должен все обдумать и взвесить.

Я встала, поняв, что на сегодня разговор окончен, но Алекс не дал мне уйти, преградив дорогу и взяв за руки:

— Бежишь? Не надо, Мэри. Останься.

— Зачем...

Но вместо ответа он вдруг притянул меня к себе и поцеловал. Меня обожгло этим поцелуем, спалило изнутри... Я подняла глаза и увидела, что Призрак улыбается...

— Идем, — шепнул он и приложил палец к губам, призывая меня молчать и делать то, что он скажет.

Мы оказались в его номере, и я замерла на пороге, борясь с желанием убежать к себе, с одной стороны, и с желанием снова почувствовать его прикосновения, поцелуи и любовь — с другой. Пока Алекс задергивал шторы на огромных окнах, я так и стояла, натягивая на сжатые кулаки рукава кардигана и кусая нижнюю губу.

— Ну, что ты? — Алекс подошел ко мне и взял за плечи.

— Не знаю...

— Волнуешься, как девочка на первом свидании, — заметил он, чуть улыбнувшись. — Все еще боишься меня?

— Скажешь тоже... Просто... не знаю, Алекс, опять все как-то... — я повела плечами, пытаясь сбросить его руки, но он крепко держал меня. — У меня такое чувство, как будто я снова заменяю тебе ее.

— Не говори глупостей, Мэри, — решительно сказал Алекс, чуть встряхнув меня. — Ты никогда никого не заменяла мне. Не смей даже думать так, не оскорбляй меня.

— Прости...

Его правая рука как-то незаметно переместилась к моему затылку, пальцы начали осторожно двигаться, поглаживая, и я вдруг почувствовала, что расслабляюсь.

— Мэри, не упрямься, не нужно... Зачем ты делаешь больно нам обоим? Ты не видишь, что со мной? Мне и так сложно... помоги мне...

Я сходила с ума от его шепота, от его слов, смысл которых едва доходил до моего сознания, от плавных движений его пальцев. Он снова сумел завладеть мною, подчинить себе и заставить забыть о собственных противоречиях и желаниях. Я хотела только одного — чтобы ему стало легче, чтобы он смог откинуть мучившие его вопросы хотя бы на одну ночь и побыть обычным человеком, выйти из образа мрачного опасного типа. И я почему-то твердо знала, что только со мной он действительно сможет сделать это.

— ...Просыпайся, соня, тебя ищут папарацци, — горячее дыхание обжигает ухо, прохладные пальцы касаются щеки и заставляют меня скрыться под одеялом с головой. — Пора выходить из номера с ослепительной улыбкой и царственной поступью направляться вниз по лестнице. А они пусть успевают запечатлеть это. — Я мычу что-то невнятное и пытаюсь избавиться от притязаний, отвоевав еще хоть пару сладких минут сна. Но настойчивая рука находит меня и под моим временным укрытием, гладит шею, спускается к груди, и я визжу во весь голос и сбрасываю одеяло:

— Черт тебя возьми!!!

Алекс смеется — он специально ходил в ванную и держал руки под холодной водой. Ей-богу, иногда он ведет себя абсолютно как пацан и вот сейчас совершенно счастлив от собственной выдумки.

— Ненавижу холодные руки и холодную воду! — шиплю я, вставая на четвереньки и подбираясь к нему по кровати.

— Ты спишь как ребенок — руки под щеку, — смеется он, стараясь увернуться, но я все равно настигаю его и валю обратно на кровать.

— Попался?!

— И что будешь делать? — совершенно другим тоном интересуется он, и я вдруг тоже перестаю дурачиться.

— Отпущу.

— Отпустишь? — В голосе сквозит удивление. — А был ли смысл ловить?

— Не было смысла. И никогда не будет. Нельзя удержать на поводке ветер... — я говорю это серьезно, без единого намека на шутку.

И он смотрит на меня так, словно я сейчас открыла ему самую сокровенную тайну...

Марго сидела перед зеркалом и водила расческой по волосам. На мое появление в дверях номера она почти не отреагировала, даже не повернулась, ничего не сказала — только ободряюще улыбнулась в зеркало. Я подошла к ней и виновато уткнулась носом в волосы.

— Ну, что ты, Мэрик? Опять казнишься? Зачем? Что у тебя за манера убивать себя всякий раз, как только в твоей жизни все более-менее налаживается? Ну, вот скажи, — Марго слегка толкнула меня к кровати и сама перебралась туда же, оставив расческу на зеркале, — разве тебе было плохо с ним?

— Откуда...

— Перестань, Мэри, это уже надоедает, — поморщилась она. — Ты была с ним, ты только от него приходишь с такими пустыми и одновременно счастливыми глазами. И дело даже не в том, было у вас что-то или нет. Дело просто в его присутствии рядом. Я до сих пор не понимаю, что вам мешает быть вместе.

Я только вздохнула. Марго, наивная в своих мечтах свести нас с Алексом, никак не понимала очевидного — не живут вместе два диких животных. Ну, не могут они в одной клетке, им там тесно, и кто-то из них обречен. В нашей ситуации это, скорее всего, я — хотя не исключено, что и наоборот. Так к чему испытывать судьбу? Мы оба прекрасно это понимали, а потому позволяли себе только кратковременные вспышки страсти. В нас, наверное, говорил инстинкт самосохранения. А Марго этого не понимала...

Чуть позже в ресторане я все искала Алекса взглядом, надеялась, что он спустится. Но тщетно...

От Марго не укрылись мои попытки, и она спросила, когда я в очередной раз обвела взглядом ресторан и со вздохом опустила глаза, принимаясь за салат:

— Думаешь, он уехал?

— Ничего я не думаю, — пробурчала я. Опять исчез, даже не попрощался, не сказал, когда появится снова. А главное — когда заберет у меня эти чертовы бриллианты.

— Мэри... — ладонь Марго накрыла мою руку. — Не надо так. Поверь — это вполне в его стиле. Да ты ведь и сама уже знаешь.

— И мне, по-твоему, должно стать легче? — мрачно поинтересовалась я. — Дело не в том, что мне так уж нужен твой Алекс...

— Обойдись, будь так добра, без «твой», хорошо? — спокойно, но твердо велела Марго, и я согласно кивнула:

— Хорошо, прости. Пусть так — мне не нужен Алекс, мне нужно, чтобы он забрал в Москве нашу любимую собаку — и все. Потом я согласна не видеть его еще лет пятьдесят или дольше.

Марго только головой покачала, и по ее взгляду я поняла — она мне не верит. Собственно, я и сама себе не верила. Проведенная вместе ночь всколыхнула во мне что-то, заставила вспомнить то, что я старательно забывала. Алекс, Алекс, что же мы опять наделали? Зачем?

После завтрака я поднялась в номер, легла на кровать и укуталась одеялом с головой. Марго звала пройтись, но я только помотала головой и отказалась. Она ушла, кажется, обидевшись, а я, проплакав какое-то время, уснула и проспала до самого вечера.

Марго отсутствовала, но я не стала паниковать по этому поводу — она прекрасно владеет французским, не маленькая, да и Париж знает достаточно хорошо. Я закурила и открыла ноутбук, вдруг испытав потребность выплеснуть в словах то, что накопилось в голове за это время. Привычка записывать обрывки мыслей иногда здорово помогала мне при написании романов, да и вообще — становилось как-то легче, когда эмоции материализовались в виде букв на экране монитора.

*Пытаешься забыться — и не выходит. Пытаешься выбросить из головы человека, который причиняет тебе только боль, — и не можешь. Прощаешь, ненавидя себя и ругая за слабость и мягкотелость. И потом гордо заявляешь — «я не терплю моральных унижений». Странно по меньшей мере.*

*И потом — он очень быстро соскучится рядом со мной, да и я — рядом с ним, потому что это ведь совершенно не то же самое, что встречаться украдкой, вырывая сладкие моменты. А когда сладкого сильно много, постоянно, до тошноты, до обжорства — сразу хочется перчику и горчички. А я не прощу, разумеется, — ведь я и так многое уже не простила.*

*Я часто потом вспоминаю его лицо. Чего он возится со мной? Выйди на улицу, обведи взглядом пространство и выбери себе любую девицу, сделай приглашающий жест — и вот уже сидит в твоей машине любая красотка по твоему выбору. И еще штук пять-восемь рядом стоят, высунув языки...*

*Нет — он постоянно возвращается ко мне. Насквозь больной, в частности и на голову, бабе прилично за тридцать. И кто он после этого? Извращенец, я давно говорю.*

Поставив последнюю точку, я закрыла ноутбук — никогда не перечитывала сразу то, что написала, текст должен отлежаться пару дней — и только потом я могу спокойно и отстраненно читать.

Вернувшаяся с прогулки Марго застала меня в обычной позе — на подоконнике с сигаретой. Она ничего не спросила, не сказала, где была. Молча подошла и обняла за плечи, притянув к себе.

Ни с того ни с сего мы обе вдруг заплакали. Я успела подумать, что Марго не стоило бы расстраиваться и переживать — все-таки беременность. Но эта мысль ушла так же молниеносно, как возникла. Мы давно не рыдали, обнявшись, так сладко...

Назавтра днем мы уже летели домой, в Москву.

## АЛЕКС

Он не смог заставить себя произнести то, что хотел. Не смог просить Мэри остаться, когда та встала с постели и, потянувшись всем телом, начала собираться. Он смотрел на нее, словно старался запечатлеть для себя каждый ее жест, каждое движение. И внутри почему-то отвратительно ныло — словно предчувствие чего-то ужасного. Алекс отогнал от себя эти мысли и вдруг подумал, что Мэри всегда уходит не прощаясь. Просто исчезает — как он сам. Вот и сейчас он лежит в постели и уже знает, что через четыре часа его не будет во Франции и он ни за что не признается в этом Мэри. Она опять останется одна, в неведении, растерянная и обиженная. Но так надо.

Внезапно Мэри села на кровать, взяла его за руку и попросила:

— Алекс, избавь меня от этого.

— От чего, Мэри?

— От этих камней. Я жить спокойно не смогу, пока буду знать, что они находятся рядом со мной.

Только пару раз за все время знакомства Алекс видел такой страх в лице Мэри. Она действительно боялась — и в этом не было ни капли рисовки или притворства. Она не старалась удержать его, исполняя роль маленькой испуганной девочки — ну, это просто не ее амплуа. Нет, Мэри сильная и жесткая, и игры в испуганную курицу не затеяла бы. Сейчас она боялась по-настоящему.

— Хорошо. Что ты предлагаешь? Я не могу сейчас ехать в Россию.

— Я дам тебе код сейфа в банке, где лежат камни. Ты сможешь послать человека — он их заберет.

— Пусть так, — Алекс дотянулся свободной рукой до тумбочки и взял сигарету. Мэри дернула плечом — ей, видимо, не терпелось уйти, а он намеренно оттягивал этот момент. — Что я должен буду делать дальше?

Мэри вскипела:

— Ты издеваешься?!

— Нисколько, — абсолютно серьезно отозвался он, перехватывая руку Мэри так, чтобы девушка не смогла вырваться и уйти. — Мне интересно знать, как ты видишь ситуацию дальше.

Мэри, кажется, растерялась. Алекс наслаждался ее растерянностью, тем, что она никак не может понять, шутит он или говорит серьезно. «Я научу тебя, колючка Мэри, что такое подчиняться мужчине. Слишком уж ты свободная, так не должно быть».

— Молчишь? Если не видишь выхода, попроси помощи.

— Я попросила — иначе какого черта вообще делаю здесь, с тобой?!

— Ты не просила, Мэри. Ты, как обычно, поставила меня перед фактом: «Алекс, я влипла в историю, вытащи меня». Скажешь — не так?

— Да пошел ты! — Она вдруг с такой силой рванула руку, что Алекс не удержал равновесие и едва не слетел с кровати.

Мэри побежала к двери, но он догнал ее, дернул к себе и обнял:

— Тихо, тихо! Куда собралась? Мы не закончили разговор.

— Мне не о чем больше разговаривать с тобой! — зашипела она, стараясь вырваться. — Ты всякий раз ищешь повод, чтобы унизить меня, ударить посильнее! Я не могу так больше — не хочу, понял?! Я сама найду Вартана и отдам ему камни — раз ты не в состоянии мне помочь!

Алекс откинул голову и расхохотался. Смеялся он долго, по-прежнему не выпуская Мэри из объятий, смеялся до тех пор, пока на глазах не выступили слезы.

— Ты всерьез считаешь, что после встречи со своим родственником останешься в живых? Да ты еще большая дура, чем я думал. Он из тебя коврик прикроватный сделает. Не разочаровывай меня, Мэри, не делай глупостей.

— Да какая тебе-то разница?! — снова взвилась Мэри, упираясь руками ему в грудь. — Тебе-то что?

— Значит, есть разница, Мэри, — тихо проговорил он, преодолевая сопротивление ее рук и притягивая Мэри к себе. — Есть разница... Мне нужно, чтобы ты была — понимаешь? Нужно знать, что ты живешь, танцуешь, книги свои пишешь... — Он оборвал себя на полуслове и вдруг очень осторожно прикоснулся губами к ее губам.

Мэри ощутимо растерялась — ждала, видимо, чего угодно, но не этого нежного прикосновения. Весь ее пыл и гнев куда-то испарились, она обмякла и ответила на поцелуй.

...Он не услышал, когда она ушла из номера.

Алекс улетел в Лондон этим же вечером, не прощаясь, как обычно, и не говоря ни слова. Идея Мэри с бриллиантами имела, конечно, привлекательную сторону, но опасности таила куда больше. Хорошо, он заберет камни. Даже отдаст их Вартану. Но — что потом? Суть задания была не в камнях, вернее, не столько в них. Конечной целью была Мэри. Если Алекс не предоставит четких доказательств ее смерти, никакие бриллианты не заставят Вартана отказаться от идеи убить «дорогую» родственницу. И тогда — что? Возвращаться и доделывать? Как? Он что же — своими руками убьет ту, что несколько часов назад лежала в его постели? Даже не в этом дело. Марго. Как потом оправдаться перед ней?

Есть только один выход — опередить Вартана и... Да, убрать его, а не Мэри.

Но это значит — ехать куда-то в Сибирь, искать подходы. Можно, конечно, потрясти посредника, но это как-то против правил. Не поймут...

Все варианты не годились. Возможно, придется поступить так, как подсказала Мэри в Париже.

Через два дня ему позвонил Айван и сказал, что все в порядке, камни у него. Алекс со вздохом позвонил в авиакомпанию и заказал билет до Москвы и обратно на завтра.

Посредник, с которым Алекс встретился в небольшом ресторане на окраине, выглядел взволнованным и постоянно вытирал лоб платком, хотя в помещении было прохладно. Дрожащей рукой он спрятал небольшой сверток в карман пиджака и пробормотал:

— Я надеюсь, что на этом все.

— Я тоже, — насмешливо протянул Алекс, прикуривая сигарету. — Но не обольщайтесь. Заказчику камни были нужны не в первую очередь.

— А... что? — совсем глупо спросил посредник, и в уголке приоткрытого рта даже показалась слюна, от чего Алекс поморщился и отвел глаза.

— Вы не понимаете — что? Этот человек охотился не столько за камнями, сколько за их владелицей.

Посредник растерянно моргал. Ему на самом деле казалось, что все упирается в бриллианты, что лежат сейчас в кармане его пиджака. Несколько миллионов долларов. Но в голосе Алекса звучала такая уверенность в собственной правоте, что не верить ему посредник просто не мог.

— А... как же? Я привез остаток суммы, но... — забормотал посредник, снова и снова вытирая потеющий лоб платком. Вид этого мятого, несвежего платка приводил Алекса в бешенство, он терпеть не мог грязных вещей. — Мне нужно позвонить... раз открылись новые обстоятельства...

— Идите и звоните, — прервал баранье блеянье посредника Алекс и отвернулся в другую сторону, демонстрируя равнодушие.

Посредник суетливо выбрался из-за стола, едва не опрокинув его, засеменил куда-то к выходу, вынимая телефон из кармана брюк. Руки не слушались, телефон упал на пол и рассыпался на три части — корпус, крышку и батарею. Чертыхаясь, посредник собрал его и все-таки вышел из зала. Алекс только вздохнул. Опять пришлось иметь дело с дилетантом...

Посредник вернулся через пять минут красный, как ошпаренный кипятком. Глаза его выражали вселенскую скорбь, а руки тряслись еще сильнее.

— Заказчик приказал удержать с вас тридцать процентов, — пробормотал он, с опаской глядя на Алекса.

Тот вскинулся было, но потом остановил себя — к чему? Да, он может сейчас заставить этого потного толстяка отдать ему все деньги — но зачем? Ему нужно другое... нужны хотя бы примерные координаты заказчика, приблизительное место, откуда начать поиски. Ведь даже обывателю понятно, что посредник не мог знать точного адреса — вряд ли Вартан Кавалерьянц настолько глуп, чтобы в открытую встречаться с ним, давая возможность запомнить адрес или путь, по которому можно будет легко его найти.

— Хорошо, — смиренно согласился он, сжав,

однако, при этом вилку в пальцах так, что та изогнулась. — Это справедливо.

Лицо посредника начало приобретать человеческую окраску, он задышал ровнее и свободнее, думая, что гроза миновала. Они сидели в отдельном кабинете, от остального зала, где почти не было народа, их отделяла не шторка, а настоящая дверь, и посредник справедливо опасался физических действий со стороны Алекса.

Он торопливо полез в небольшую сумку, которую перед этим повесил на спинку стула, и вынул пачку долларов. Алекс, прищурившись, следил за тем, как суетливые короткие пальцы посредника отсчитывают купюры. Отложив нужную сумму, посредник убрал оставшиеся деньги назад в сумку, а небольшую пачку протянул Алексу. Тот взял доллары, демонстративно пересчитал и сунул в карман.

— Дальше что? — в упор глядя на посредника, спросил он.

Посредник снова занервничал:

— Заказчик просил передать, что оставшуюся сумму он отдаст только после завершения дела.

— Я сделал все, что требовалось.

— Это не так...

Алекс ударил кулаком по столу:

— Так. Я привез то, о чем меня просили? Привез. Больше разговаривать не о чем.

Посредник вдруг подался вперед и зашипел:

— Разговор не окончен. Вы должны выполнить все условия!

Алекс резко выбросил вперед руку и схватил собеседника за запястье правой руки, плотно прижав ее к столу. Вилка, которую он по-прежнему сжимал в другой руке, мгновенно вонзилась в тыльную сторону кисти посредника, и тот завизжал. Алекс, не выпуская запястья, коротко ударил его в челюсть. Посредник потерял сознание, повалился головой на стол.

На шум прибежал официант, но Алекс отрицательно покачал головой и спокойно сказал:

— Все в порядке, мы немного поспорили.

Официант не мог видеть в полутемном кабинете того, что происходит на самом деле, а потому ретировался, плотно закрыв за собой дверь. Алекс закурил, вытер руки салфеткой и принялся ждать, пока очнется посредник.

Тот не приходил в себя долго, Алекс успел выкурить пару сигарет и выпить стакан минеральной воды, пока наконец посредник начал подавать признаки жизни.

— Очухался? — беззлобно спросил Алекс, задрав голову стонущего от боли посредника за подбородок.

Тот кивнул и со стоном выплюнул на скатерть два зуба. Алекс вежливо протянул ему салфетку:

— Вытри кровь и не ори, будет хуже. Милиция не нужна ни тебе, ни мне. А тебе — вдвойне. В кармане у тебя лежат бриллианты, происхождение которых ты объяснить не сможешь. Так что давай договариваться.

— В-возьмите... деньги... — простонал посредник, но Алекс только хищно усмехнулся:

— Дешево ты меня ценишь, ох, дешево.

— Чего... чего вы хотите?

— Как мне найти заказчика, быстро! — Алекс

взялся за вилку, торчавшую из руки посредника, и тот застонал:

— Я скажу... но зачем? Зачем вам?

— Значит, нужно. Говори!

Посредник пробормотал:

— Я могу дать только номер телефона... меня возили к нему с завязанными глазами, я действительно понятия не имею, где он живет, могу назвать только город.

Город Алекс знал и без него, но и номер телефона вполне годился. Записав его в свой мобильный, Алекс добродушно улыбнулся:

— Вот и все. Видишь, как просто? Сделаем так. Ты позвонишь ему и попросишь о встрече — должен ведь ты передать ему бриллианты. А потом перезваниваешь мне и рассказываешь о вашем разговоре с точностью до буквы, ничего не упуская. И не вздумай попытаться хотя бы намекнуть, что я в курсе, кто он. Тебя я найду вообще без проблем, и тогда... — Он чуть надавил на вилку, и посредник снова взвизгнул, стараясь не производить слишком громких звуков.

— Я п-п-понял... — прошептал он посеревшими от боли губами.

— Вот и хорошо. Сейчас я уйду, а ты вызовешь себе «Скорую помощь» и скажешь, что страдаешь припадками немотивированной агрессии и сам воткнул себе в руку эту вилку. Ясно?

— Д-да... — посредник согласен был уже на любые условия, лишь бы сейчас странный и страшный человек ушел отсюда.

— Будь так добр, не забудь оставить чаевые

официанту. Как-никак юноша не мешал нам беседовать.

Алекс встал, потрепал стонущего от боли посредника по щеке, вежливо попрощался и спокойно вышел из ресторана. Такси помчало его в аэропорт.

Сидя в самолете, он старался представить себе, что делать дальше. У него есть номер мобильного — но что с того? Таких номеров у заказчика может быть сколько угодно, не исключено, что этот номер существует исключительно для связи с посредником, и любой другой номер на дисплее вызовет подозрения.

Лететь в Сибирь? Что это даст? Сколько времени потребуется, чтобы выследить Вартана и подобраться к нему? А ведь он тоже не будет сидеть и ждать. Как только камни окажутся у него, он поймет, что Мэри все еще жива, и начнет действовать. Нужно как-то оградить ее от возможной встречи с родственником, но как?

Опять просить Джефа и приставлять к Мэри Айвана? Это невозможно — он сейчас уже где-то в Америке. Искать другого человека? Долго, и придется вводить его в курс дела, а это тоже время. Черт...

Впервые за долгое время Алекс не видел выхода.

Уже дома, в Лондоне, проснувшись среди ночи, он схватил с прикроватной тумбочки телефонную трубку и набрал номер Мэри. Та долго не отвечала, да и немудрено — в Москве тоже была ночь. Наконец Алекс услышал в трубке ее сонный голос:

— Да...

— Мэри, это я.

— Я узнала. Что ты хочешь? — спокойно спросила она, кажется, даже не удивившись звонку.

— Выслушай меня, я тебя очень прошу.

— Ну, говори.

Он услышал, как щелкает зажигалка — Мэри закурила. Алекс начал мучительно подбирать слова, злясь на себя за их отсутствие. Мэри не выдержала:

— Очень содержательная беседа, Алекс. Ты звонишь мне в пять утра, чтобы помолчать в трубку? Извини, мне скоро вставать и на работу.

— Погоди! Мэри, я прошу тебя — приезжай ко мне.

— Что? — В ее голосе появились растерянные нотки, но только на секунду. — Сдурел?

— Ты услышала меня. Закажи билет и приезжай сюда. Или, если хочешь, я приеду за тобой сам, сегодня же! Это важно, Мэри!

Она помолчала, потом коротко рассмеялась и бросила:

— Будь я чуть более цинична, чем есть, я утверждала бы сейчас категорично — ты снова что-то употребляешь, чтобы расширить сознание. Но поскольку ты дома и с дочерью, то этот вариант кажется мне кощунственным.

— Дура! — не выдержал он. — Я пытаюсь донести до тебя, что ты должна, обязана приехать ко мне! — И в последний момент понял, что выбрал не тот тон и не ту тактику, в чем моментально убедился.

— Должна? — высокомерно переспросила Мэри. — Ты совсем заигрался, Алекс. Я — не Марго. И я ничего не должна никому, в том числе и тебе.

Мэри отключила телефон, и все последующие попытки дозвониться до нее оказались тщетными.

Алекс бушевал около часа, метался по дому, изрыгая проклятия в адрес непокорной и упрямой Мэри, разбил какую-то вазу, попавшуюся под руку, и очнулся, только когда услышал тонкий детский голосок:

— Папа, папочка, не надо! Зачем ты кричишь?

Марго-младшая стояла за его спиной, терла кулачками заплаканные глаза и дрожала то ли от испуга, то ли от озноба — в доме было прохладно.

Алекс опомнился, подхватил дочь на руки и погладил по растрепавшимся волосам.

— Все, детка, уже не кричу. Зачем ты спустилась, я тебя разбудил?

— Нет, — всхлипнула Маргоша, обхватив его за шею. — Я пошла попить и услышала, как ты ругаешься. На кого ты ругался, папа?

Алекс тяжело вздохнул:

— На жизнь, Марго.

— Разве можно ругаться на жизнь? — удивленно захлопала длинными черными ресницами девочка, и Алекс невольно улыбнулся:

— Можно, малыш. Подрастешь — поймешь. А сейчас идем спать, хорошо? Еще очень рано, можно отлично выспаться.

— Ты посидишь со мной, пока я не усну? — попросила Маргоша, и Алекс кивнул:

— Конечно, детка.

Он просидел рядом с почти мгновенно уснувшей дочерью до самого утра. Спать не мог. Все мысли устремились туда, в Россию, где спокойно досматривала утренние сны Мэри.

Алекс отдавал себе отчет в том, что сегодня сам спровоцировал ее, вынудил бросить трубку. К чему фраза про «должна и обязана»? Конечно, она вспылила — зная характер Мэри, он мог бы предвидеть такую реакцию. Не сдержался, сорвался на крик, на приказной тон...

Винить некого.

Но что делать теперь, как убедить ее срочно приехать? Позвонить Марго? Но она знать о нем не хочет, уже давно старается не общаться. Как же невыносимо собственное бессилие...

В голове у Алекса вдруг начали тикать невидимые часы, отмеряющие время жизни Мэри. Открытие испугало. В такие моменты Алекс начинал бояться сам себя — подобные видения обычно ничем хорошим не заканчивались, а сейчас он явственно слышал, как мерно бегут стрелки, с каждым шагом отнимая у Мэри еще секунду жизни. И он бессилен помешать. Алекс вдруг четко осознал это.

Он ничего не сможет сделать.

Просто не успеет.

## МЭРИ

Ночной звонок Алекса взбесил меня настолько, что я едва сумела успокоиться и уснуть часам к семи. До этого времени я прометалась по квартире, как бешеная кошка — у Маргошиной Мэри была такая привычка носиться по всем комнатам, задрав хвост. Вот и я бегала туда-сюда из комнаты в кухню и обратно, закутавшись поверх ночной рубашки в домашний кардиган и куря одну сигарету за другой. Нет, ну, какая сволочь! Я ему что-то должна! Он захотел, чтобы я приехала! Он так захотел! Повелитель! Господи, до каких пор я буду это терпеть? Когда уже он устанет и прекратит свои попытки подчинить меня? Ну, видит же — не получается, понимает — не получится ни за что, и продолжает... Воистину — сатана...

Но сердце болело. Болело сильно, как будто его разрывало на куски. Одна часть меня негодовала, но другая... Другая тихо скулила, взывая к сознанию — послушай его, сделай так, как он хочет. Он позвал тебя сам, так, может...

Первая, более разумная часть меня возражала — не может. Ничего не «может». Он никогда не изменится, он всегда будет причинять тебе боль — возможно, именно потому, что любит. Зачем тебе это?

И я соглашалась — да, ни к чему. Я устала болеть душой, мне хочется покоя и определенности. Пусть не семьи — просто покоя, даже в одиночестве. Тем более что я никогда не бываю по-настоящему одинока — у меня есть Марго, Джеф, скоро появится их малыш.

И все — хватит. Никаких Призраков больше в моей жизни.

Я решительно стерла номер Алекса из мобильного, удалила контакт из аськи и легла спать с чувством выполненного долга.

Ненавижу походы в салон красоты. Меня утомляет неизбежность проводить там кучу времени, и если бы не необходимость красить волосы и делать стрижку, ноги моей там не было бы. Но Марго еще на заре нашего знакомства категорически заявила:

— Ты ведь не лечишь сама себе зубы, не делаешь операции? Так какого черта тогда ты пытаешься сама себе покрасить волосы? Для чего, по-твоему, существуют специально обученные люди? Неужели дело в деньгах?

Дело не в деньгах, а в том, что мне элементарно не хватало времени в сутках, чтобы тратить его еще и на посиделки в салоне. Но Марго, как всегда, оставалась непреклонна, и я скрепя сердце подчинилась и строго соблюдала данное обещание не прикасаться к волосам с целью окраски.

Нынешнее утро мне предстояло провести как раз в подобном заведении. Я со вздохом посмотрела на сиротливо притулившийся на углу стола ноутбук с призывно горящим экраном, сунула в сумку первую попавшуюся книгу и отправилась «на экзекуцию».

Моя парикмахер Катя была девушкой не в меру болтливой, любившей сплетни, слухи и прочие прелести. А уж как она любила делиться всем этим с клиентами... В такие моменты я искренне жалела, что не могу вставить в уши наушники плеера, включить на всю громкость танго или пасодобль и заглушить Катины излияния. Самое ужасное заключалось в том, что Кате было совершенно все равно, слушают ее или нет, реагируют на ее монологи хоть как-то или совершенно игнорируют. Ей важен был сам процесс выброса информации в пространство. Меня всегда поражала способность молоть языком со скоростью триста слов в минуту. Пиши Катя с такой же скоростью книги — озолотилась бы.

Темой сегодняшнего Катюшиного монолога стала ее подруга, вышедшая замуж за испанца. Сочетание мне не понравилось сразу — любое упоминание об Испании в последние несколько месяцев заставляло возвращаться во времена отнюдь не радужные для меня. Катя проворно работала расческой и кистью для окраски, а сама все трындела и трындела, вызывая у меня приступы злобы и головной боли. Не выдержав, я наконец впервые за долгое время поймала в зеркале Катин взгляд и рыкнула вполголоса:

— Катя, вы не могли бы заткнуться?

Она подавилась не до конца произнесенной фразой и переспросила через паузу:

— Что, простите?

— Я вас попросила, Катя, — закройте рот и работайте молча. Так будет намного быстрее и эффективнее, а моя нервная система перестанет испытывать сильное напряжение. Понятно?

Видимо, что-то в моем лице и тоне подсказало девушке, что возражать и вступать со мной в полемику не стоит. Она только пожала плечами и продолжила работу в гробовой тишине. Мастера, работавшие рядом, удивленно поглядывали на непривычно молчаливую Катю и перемигивались в зеркалах. Я же начала опасаться, что в процессе окраски или стрижки парикмахер найдет способ отомстить мне за подобный выпад. Но ошиблась.

Профессионал одержал в Кате верх над обиженной болтушкой, стрижку она мне сделала идеальную, цвет волос тоже не вызвал нареканий, и я, рассчитавшись с администратором, попросила передать Кате энную сумму чаевых. В конце концов, девушка не виновата, что любит поговорить...

Выйдя из салона, я вдруг расхохоталась, вспомнив, что именно так вел себя Алекс — дав человеку в морду, не забывал извиниться.

Воспоминание о Призраке сразу резко ухудшило мое настроение. Я все еще не могла разобраться в себе, а его трехдневной давности звонок до сих пор что-то будоражил в моей душе. Он позвонил, чтобы позвать меня к себе... Что это было, постоянно задавала я себе один и тот же вопрос и никогда не находила на него ответа. Вряд ли Призрак воспылал ко мне такими сильными чувствами, что невтерпеж ему стало. Но тогда — что? На это, увы, ответа тоже не было.

Сразу из салона я пошла в клуб. Именно пошла — потому что Марго, советуя мне в свое время именно этот салон красоты, учла и тот факт, что находился он на равноудаленном расстоянии что от дома, что от клуба, и это, несомненно, тоже являлось плюсом при моей вечной занятости.

Артем слегка присвистнул, оценив таким образом мою стрижку. Я поморщилась:

— Что за выходки?

— Прости, — сразу смутился мой партнер и побежал наверх, в тренерскую, чтобы налить мне кофе. До тренировки еще оставалось минут двадцать, можно не спеша переодеться, выпить кофе, выкурить сигарету и размяться на станке.

Я уже вытаскивала окурок из мундштука, собираясь идти в зал, когда зазвонил мобильный. Взглянув на высветившийся номер, пожала плечами, но ответила. В трубке помолчали пару секунд, а потом голос с едва уловимым акцентом произнес:

— Простите, я, кажется, перепутал цифры.

— Бывает, — ответила я и убрала телефон в сумку, но ощутила, как засосало почему-то под ложечкой, как заныла душа и даже, казалось, заболело сердце.

Я опустилась на диван в курилке, не в силах справиться с неприятными ощущениями.

Снизу, с лестницы, раздался голос Артема:

— Мэри, ну что ты? — И я встрепенулась, отгоняя от себя дурные мысли и предчувствия.

— Да-да, Тема, иду. Уже иду.

Застегнув пряжки туфель и поправив гетры, я спустилась в зал.

Ноги нестерпимо ныли — сегодня я с чего-то вдруг взяла на тренировку новые туфли и ухитрилась так стереть ими ноги, что даже наступать теперь больно. До вожделенного подъезда, квартиры и дивана оставалось всего ничего — повернуть за угол, но этого-то я и не успела сделать. Откуда-то вдруг взялся серебристый джип, из него выскочил человек, в руках которого я увидела бейсбольную биту. Не успев понять, что происходит, я, однако, сделала шаг назад, развернулась и побежала, но он догнал меня, толкнул в спину, и я упала. Подняться он мне не дал, прижал ногой к асфальту и зашипел, наклонившись:

— Лежать, сучка!

Я пыталась сбросить его ногу, но получила пинок под ребра и, охнув, прекратила попытки. Внутри все кипело от злости на себя — ну, почему, почему я отказалась от предложения Артема проводить меня?! В нашем дворе три дня не горят фонари, темень — хоть глаз коли, но я, видите ли, гордая, самостоятельная! Черт меня дери...

Рядом с моим лицом возникли мужские ноги в лаковых остроносых ботинках и серых брюках. Я пыталась повернуться таким образом, чтобы увидеть лицо подошедшего, но тщетно — тот, кто удерживал меня на асфальте, не давал пошевелиться.

— Ну что, сестра, со свиданьицем. — Теперь у меня не осталось никаких сомнений.

Рядом со мной стоял Вартан Кавалерьянц. Пусть я его не вижу, но это он, его голос...

— Думала — откупишься от меня камнями? Промахнулась. Мне ты была нужна, ты — потому что я спать не могу, когда вспоминаю своих братьев! Будь ты умнее — и на стоимость этих бриллиантов могла бы заказать меня этому же наемнику! Но ты дура, как все бабы. Швырнула мне, как кость собаке, то, что и так было моим? — Нога в лаковом ботинке поддела мою голову за подбородок и задрала так, что я почувствовала боль в шее. — Но я тебя прощу, так и быть. Не думай, что я зверь, Мария. Я тебя даже не убью.

«Лучше бы убил, — подумала я, закусив губу от боли. — Потому что вряд ли ты сейчас уйдешь отсюда просто так. А о вашей фамильной жестокости в нашем городе легенды ходили».

Хруста собственного позвоночника я не услышала...

## АЛЕКС

Голос в телефонной трубке срывался, было слышно, что Марго не в себе. От ее крика у него заломило в висках.

— Прекрати орать! — рявкнул он, не разбирая ни слова из ее воплей. — Хочешь говорить — говори нормально!

— Алекс... Мэри... — она захлебывалась словами и рыданиями, но тон сбавила. При упоминании имени Мэри у него нехорошо екнуло под ложечкой.

— Что — Мэри?

— Она... ее... она в больнице, в Склифе... меня не пускают... там реанимация... или почти реанимация, я не поняла... — выдавила из себя пару относительно связных фраз Марго и снова зарыдала. — Джеф поехал туда...

— Почему Джеф, а не ты?

— Я... мне... я беременна, Алекс...

«О черт! Только не сейчас... ну, почему, зачем, за что?!» — Алекс схватил со стола сигарету, закурил, пытаясь успокоиться.

— Что с Мэри?

— Я не знаю... Джеф не звонил еще.

— Хорошо, я сам.

Он положил трубку, бросил сигарету в пепельницу и вцепился в волосы. Неприятности посыпались как из рога изобилия. Марго беременна... Вот что она имела в виду тогда в Париже, говоря о том, что отомстит по-крупному. Да уж — девочка не мелочилась. Сколько он ее знал — все это время Марго мечтала о ребенке. Будучи его женой — от него. Потом от своего никчемного мужа — как его там? А, неважно.

Алекс в свое время был категорически против — при его роде занятий дать кому-то в руки козырь в виде ребенка означало обречь и себя, и Марго с малышом на верную гибель. Как же потом, когда появилась Марго-младшая, взрослая Марго рыдала и обвиняла его в том, что ей он не дал этого шанса. И не слушала доводов о том, что Соня просто не спросила.

Со вторым мужем как-то не сложилось, а вот Джеф, значит, не побоялся. Ну что ж...

Теперь нужно выяснить, что же там с Мэри.

Едва только Алекс протянул руку к трубке, чтобы набрать Джефу, как телефон издал пронзительную трель. Это оказался посредник.

— Я звоню... был у заказчика, — заикаясь, отчитался он. — Даже не знаю, что сказать... Вы были правы — дело не в камнях. Я только сегодня вернулся от него. Даже не знаю, как вам сказать об этом, но... Он завершил то, что не смогли вы. Он даже не счел нужным скрыть это от меня, так и сказал — мол, все приходится доделывать за кем-то, разгребать завалы. А это значит, что оставшиеся тридцать процентов... — Но Алекс уже не слушал.

Он заметался по квартире, разыскивая паспорт. На шум из своей комнаты вышла Марго-младшая, удивленно застыла на лестнице:

— Папа, ты куда?

— Мне нужно, малышка. Я скоро вернусь.

Он легко взбежал по лестнице, подхватил дочь на руки и поцеловал. Маргоша обхватила руками его шею, прижалась всем тельцем и пробормотала на ухо:

— Папочка... ты только поскорее вернись, ладно?

Алекс запрокинул голову так, чтобы девочка не видела слезы, выкатившейся из уголка глаза, а потом еще раз крепко поцеловал дочь в щеку и поставил на ступеньку:

— Конечно, милая. Ты не успеешь соскучиться.

— Успею, — печально вздохнула Маргоша, обхватив руками стойку перил. — Я быстро успеваю соскучиться.

Алекс, не в силах больше выносить этого разговора и печального взгляда дочери, крикнул няне, чтобы увела Марго, а сам подхватил небольшую сумку и ринулся вон из дома.

Джефу он позвонил уже из накопителя аэропорта «Хитроу», ожидая посадки на московский рейс. Голос бывшего напарника звучал глухо и как-то расстроенно.

— Ты скажи — что с ней? — потребовал Алекс с ходу, зная, что Джеф поймет, о ком речь.

— С ней плохо, Алекс. Меня не пустили в отделение, но врач по телефону сказал — состояние стабильно тяжелое. Она в сознании, но это, мол, только к худшему.

— Да ты нормально скажи — что случилось? — вскипая, процедил Алекс, обозлившись на Джефа за бестолковую и неконкретную информацию.

— Никто не знает. Ее подобрали с улицы, лежала во дворе у мусорного бака — знаешь ведь, где он у нас.

— Ну, — нетерпеливо подстегнул Алекс.

— Что — ну? Лежала без сознания, сумка, кошелек, телефон, деньги — все при ней.

— А травма? Какая травма?! — окончательно потеряв терпение, Алекс рявкнул по-русски на весь зал, и на него начали оглядываться.

— Я не смог выяснить обстоятельства, но раз Мэри в реанимации, то, наверное, не нос сломали.

Похоронный юмор Джефа и раньше выводил Алекса из терпения, а тут дело касалось Мэри, и фраза про сломанный нос выглядела совсем уж кощунственной. Но Алекс сдержался:

— Я прилечу через несколько часов, забери меня из Домодедова, если сможешь.

Отдав приказ, Алекс отключил телефон и заметался по залу, не в силах удержать себя на одном месте.

«Мэри-Мэри... что же с тобой случилось? То, что это сделал ублюдок Вартан, я знаю. Накажу его позже — так накажу, что век будет помнить. Ты только дождись, я должен тебя увидеть».

Мысль о том, что Мэри может умереть, не давала покоя. Как так — он будет, а она?.. Только бы скорее, скорее...

Джефа он увидел сразу, едва только вышел в зал прилета. Багажа не было, поэтому Алекс быстро проскользнул мимо сверявшего багажные бирки сотрудника аэропорта. Джеф молча пожал ему руку и пошел в сторону парковки. Алекс едва поспевал за ним.

Уже в машине Джеф хмуро спросил, глядя в залитое дождем лобовое стекло:

— Знаешь о Марго?

— Знаю.

Джеф резко развернулся всем корпусом в сторону Алекса, и тот, слегка растерявшись, чуть отпрянул к дверке.

— Я тебя прошу как человека — прекрати мотать ей нервы, хорошо? Прекрати звонить, писать, приезжать. Дай ей спокойно родить ребенка.

Алекс собрался было ехидно возразить, но, поймав взгляд Джефа, осекся. Лицо напарника выражало решимость защищать жену и будущего ребенка до любого исхода, и Алекс решил, что в чем-то Джеф прав. Марго заслужила свое право быть счастливой и родить ребенка.

— Куда мы едем? — сделав вид, что не расслышал просьб, спросил Алекс.

— Я так понял, что ты сразу в Склиф захочешь, к Мэри.

— Да.

— Ну, вот туда и едем.

Прорваться в отделение, куда перевели из реанимации Мэри, оказалось не так просто. Но Алекс сумел убедить всех, кого нужно, и теперь шагал в направлении палаты интенсивной терапии отделения травматологии.

Перед дверью он остановился, перевел дыхание и только после этого взялся за ручку.

В небольшой палате были опущены жалюзи, тихо пищал какой-то аппарат, а на стоящей посреди палаты кровати, закрыв глаза и вытянув вдоль тела руки, лежала Мэри. Рыжие короткие волосы спутались, бледное лицо похудело. На груди, едва прикрытой больничной сорочкой, виднелись наклейки электродов монитора, под правой ключицей торчала тонкая трубочка подключичного катетера, к которому тянулся прозрачный шланг капельницы. Мэри спала.

Алекс сел на стул около кровати и приготовился ждать пробуждения.

Мэри спала совсем недолго, открыла глаза и вздрогнула, заметив его:

— Ты?!

— Я, Мэри...

— Зачем? Как ты узнал?

Алекс медлил с ответом — ему показалось странным, что Мэри при разговоре никак не шевелится — не двигаются руки, незаметно, чтобы она вообще хоть на миллиметр переменила положение тела.

— Что с тобой?

— Меня нашел Вартан, — Мэри печально улыбнулась, облизала губы и попросила: — Если тебе не трудно, на тумбочке кружка и трубочка, дай попить.

Алекс взял кружку и поднес к руке Мэри, однако девушка не пошевелилась, и это снова насторожило его:

— Бери.

— Ты что же — ничего не знаешь? — спросила она вместо ответа, так и не сделав попытки взять кружку.

— Не знаю — чего?!

— Я парализована, Алекс.

Кружка выпала из его руки и разлетелась на сотни белых осколков. Капли воды прозрачными слезами застыли на голубоватом линолеуме. Алекс чувствовал себя как после удара током — однажды его довольно прилично тряхнуло при попытке вывернуть лампочку мокрой рукой.

— Что?!

— Ты действительно этого не знал? — Мэри смотрела на него с жалостью, и Алекс, до которого наконец дошел смысл ее слов, не выдержал, вскочил и выбежал из палаты.

Он остановился на лестнице и в бессильной злобе ударил кулаком в стену. Как так — молодая, в самом расцвете, только-только немного остепенившаяся женщина — и все?! Все — никакого будущего?!

— Я тебя на фарш порублю, — прошипел он, обращаясь к далекому Вартану Кавалерьянцу.

Нужно было возвращаться в палату. Он и так позволил себе лишние эмоции, но сдержаться просто не смог. Да и кто смог бы — на его месте?

Мэри лежала, закрыв глаза, флакон капельницы был полон, а осколки и вода на полу отсутствовали — очевидно, приходила медсестра.

Осторожно, стараясь не задеть трубки и провода, которыми была опутана Мэри, Алекс обнял ее и прошептал в ухо:

— Ничего не бойся... я ведь рядом. Я всегда рядом.

Она вдруг открыла глаза и прошептала еле слышно:

— Помоги... мне...

Он отстранился, выпрямил спину и внимательно посмотрел в бледное лицо Мэри. Она не отводила глаз, и взгляд был требовательным, настойчивым. Алекс сперва не понял, но потом вдруг догадка пронзила его — да ведь она... Нет, этого не может быть! Он протянул руку и поправил спутанные рыжие волосы, убирая со лба челку:

— Мэри... не смей даже думать. Я запрещаю.

— Ты... не можешь... запретить... — облизнув сухие губы, прошептала она. — Я прошу тебя... как человека прошу — помоги мне, я не могу... мне больно, я не могу терпеть...

Ее лицо исказила судорога боли, и Алекс понял — она не играет, не пытается давить на жалость. Сильная и жесткая Мэри умела терпеть, но эта боль, видимо, не подчинялась ей. Он нажал кнопку вызова, и через несколько минут в палату вошла сестра. Алекс попросил сделать Мэри укол, девушка почему-то фыркнула и вышла, вернувшись чуть погодя с лотком. Сделав укол, она повернулась к Алексу и негромко попросила:

— Вы не могли бы выйти со мной на минутку?

Он кивнул и вышел следом за девушкой. В коридоре та остановилась у высокого барьера поста, небрежно бросила на него лоток с пустым шприцем и проговорила:

— Больше меня не вызывайте. Я не приду.

— То есть? — напрягся Алекс, учуяв в голосе медсестры нечто такое, что ему не понравилось.

— Больной из седьмой палаты распоряжением врача обезболивающее только списочное, а это анальгин. Что я буду его колоть, что нет — разницы никакой. Ей легче не будет, а мне лишний раз бегать туда-сю... — договорить она не успела. Алекс сгреб ее за воротник голубого костюма и поднял над полом, сильно встряхивая:

— Ах ты... да я тебя... сука, попробуй только не зайти на мой звонок — я тебя саму на больничную койку уложу! — прошипел он в испуганное лицо девушки и, отшвырнув ее так, что она упала, рыкнул: — Где врач?! Ну?!

— В... ординаторской... — пробормотала полумертвая от ужаса медсестра, указывая трясущейся рукой направление.

Алекс рванул в ординаторскую и там обнаружил дежурного врача, увлеченно играющего в нарды с медбратом. Не говоря ни слова, Алекс ударил парня-медбрата по шее, и тот упал на пол с глухим стуком. Врач начал подниматься с дивана, но тут же получил удар доской для нардов по лицу и упал обратно, застонав и зажав разбитый нос рукой.

— Вы... кто? — прогнусавил он, глядя на разъяренного Алекса снизу вверх.

— А скажи мне, уважаемый, — тяжело дыша, проговорил Алекс. — Скажи мне — ты по какой причине отменил нормальные препараты Манукян?

— Манукян? Это которая? — Доктор наморщил лоб, вспоминая, и Алекс разозлился еще сильнее.

— В этом отделении только одна больная в таком состоянии, не делай вид, что ты этого не помнишь!

Он угрожающе занес сжатую в кулак руку над лицом забившегося в угол дивана врача, и тот моментально «вспомнил»:

— А-а-а! Да-да, конечно... Понимаете, дело в том... Словом, дела у девушки плохи. Там, знаете ли, сложнейшая травма позвоночника... Ни ходить, ни сидеть, ни шевелить руками, ни даже полулежать она никогда уже не сможет. Произошел почти полный перерыв спинного мозга чуть ниже седьмого шейного позвонка... ну, в общем, вам подробности ничего не скажут. Важно другое — девушка обречена на постельный режим до конца жизни. Будет лежать так, пока сердце работает. Она молодая, протянет еще долго... — сбиваясь и вытирая попеременно руками кровь и пот, пролепетал доктор.

Алекс чувствовал себя так, словно сейчас не у

Мэри, а у него разорвалось что-то внутри. Самое страшное заключалось в том, что Мэри все поняла и не хотела терпеть. Не могла.

— Так какого черта, доктор, ты не можешь даже облегчить ей боль? — злым голосом спросил он, еле сдерживаясь, чтобы не врезать эскулапу еще раз.

— У меня нет сильных обезболивающих, а наркотики... Как я обосную назначение? Такие боли у нее будут постоянно...

— Если я достану лекарства, ты напишешь назначения? — перебил Алекс, уяснив причину проблем.

— Да, конечно, но...

— Все, можешь не продолжать. Через час лекарства будут.

Алекс вылетел из ординаторской, едва не запнувшись о неподвижно лежавшего на полу медбрата. У палаты Мэри он остановился и постарался успокоить дыхание и придать себе как можно более равнодушный вид. Еще не хватало, чтобы она поняла, что он тоже *знает, что она безнадежна.*

Лекарства придется доставать Джефу, поручать это беременной Марго он не собирался, да и вообще ей не нужно знать, насколько все плохо у Мэри. Нужно запретить здесь всем говорить ей хоть что-то о состоянии подруги, оградить от любой информации. Марго должна доходить до срока без потрясений, она так долго ждала этого ребенка, что сейчас просто обязана родить его. И вообще — лучше бы ей уехать...

Алекс понимал, что не волен распоряжаться

судьбой Марго, и заставить уехать куда-то он ее не сможет теперь, потому что есть Джеф. Значит, надо внушить ему, что... Нет, не годится. Марго моментально почувствует фальшь и поедет сюда, прорвется в палату, а тут... Алекс зажмурился, сделал два глубоких вдоха-выдоха и толкнул дверь.

Мэри лежала, открыв глаза и глядя в потолок. Алекс подошел и сел рядом, осторожно погладил безвольно лежавшую вдоль тела руку:

— Как ты, Мэри?

— Ты поможешь мне? — спросила она бесцветным голосом, и Алекс снова вздрогнул — в пылу разборок с врачом он успел забыть, о чем просила его Мэри, и сейчас, услышав вопрос, понял — она не отступится. Может, даже хорошо, что руки у нее не работают...

— Мэри... не говори глупостей. Ты поправишься.

— Я могла бы сейчас назвать тебя дураком и еще чем похлеще, но так нечестно — я лишу тебя права ответить мне пощечиной, потому что даже у тебя не поднимется рука ударить обездвиженного человека, — грустно усмехнулась она. — Неужели ты не понимаешь, что мне конец, Алекс? Неужели ты не видишь, что от меня не осталось ничего? Так помоги мне... Я не хочу умирать по частям! Я не хочу грызть подушку от боли, не хочу выть от нее, не хочу смотреть, как мучаются люди вокруг меня! Как они сочувствуют в лицо, а когда выходят отсюда, думают — когда уже ее бог приберет? Не хочу! — выкрикнула она и заплакала, закусив губу.

И Алекс вдруг понял — она права. Права, как бы ужасно это ни звучало. Он опустил голову, изучая клетчатый линолеум пола. Нельзя заставлять гордого и сильного человека страдать и превращаться в животное от боли. И решиться на такую просьбу — это не слабость. Это, возможно, самое тяжелое решение в жизни Мэри, и она нашла в себе мужество принять его. Но тогда почему же ему самому не хватает мужества согласиться? Ему — пославшему на тот свет огромное количество людей?

— Алекс... ты пойми простую вещь... — заговорила Мэри, перестав плакать. — Никто, кроме тебя, — понимаешь? Никто — потому что нет, наверное, в моей ситуации большего счастья, чем умереть от руки любимого человека.

Алекс вздрогнул и поднял глаза — Мэри улыбалась.

— А что — ты не знал? Не знал, что я все эти годы любила тебя? Разве это было так уж незаметно?

Алекс почувствовал, что не может говорить — словно голосовые связки парализовало и ни один звук не рождается. Она носила это в себе все время, не давая чувствам одержать верх над разумом, и ей это удалось. Она все-таки переиграла его, маленькая рыжая колючка, переиграла даже вот так — обездвиженная навсегда, лишенная даже возможности вытереть слезы. Переиграла его, считавшего себя непобедимым. Ох, Мэри, Мэри...

Его щеку что-то обожгло, и Алекс, к своему ужасу, понял, что плачет. Впервые в жизни ему не было стыдно и страшно, что кто-то увидит его слабость. Он был уверен в том, что Мэри все понимает и не осуждает его за эти эмоции. В конце концов, не этого ли она добивалась все годы, что они были знакомы?

— Алекс...

— Не дави на меня, — огрызнулся он. — Ты думаешь, это так легко?

— Нет. Я думаю, что это очень трудно. Но уверена, что ты справишься. Мне больше не на кого надеяться.

— Я сказал, мне надо подумать.

— Только не тяни, ладно? — попросила Мэри. — Мне с каждым днем все хуже, я не могу терпеть боль...

— Джеф привезет лекарство.

— Ты не понял... Мне не нужно лекарство.

— Я прекрасно тебя понял. Но пока я не приму решение... прошу тебя... не отказывайся...

Алекс удивился сам себе — он не отдавал приказы, не требовал — *просил*. И даже у Мэри не повернулся язык отказать ему.

— Хорошо, — сдалась она, закрывая глаза. — Но сделай так, чтобы мне не пришлось терпеть слишком долго, хорошо?

— Конечно.

Он встал и собрался уйти, но потом вернулся, наклонился и поцеловал Мэри. Она открыла глаза, удивленно захлопала ресницами:

— Ты что? Зачем?

— Я так хочу.

— А-а-а... — протянула она понимающе. — Ну, что ж...

Алекс давно не помнил себя таким пьяным. Он сидел в ресторане и, практически не закусывая, пил коньяк стаканами. В голове уже все плыло, лица окружающих сливались в одну мерзкую рожу, в которую хотелось заехать кулаком. Сигарета не прикуривалась, пламя зажигалки никак не желало облизывать ее кончик, и Алекс, разозлившись, швырнул зажигалку куда-то за спину. Остатки сознания вопили о том, что самостоятельно он отсюда не выберется, и последнее, что Алекс успел сделать, это набрать Джефу.

Когда тот приехал, Алекс уже спал, положив голову на скрещенные на столе руки. Джеф оплатил счет, взвалил невменяемого Алекса на плечо и потащил к машине. Везти его к себе в таком состоянии Джеф не решился, чтобы не волновать Марго, а потому пришлось воспользоваться ключом от квартиры Мэри.

Уложив Алекса на кровать в спальне, Джеф вытер вспотевший от напряжения лоб и пошел в кухню. Оставлять приятеля в одиночестве он не решился, позвонил Марго и сказал, что встретил друга, с которым много лет не виделся. Марго задала пару вопросов и, получив вразумительные ответы, успокоилась и сказала, что ложится спать. Джеф облегченно вздохнул и отключил телефон.

Алекс спал, раскинувшись в постели Мэри, и Джеф вдруг подумал, что это символично. Мэри крайне редко позволяла ему ночевать здесь, а теперь, когда ее нет, Алекс спит в ее постели. Джеф, как и Марго, искренне считал, что эти двое подходят друг другу как болт и гайка, но почему-то боятся признаться в этом.

Он вышел на балкон, закурил, облокотившись на перила. Мэри не признавала остекления, а потому, купив квартиру, заставила рабочих снять рамы.

— Как я попал сюда? — раздался вдруг за спиной голос Алекса, и Джеф, вздрогнув, выронил сигарету.

Алекс стоял на пороге балкона, ухватившись руками за переплет двери. Глаза его были мутными от выпитого, его пошатывало, однако он довольно неплохо держался на ногах.

— Я забрал тебя из ресторана.

Джеф подошел вплотную, и Алекс шагнул назад в комнату, впуская его.

— Есть что выпить? — спросил он, и Джеф пожал плечами.

— Я тут не живу.

— У нее всегда есть, я знаю. Поищи в кухне.

Джеф вздохнул и отправился на поиски спиртного. Идти в магазин не хотелось, и, найдя в шкафу бутылку коньяка, он обрадовался.

— Пойдет? — спросил он, демонстрируя находку усевшемуся в углу за столом Алексу, и тот удовлетворенно кивнул:

— У девочки всегда был хороший вкус на спиртное. Почти армянский.

— Говорят, ее муж хорошо разбирался в коньяке, — заметил Джеф, откупоривая бутылку.

— Да уж... он хорошо разбирался во многих вещах... только в Мэри ошибся.

— Как она? — поинтересовался Джеф, усаживаясь за стол и наливая коньяк в две рюмки.

Алекс обнял свою длинными пальцами и замер, глядя куда-то в пространство. Когда же он перевел взгляд на Джефа, тот невольно вздрогнул — глаза Алекса сделались совершенно черными и страшными, как два бездонных колодца.

— Ее почти нет. Понимаешь? Почти нет.

Залпом влив в себя коньяк, Алекс даже не поморщился и протянул руку за бутылкой.

— Тебе не хватит ли? — с сомнением протянул Джеф, но, наткнувшись на взгляд этих страшных глаз, понял — лучше не лезть.

— Я должен решить... сейчас должен решить... — пробормотал Алекс, наполняя рюмку.

— Что решить?

— Ты не поймешь... и никто не поймет... а она вот поняла бы. И не осудила бы, я знаю...

Бормотание Алекса становилось все невнятнее, и Джеф перестал напрягать слух и разум — завтра, когда проспится, расскажет нормально. Если, конечно, захочет.

Через три дня Алекс сидел в палате Мэри, смотрел на спящую и думал. В кармане лежал шприц, но вынуть его у Алекса не хватало духу. Следов препарата не обнаружила бы никакая экспертиза, это почти физиологическая жидкость, но дело не в этом. Алекс не мог — физически не мог себя заставить сделать *это*. Наверное, это будет единственный прецедент, когда лишенный жизни человек станет являться к нему во снах. Алекс точно знал, что не сможет больше спокойно жить — в любом случае. Как раз та ситуация, из которой нет выхода. Все, что ни сделай, обернется против него. Знать, что Мэри живет и мучается, он тоже вряд ли сможет.

Она внезапно открыла глаза, словно почувствовала его присутствие и душевные терзания. Едва взглянув на него, Мэри, кажется, поняла — он сделал то, что обещал, нашел способ, однако что-то смущает его, не дает закончить.

— Не мучайся так. Поверь — будет лучше всем. Ты же сам говорил — нужно поступать так, как подсказывает сердце.

— Не надо, Мэри! — хрипло попросил Алекс, отворачиваясь.

— Ты ведь все понимаешь, да? Мы с тобой одни, нам никто не помешает. Я бы очень хотела увидеть Марго... в последний раз, — слизнув скатившуюся на губы слезу, прошептала Мэри. — Но я понимаю — ей нельзя... ты просто скажи ей, что я... я очень ее любила... скажешь?

Алекс вскочил, не в силах слушать ее тихий шепот, не в силах видеть слезы, катящиеся по щекам. Отойдя к стене, он со всей силы ударил в кафель кулаками и застонал:

— За что, Мэри?! За что ты так наказала меня?!

— Прекрати, — сморщилась она. — Ты никогда не был романтичным мальчиком — так к чему сейчас этот театр одного хренового актера? Я все решила, так давай уже закончим — и каждый пойдет туда, где ему место.

Алекс медленно вернулся к кровати, наклонился и взял лицо Мэри в ладони. Она не плакала больше, смотрела на него распахнутыми голубыми глазами и чуть улыбалась:

— Не бойся. Все будет хорошо.

И он понял — она не отступится. Она все решила. И он не в силах отменить это решение, он не может уйти и предать ее. Не может. Он должен ей помочь — иначе какой он, к чертям, ангел-хранитель?

Вынув шприц, Алекс снял резиновую пробку подключичного катетера и вставил канюлю шприца в горлышко. Мэри наблюдала за ним, чуть скосив глаза в сторону торчащей трубки.

Алекс долго держал палец на поршне, чувствуя себя так, словно в руке у него не обыкновенный одноразовый шприц, а снова снайперская винтовка и палец лежит на спусковом крючке. Еще секунда — и все...

— Не смотри на меня, — малодушно попросил он, и Мэри, сжалившись, закрыла глаза.

Когда пустой шприц вернулся на свое место в кармане пиджака, Алекс вдруг понял — все. Теперь ничего нельзя изменить, исправить, сделать по-другому. И он вынужден сидеть и смотреть, как она умирает.

— Тебе не будет больно, Мэри. Я обещаю. Я сделал все, чтобы ты не почувствовала, — прошептал он, склонившись к ее уху. — Ты просто уснешь, девочка. Уснешь — и все. А дальше только покой...

— Обними меня, — попросила она. — Мне очень страшно...

— Не бойся. Никогда ничего не бойся, пока я с тобой.

Алекс осторожно прилег на кровать и обнял Мэри. Она улыбнулась, не открывая глаз, и тихо прошептала:

— Спасибо... Ты знаешь, а ведь я только сейчас поняла, зачем ты позвонил мне тогда ночью из Лондона, зачем звал к себе.

Алекс зажмурился — не хотел вспоминать нелепый разговор, который по его вине повернул в неправильное русло, и именно поэтому она не приехала. Он не смог уберечь ее от Вартана, не смог спасти. Это только его вина. Алекс вдруг не совсем к месту вспомнил, как Марго рассказывала ему однажды, что Мэри иногда в шутку называет его Синей Бородой. И ведь права — все женщины, которых он приближал к себе, мертвы. Вот и Мэри совсем скоро не будет. И только Марго... Так, может, Джеф прав в своем желании оградить жену от его присутствия? Может, вот тот самый шанс загладить свою пожизненную вину перед ней? Просто взять — и отойти в сторону с той дороги, по которой идет Марго. И это будет его искуплением...

Какое-то время они лежали молча, потом Мэри вдруг забормотала, глядя в потолок:

Над спящим городом моя тоска
Нависла неприкаянною тучей,
Сейчас я знаю — цель моя близка,
И я не пожелаю доли лучшей.
Брожу по темной мрачной мостовой,
Как в речке, над которой сломан мост,
И я — тот самый подлый часовой,
Покинувший безвременно свой пост[1].

[1] Стихи поэта Neris.

Алекс осторожно приподнялся на локте, чтобы не потревожить ее и не причинить боли, и заглянул в лицо. Мэри прикусила губу и чуть насмешливо смотрела на него.

— Понравилось?

— Да, очень. Мэри... скажи — ты простила меня?

Она помолчала, думая о чем-то, а потом прошептала:

— К сожалению, я не умею прощать, Алекс. Не умею... Но сейчас ты расплатился со мной за все. Теперь помолчи... не мешай мне...

Он лежал рядом с ней до тех пор, пока по кардиомонитору не пошла ровная желтая линия. И еще почти час после этого — пока не почувствовал, как тело Мэри становится похожим на камень, холодный и бездушный.

«Душа весит двадцать один грамм», — зазвучал у него в голове ее голос, и Алекс, заставив себя встать, отошел к окну и распахнул его настежь, словно давая дорогу этой самой душе с таким мизерным весом.

Сама она ни за что не смогла бы улететь...

Джеф ждал в машине, припаркованной на соседней улице. Когда Алекс сел на заднее сиденье и закурил, отрешенно глядя в окно, Джеф глухо спросил:

— Все?..

— Обещай, что Марго никогда не узнает, — хрипло попросил Алекс и отвернулся.

— Не узнает.

Алекс похлопал его по плечу и вышел из машины, поднял воротник и медленно побрел прочь.

Три дня спустя

Стоя у наполовину уже засыпанной могилы, Марго, одетая в черное, опиралась на руку мужа и шептала, как в бреду:

— Девочка моя... как же... ну, как же это? Зачем ты? Почему ты меня бросила?

Джеф, всерьез опасавшийся за здоровье жены, ласково уговаривал ее идти в машину, но Марго упрямо искала кого-то глазами. В окружившей могилу толпе мелькали лица танцоров, администратора клуба, руководителя, даже родителей учеников Мэри. Не было только Алекса.

— Сволочь... — прошептала Марго. — Малодушная сволочь — даже сейчас не смог!

Она просто не видела, как за огромным серым камнем через две могилы наискосок от Мэри стоит, уткнувшись лбом в холодный мрамор, Алекс в черном костюме и очках вполлица.

## Эпилог

Через полгода Марго родила дочь. Едва взглянув в распахнутые голубые глаза девочки, она уже не сомневалась, как назовет ее.

Последний роман Мэри так и не вышел в свет. Марго решительно расторгла контракт и вернула полученный аванс, ничего не объясняя издателю. Только Джеф знал истинную причину. Конец романа поразительно напоминал конец жизни самой Мэри. Даже имя виновника смерти главной героини было подозрительно знакомым.

— Ты знал? — однажды требовательно спросила Марго, в очередной раз перечитав рукопись.

— Знал — что, Марго?

— То, что это он... — Марго запнулась, не в силах произнести ни имя Алекса, ни название действия.

Джеф собрал в кулак всю волю и, глядя в глаза жены, отрицательно качнул головой:

— Нет, Марго. Это не он. Мэри умерла сама.

Она помолчала, собрала разрозненные листы в папку и встала. Уже выходя из кухни, Марго повернулась и тихо сказала:

— Ты никогда не умел врать, Джеф.

Вартана Кавалерьянца через неделю после смерти Мэри нашли в его собственной квартире с перебитым позвоночником. От удара бейсбольной битой вдребезги разлетелся седьмой шейный позвонок, и теперь уже бывший авторитет оказался прикован к кровати без перспектив хоть когда-то встать на ноги или пошевелить рукой, постоянно испытывая невыносимую боль.

Алекс снова исчез. Марго почти не сомневалась — больше они никогда не увидятся. Только один раз он прислал ей письмо. Даже не письмо — видеозапись. Алекс сидел за роялем, рядом с ним на высоком стульчике восседала Марго-младшая, они в четыре руки играли Шопена, а с портрета на стене улыбалась Мэри — такая, какой Алекс увидел ее впервые много лет назад на экране монитора в квартире Марго.

В письме было несколько цифр и приписка: «Это код сейфа в банке N. Там лежат бриллианты Мэри. Ты имеешь на них право. Ты — и твоя дочь».

Марго показала письмо мужу, и Джеф спокойно сказал:

— Он прав. Мэри была бы не против.

— Мне не надо... — начала Марго, но муж перебил:

— Я знаю, что ты хочешь сказать. Ты считаешь, что на этих камнях много крови? Бриллианты не тускнеют, Марго. И потом — как ты думаешь, если бы Мэри была жива и знала, как Алекс решил распорядиться ими, то что она сказала бы?

— Она отдала бы все... — прошептала Марго.

— Ну, так считай, что Алекс выполнил волю Мэри. Нам с тобой не нужны деньги, но пусть это будет подарком от Мэри-старшей нашей дочери. Согласна?

Марго заплакала. Все, что осталось от любимой подруги, оказалось горстью драгоценных камней — и несколькими книгами. Немного. Но ей на всю жизнь хватит воспоминаний.

Марго вытерла глаза и пошла в детскую, где в кроватке мирно спала Мэри-младшая.

Жизнь продолжалась...

Литературно-художественное издание

ИСТОРИЯ СИЛЬНОЙ ЖЕНЩИНЫ

**Крамер Марина**

**ДАР ВЕЛИКОЙ ЛЮБВИ,**

**или**

**Я НЕ УМЕЮ ПРОЩАТЬ**

Ответственный редактор *О. Рубис*
Редактор *В. Калмыкова*
Художественный редактор *С. Власов*
Технический редактор *О. Куликова*
Компьютерная верстка *И. Домбровская*
Корректор *Е. Дмитриева*

Иллюстрация на обложке *В. Коробейникова*

ООО «Издательство «Эксмо»
127299, Москва, ул. Клары Цеткин, д. 18/5. Тел. 411-68-86, 956-39-21.
Home page: **www.eksmo.ru** E-mail: **info@eksmo.ru**

Подписано в печать 26.01.2011. Формат 70×90 $^1/_{32}$.
Гарнитура «Таймс». Печать офсетная. Усл. печ. л. 11,67.
Тираж 40000 экз. Заказ № 806

Отпечатано с готовых файлов заказчика в ОАО «ИПК
«Ульяновский Дом печати». 432980, г. Ульяновск, ул. Гончарова, 14

ISBN 978-5-699-47674-9

9 785699 476749 >

АННА И СЕРГЕЙ

# ЛИТВИНОВЫ

**Лучшие детективы**

**на самые актуальные темы, написанные на грани провокации и фарса, от самых известных брата и сестры в российской остросюжетной литературе!**

www.eksmo.ru

*В детективах Литвиновых – захватывающий сюжет и непредсказуемая развязка, обаятельные герои и невероятные приключения, лёгкий стиль и яркие диалоги.*

**«Вечерняя Москва»**